新　潮　文　庫

# 坂東蛍子、屋上にて仇敵を待つ

神　西　亜　樹　著



新　潮　社　版

10140

目次

一章　誰がために銃は鳴る
坂東蛍子の国際交流会　7

二章　闇に鉄砲、雨の月
坂東蛍子、学校の怪談になる　93

幕間　ラブレタ・ベレッタ・オペレッタ
坂東蛍子、屋上にて仇敵を待つ　169

三章　テロリスト学校銃撃占拠事件
坂東蛍子に敗北は無し　189

# 坂東蛍子、屋上にて仇敵を待つ

［ばんどうほたるこ、おくじょうにてきゅうてきをまつ］

Hotaruko Bando
is
waiting for her mortal enemy
at the rooftop

## 一章　誰がために銃は鳴る

### 坂東蛍子の国際交流会

これは、嫌いなものは嫌いなままに好きなものは大好きな、無敵の少女の物語である。

＊＊＊

ダンッ！

黒丈門《こくじょうもん》ざらめはバタ足が苦手だった。と言うより、水泳が苦手だった。彼女は水が怖いわけでもなかったし、浮かぶだけならわけなく出来たが、一たび意識が「泳ぐ」ことに向いてしまうと途端に体は重力を背負い出し、四肢は水に搦《から》めとられて磔《はりつけ》にされた標本のように何も出来なくなってしまうのだ。あまりにも不自然に体が沈むものだから、ざらめは小学二年の夏にそのことについて両親に問いただした。先祖が水を無駄にしすぎたせいで末代まで水難の呪《のろ》いがかかっているのではないか、と詰め寄ったのである。

彼女の切実な訴えを目を丸くして聞いていた両親は、無言でその場を立ち去ると、双方自室から一枚の紙とニコニコ顔を携えて戻ってきた。二人が手に持っていたのは中学校の校内水泳大会で優勝した時の賞状だった。ざらめの両親は幼馴染《おさななじみ》の初恋同士が大恋愛結婚を果たした、希代の鴛鴦《おしどり》夫婦であった。

ダダンッ！

嫌なことを思い出したように少女は先程より強く地団駄を踏んだ。そうだ、水泳に関することとなると、何故《なぜ》か飛び切り悪い思い出しかなくなるのだ。今日だって夏に備えての特訓を朝から市民プールを貸し切りにしてやらされた。まだ意識も曖昧《あいまい》な内から水を引っ掛けられ、教育係からの厳しい指導を受けながら延々とビート板とワルツを踊らされたのだ。水泳に関わっても何一つロクなことがない。まるで食べられないキノコを延々と採らされているような気分になる。しかしながらざらめが水泳から逃げ出すことは少なくとも進学の都合上向こう三年間は許されないのである。少女は周りが山菜を選り好んでいる中、この不毛なキノコ狩りを思春期をかけて続けなければならない。

ざらめ様はバタ足が悪い、と教育係は言う。水を叩《たた》く足が美しくないのだそうだ。馬《ば》鹿《か》を言うな、とざらめは思った。バタ足を美しくするなんて無茶な話だ。そもそも名前からして美しくないではないか。彼奴《あやつ》は私にバタ足の改名でも求めているのだろうか。

ダダダンッ！

「……」

死んだような目で自身を見上げている目下の外国人を見て、ざらめは心地良さそうに顔を緩めた。そうだ。私の足はバタ足をするために存在しているのではない。弱者を踏みにじるために存在しているのだ。黒丈門ざらめは男を縛り付けている縄の端を手にとって強く引きながら、これから訪れる甘美な時間のことを思って喜びの嘆息を漏らした。ざらめはとある閃《ひらめ》きに手を打った。あの女も招待してやろう。せっかくの機会なのだから、いたぶる相手は多い方が楽しいに決まっている。今日は溜《た》まりに溜まった水泳への鬱憤《うっぷん》を、最高のゲストによって全《すべ》て噴出させきってやろうじゃないか。ざらめは携帯電話をポケットから取り出して、以前から本文を推敲《すいこう》して保存してあったメールの一つを開き、勇ましい人差し指のタップ音と共に因縁の恋敵の下へと送信した。

「ふふ、あの女め、待っていろよ。目に物見せてやるからな」

この少女、名を黒丈門ざらめと言う。述べ忘れていたが、彼女は極道の大組織、黒丈門一家の若頭《わかがしら》である。嫌いなものは水泳で、好きなものは人間の悲鳴だ。

◆

坂東蛍子《ばんどうほたるこ》は結城満《ゆうきみちる》に半ば引き摺《ず》られるように猫の傍から引き剝《は》がされ、名残を惜しみつつ渋々歩みを再開した。猫の轟《とどろき》はそれを見て三回尻尾《しっぽ》を上下させ、「別れを惜しんでるのね」と蛍子を喜ばせた（満はそれが縁切りのサインであることを知っていた）。

「まったく、あなたこれから大事な用があるってこと忘れたの？」

「忘れてないってば」と蛍子は口を尖《とが》らせた。「ただちょっと、緊張を解《ほぐ》してただけよ」

坂東蛍子は本日、急遽《きゅうきょ》訪れたある重大な使命を背負って舗装道路を歩いていた。その使命とは一人の女子高生の人生を揺るがしかねない程大きく、そして同時に取り返しのつかない過《あやま》ちを予感させるような刹那《せつな》的危惧《きぐ》も孕《はら》んだものだった。少女は今日、近代合理を拒絶する信仰という狂気の渦中《かちゅう》に青い蛮勇を抱えて飛び込もうとしているのである。

「でもさ、ホントよかったね、理一《りいち》君の誕生日会に呼ばれるなんてさ」

「うん！」

蛍子はにっこりと笑った。東京都千代田区の視線を独り占めするかのような笑顔だった。坂東蛍子は自身の才気と容姿を存分に発揮できるような体面を考慮し、普段は高邁《こうまい》な精神の仮面を被《かぶ》って生きているが、しかし幼馴染である結城満と二人きりの時に限っては、途端に張り詰めた緊張と気品を何処《どこ》かにやって、空気の抜けた風船のようになってしまうのだった。無邪気に高揚している蛍子を横目に見ながら、この子は本当に事の重大さを分かっているんだろうか、と満は少し心配になった。二人の歩みの先にて待っているはずの理一という人物は、蛍子のクラスメイトであり、初恋の相手であり、またフられた今でもなお密《ひそ》かに思いを寄せ続けている意中の人でもある。そんな片思いの相手から、どういうわけか少し前に今日行われる誕生日パーティの誘いのメールが届いたのだ。これが青い春をもがき回る高校生にとって如何《いか》に大変な出来事なのか、彼女は本当に分かっているのか。満は蛍子の服についた猫の毛を払いながら、私がしっかりして彼女を導いてあげなければ、と志を新たにした。親友の私が彼女の恋を支えてやらねば。

「いい、蛍子。まずは焦《あせ》らず、周りの人に挨拶《あいさつ》よ。挨拶はきちんと、愛想よく」

「うん」

「で、誕生日会なんだから、なるべく早く切り上げて、最短ルートでおめでとうを言いに行きなさいよ。そしてその後もずっと傍で祝いまくりなさい」

「分かってるわよ、一年に一度のお祝いだもん。勿論《もちろん》、満の誕生日だって同じぐらいお祝いするよ」

「蛍子！　覚えててくれたのね！」

「うん！　もうすぐだもんね」

「ありがとう！」

満が笑顔で蛍子に飛びつく。結城満は決意を固めるのも早いが、心移りも早かった。

「もう……あ、そうだ、プレゼント何か希望ある？　去年は他の人にインパクト負けしちゃったからさ」

蛍子の少し悔しそうな口ぶりの原因がいったい何なのか、満はすぐに思い至った。

「あはは、何せマリーがプレゼントだったからねぇ。あれには流石《さすが》に驚かされたなぁ」

坂東蛍子は顎《あご》に手を当てて低く唸《うな》り、建築製図の片開き扉のように美しい軌道を描きながらアスファルト・ロードを左折した。どんなプレゼントをあげたら良いだろう、と少女は頭を悩ませた。過去に蛍子が満にプレゼントした手作りのウェディング・ヴェールや発掘土器などのことを考慮すれば、彼女がインパクトに悩むのも当然であった。

「って、今は私のことはいいの！　目の前のイベントに集中！」

「まったく、満は心配性だなぁ」

可笑《おか》しそうに笑う蛍子を見て満は、そりゃ貴方《あなた》の親友をやってたら心配性にもなるわよ、と嘆息した。

「彼の好きなタイプとか知らないの？」

「……何か目標をもって、それに向かってストイックに努力できるような人、とか？」

「じゃあ蛍子もそれアピールしなさい！　頑張ってることアピール！」

蛍子は満の気迫に少し後ずさりながら、彼女の助言について考えた。

「そうだ！　体育祭！　今度の体育祭でジャス子をボコボコにしてやるんだ！」

目つきが鋭くなった蛍子に、今度は満が臆《おく》する番だった。蛍子はほんとジャス子ちゃん好きよね、と満が苦笑いすると、激しい剣幕で蛍子が噛《か》み付いた。

「大嫌いよ！　アイツだけは生まれ変わっても嫌い！」

「分かった分かった。でも理一君の前でボコボコなんて言葉は使わないように」

「うん……あ、もう到着するみたい。この三軒先が目的地」

蛍子の開いている地図アプリを覗《のぞ》き込んで、満も彼女の言に同意した。

「そうみたいね。じゃあ友達連れで家まで行くのも子供っぽいし、私はここで帰るわ」

「そ、そうだよね、子供っぽいよね……」

蛍子は暫《しばら》く俯《うつむ》いて自分の格好をじっくり確認した後、おずおずとした口調で子供っぽくないかな？　と満に尋ねた。今更不安に襲われている蛍子を可笑しく思いながら、満は大丈夫だよと彼女の頭を撫《な》でた。

「実はあんまり急だったから、プレゼント用意出来なかったんだ……急いで選んで半端《はんぱ》なもの渡したくもないし……」

「あら、蛍子のことだから誕生日会なんて抜きに半年前から用意してると思ってた」

「なんかね、そういえば理一君にも誕生日はあったんだったなぁって」

どうやら松任谷《まつとうや》理一は坂東蛍子の中で太陽や月と同類の途方もない概念に昇華されつつあるようである。

「……まぁ、一応その可能性も考慮しておいた私は、やっぱ流石よね」

首を傾《かし》げる蛍子に、満は鞄《かばん》から小さな木箱を取り出し、蓋《ふた》を開けて中を見せた。それは女子高生の掌《てのひら》にも収まるぐらいの小さなゼンマイ仕掛けのアンティークで、其処彼処《そこかしこ》に施された細かい飾りはこの品がどの時代においても一級品と見なされるであろうことを雄弁に物語っていた。

「ど、どうしたのこれ？　なんか凄《すご》いものなんじゃない？」

「うん……去年ね、私もよく分からない内に手に入れてたんだけど、立派すぎて持て余してさ。ちょうどいい機会かなって。とりあえず今日はその場凌《しの》ぎでこれプレゼントして、蛍子も自分で選んだちゃんとしたものをまた後日あげなさい」

確かにこれなら理一君にも堂々と差し出せるけど、本当にもらっちゃって良いのかな。

満は蛍子がそのように悩んでいることが手に取るように分かったので、強引に彼女の手の中に箱を押し込んで、一歩下がって決定事項にした。満の笑顔に、蛍子も笑顔を返す。

「じゃ、頑張んなね」

「うん！　ありがとね！　満！」

いつもやる別れ際《ぎわ》のおまじないをした後で、満は蛍子を六月の隙間《すきま》から覗く陽の下へ送り出しながら、成功を神様にお祈りしといた方がいいかなぁ、などと考えていた。彼女がもっと他に祈るべきことがあったと理解するのは、もう暫く先のことである。

◆

『ボコボコにしてやる！』

いかんいかん、と茉莉花《まりか》は頭を振った。今は坂東のことを考えている場合じゃない。何せ今、自分は知らない土地ですっかり道に迷ってしまっているのだから。

桐《きり》ヶ谷《や》茉莉花は同級生である松任谷理一の誕生日会に呼ばれて、強まりつつある日差しの下に渋々身を晒《さら》して彼の別邸を訪れた。一匹狼《おおかみ》気質である茉莉花は本来ならばこういう行事には参加しない人間であったが、しかし理一という男に対しては無視出来ない程度の借りを作っていたために断りきることが出来なかったのだった。

ボコボコと凹凸の激しい高そうな柱から手を離し、茉莉花は長い跳ねっ毛の金髪をかき上げながら今一度メールを確認した。わざわざ自宅でないところに呼び出すこともそうだが、色々と胡散臭《うさんくさ》い文面だな、と目を細めた茉莉花だったが、しかし彼女は普段メールをする機会に恵まれないタイプの少女であったために、このメールの信憑性《しんぴょうせい》について量りたくても量ることが出来ないのであった。そもそも誕生日会というものが現実に存在することに彼女は驚いていた。物心ついた時に、桐ヶ谷茉莉花は「殴られたら殴り返すべき」と同じぐらい「誕生日会はシミュレーションゲームのイベント」だという確信を持って生きてきたため、このメールを受け取った時は驚愕《きょうがく》のあまり夕飯が喉《のど》を通らない程であった（その後寝る前に食べたポテトチップスの味は格別であった）。

「まぁ、そういうのも金持ちだから成せる業なんだろうけどな」

桐ヶ谷茉莉花はそう独りごちつつ、改めて自分が今いる屋敷の廊下を見渡した。松任谷の別邸はとにかく大きかった。玄関に至るまでの道程《みちのり》だけで茉莉花の家の敷地を貫いてしまう。どういうわけか人の気配のない邸宅の正面から踏み入った茉莉花は、盆栽の森を抜け、立派な傘立てを躱《かわ》し、肖像画たちの目を掻《か》い潜《くぐ》ってどうにか屋敷内に踏み入ることに成功したが、しかし一人息子の誕生日会が催されるはずの屋敷内部は、何故か宇宙のように物音一つ立てず彼女を抱え込み、導きの標識一つないままにただただ廊下だけを彼女に施し続けた。桐ヶ谷茉莉花は騙《だま》し絵の中にでも放り込まれたような錯覚を覚えながら、再び音のない無数の部屋のその先にあるはずの、音に満ち溢《あふ》れた賑《にぎ》やかな会場を目指してひとまず歩き始めた。世の中は本当に不公平だな、と茉莉花は思った。私のような庶民は新しいゲームソフトを買うためにゴムの緩んだ靴下を甘んじて受け入れ、ネット回線の確保に四苦八苦しているというのに、こういった一部の富豪たちは誕生日会を開いたり、友人に催眠術をかけて騙し絵の廊下に放り込んだり、そんな馬鹿みたいな遊戯に金をアホほど費やしやがるんだ。不公平極まりないぜ。

このままでは埒《らち》が明かないと考えた茉莉花は廊下を走り抜けることにした。なるべく上品に振る舞おうと覚悟を決めて敷居を跨《また》いだが、さすがにこれ以上は日が暮れかねない。誰も見てないんだし、走っても怒られやしまい。

『私に追いつこうなんて無理よ！』

勢いをつけるために腰を落とした茉莉花は、頭の中から響く声に脳を揺さぶられて慌《あわ》てて首を振り、苦笑した。声の主は坂東蛍子だった。

「そうか、廊下と短距離のコースを頭の中で重ねちまったのか」

我ながら情けない、と茉莉花は金色の頭を掻く。

坂東蛍子とは、茉莉花のクラスメイトであり、因縁の相手でもある。高校二年時に茉莉花が転入してきてからというもの、蛍子は茉莉花に対抗意識を剝《む》き出しにして何かと難癖をつけてきた。不良少女として社会に分類されている桐ヶ谷茉莉花の、鋭い目つきや気の強さは生来のものだったが、金髪や服装などは人を遠ざけるための彼女なりの処世術の産物であり、そんな少女にとって蛍子のような「空気の読めない」人間が厄介極まりない相手であることは自明だった。暴力的な対処をしても蛍子が身を引くことはないと分かった茉莉花は、以降なるべく彼女を避けて穏便に過ごしていたが、しかし同じクラスで大半の時間を共にしている以上はどうしても衝突が避けられない時もあった。その一つが体育祭である。桐ヶ谷茉莉花は数日後に迫った体育祭のために、ここ暫くの間蛍子の敵愾心《てきがいしん》の炎をまともに浴び続けてクタクタだった。

茉莉花は幼少の頃から周囲の人間達に疎《うと》まれ、彼らと対抗していく中で、自分の人生において最も邪魔で厄介なものは悪意だと考えるようになっていった。悪意によって暴力は生まれる。自分の歩みを止める闘争も、制裁も、決まって悪意が絡《から》んでいる。善意が厄介なのは集団の中でであって、個人で生きていく分にはやはり悪意こそ最も手強《てごわ》いに違いない。幼い少女はそのような理解の下成長した。しかし茉莉花はこの高校に転入して暫くの後、悪意よりも恐ろしいものをこの世界に見出《みいだ》すようになっていた。それは「真剣勝負」である。真剣であるということは常に全力であるということである。すなわち真剣勝負とは、常に全力で向かわなければならない勝負のことなのである。常に全力であるということが如何に恐ろしいかということは、普通の人間にはまず分からないことだろうな、と茉莉花は思った。だって普通の人間は常に全力でなんて生きてはいけないのだから。そんなことをしたら疲労に回復が追いつかず、すぐに体か心のどちらかを駄目にしてしまうだろう。しかし坂東は違うのだ。坂東蛍子という天才はそれが出来てしまう。わけもなく全力を出し、いつまでも真剣に生きていられる。そんな相手に「真剣勝負」を付き合わされるとなると、どこからともなく湧《わ》いてくるチンピラの軍団を金髪を振り乱しながら駐輪場に放り投げて夜を明かした伝説を持つ狭山《さやま》ケ丘《おか》のライオンキング・桐ケ谷茉莉花と言えど、些《いささ》か荷の重さを感じずにはいられないのであった。

「はぁ……」

滅入《めい》った気を持ち直すために、茉莉花はポケットから銀のシガレットケースを取り出し、中に詰まったココアシガレットを一本抜いて口に咥《くわ》え、気だるげに小走りを始めた。

◆

ロレーヌについては記さねばならないことが沢山ある。それは例えば、フランス生まれの貴族であるということや、戦火から逃げてイタリアに移り住んだということや、そこでマフィアの一員になったということなどであるが、中でも最も重要なのは、恐らく「意思を持った兎《うさぎ》のぬいぐるみである」ということだろう。彼は三百年以上もの間、人の世を渡り歩くぬいぐるみの紳士である。現在は日本のとある女子高生の下に身を寄せていたが、その黒いベルベット地の内側には今でも壮大な夢を見る自由な魂が輝いている、ぬいぐるみの神の敬虔《けいけん》な僕《しもべ》なのである。

「誰かいませんかー？」

ロレーヌは鞄の中から頭上で高らかに声を放つ主人の顔を覗き見た。黒兎の主人は名を坂東蛍子と言う。まだ酒も飲めない若人ながら、あらゆる分野にて常人離れした才覚を発揮し、また持ち前の美貌《びぼう》もその背を大いに押して、一歩歩けば町を揺るがし道を拓《ひら》く超人である。しかし薄皮を破いて中身を覗いてみればまだまだ年端も行かない生娘に過ぎず、就寝前に兎のぬいぐるみを手にとって談笑をしている少女の無邪気な様を見ていると、周知されている印象とのギャップにロレーヌは親心を灯《とも》してしまうのだった。

「おかしいなぁ、誰もいないはずないんだけど」

そう言って蛍子は近くにあった鉄扉《てっぴ》のドアノブを捻《ひね》った。ロレーヌの心配の種は親心によるものだけではなかった。坂東蛍子という主人は些か奔放が過ぎるのである。生来の潜在能力のせいか、彼女は何があっても「何とかなってしまってきていた」ため、警戒心というものがあまり心の内に育たなかった。そのせいで本来ならあり得ないような危険や、疑うべき分岐点にも呆《ほう》け顔で躊躇《ちゅうちょ》なく足を突っ込めてしまうのだ。今まさに彼女がやっているようにである。鉄扉なんておかしいだろう、とロレーヌは顔布を歪《ゆが》ませた。絶対に危険じゃないか。それ以前に、そんな分厚い鉄板の向こうでバースデイケーキの蠟燭《ろうそく》を吹き消しているわけがなかろう。

「んー、ここも違うか」

ロレーヌは今すぐにでも主人に、現在彼女が如何に危うげな立場に立たされているかを力説したかった。そもそも、理一から来たというメールからして不自然なのだ。あの生真面目《きまじめ》な男は、今まで蛍子によこした数度のメールにおいて一度たりとも絵文字など使ったことがなかったではないか。それに招待されたこの屋敷、外観も威圧的だったが、中も中で妙な部屋が多い。古風な日本家屋のわりに開放感がなく、まるで外敵を想定して作られたかのように壁が厚い。先程から蛍子が手をかけている部屋の扉の前にも「火気厳禁」だの「無菌」だの、往来では見かけないような文句が必ずといって良いほど並んでいる。近代世界の闇《やみ》を生き抜いてきたロレーヌの経験上、これらの情報から導き出される結論は一つしかなかった。「危ない」だ。絶対に危ない。廊下で見つけた姿見の前でニッコリやっている場合ではないのだ。

「よし」

（よしではない）

しかしながらロレーヌは自分の切実な願いを叶《かな》える手立てを持ち合わせていなかった。ぬいぐるみは彼らの世界の掟《おきて》である《国際ぬいぐるみ条例》によって人間との交流を固く禁じられている。この絶対のルールがある以上、ロレーヌは蛍子に危険を知らせるどころか言葉を交わすことも、目を合わせることも出来ないのだ。ぬいぐるみは何も出来ない。愛されることしか出来ないのである。

黒兎がそんな思いを抱いている間も、坂東蛍子は屋敷への侵攻の足を緩めなかった。細い足を何の恐れもなく前に伸ばしズンズンと突き進むと、今度は突き当たりの扉に手をかける。ロレーヌは扉を見て、今までにないほど緊張した。他の扉とは明らかに質が違う立派な扉だったからだ。

勿論蛍子に躊躇はない。

妙に重厚な両開きの扉は微《かす》かに床を擦《こす》る音を響かせながら、二本の白い腕に促されてゆっくりと開いていった。徐々に明らかになる扉の向こう側の光景にロレーヌは戦慄《せんりつ》した。部屋は縦長で、中にはスーツ姿の男が二十人近く居り、奥にある一段高い座敷と執務机へと道を作るように綺麗《きれい》に左右に並んで座っていた。彼らは一様に頭《こうべ》を深く垂れ、足元を見ている。一言の会話も無く、攻撃的な空気もなかったが、しかしそれ故《ゆえ》に部屋の状況の異質さと、そこから臭《にお》う暴力の香りを一層際立てていた。

ロレーヌは確信した。やはり蛍子は嵌《は》められたんだ。こんなところで行うパーティなんて、悪魔崇拝ぐらいだ。百歩譲っても高校生を祝う空気ではない。

「そっか」と蛍子が呟《つぶや》く声が聞こえた。そう、そうだ、蛍子よ。そうなんだ。

「ここは控え室なのね」

ロレーヌは白目を剝いて気を失いかけ、慌てて緩んだ縫い糸に活を入れ締め直した。どうして彼女は相手が頭を下げていることに疑問を抱かないのだろう、とロレーヌは考えた。いや、疑問に思っているのかもしれない。しかし家庭の事情かも、とか、その程度の考えで納得してしまったのかもしれない。何せ学校で一国の姫のように扱われている坂東蛍子である。主人が頭を下げられることに慣れすぎて感覚が麻痺《まひ》している可能性をロレーヌは否定し切れなかった。

しかし、それなら寧《むし》ろ都合はいい、と黒兎は気を取り直し勘案した。この場の全員が頭を下げ続けている現状を保てれば、自分たちが頭を下げている相手が無関係の少女であることに気付くこともないはずだ。もしかしたら無事に部屋を後に出来るやもしれぬ。

「挨拶はきちんと、愛想よく……」

再度聞こえた蛍子の呟きに、兎は鞄の中で思わず飛び跳ねた。この少女は挨拶をする気なのか⁉ 自分を罠《わな》に嵌めた傷持ちの男たちに⁉ そんなアクションスターみたいなこと、頼むからしないでくれ！

「こんにちは〜」

ぬいぐるみの願いは無情にも愛すべき主人の一声の下に葬《ほうむ》られた。少女は頭を下げる男たちが作った道を歩いて奥へと向かいながら、出来るだけ一人一人に挨拶できるように左右交互に丁寧にお辞儀をしていった。次第に室内の張り詰めた空気が変わり始めたことにロレーヌは気付いていた。

(これはもう、駄目かもしれない)

ロレーヌはここが日本のヤクザの基地だということをはっきりと理解していた。そして同時に、命の危険をひしひしと感じていた。一見したところ、この場にいる男たちのスーツ地は私の体布より遥《はる》かに劣るし、年齢から見ても立場はそこまで高くないことが窺《うかが》える。しかし地位の低い相手ほど恐ろしいものなのだ、とロレーヌは顔を歪め回想を始めた。銃を撃つ日本人などいない、と殆《ほとん》どの日本人は思い込んでいるが、しかしその見識は間違いなのだ。この国のヤクザは指示さえあれば普通に銃を撃つ。しかも若ければ若いほどその確率は高くなっていく。無鉄砲だからだ。無鉄砲な若者がヤクザになると鉄砲玉と呼ばれるのは、この国における最高の皮肉だな、とロレーヌは苦い顔をした。

この場、この状況で銃を撃たれたら人は無事ではいられない。勿論、銃を撃たれなくとも女子高生が無事でいられる可能性は極めて低いだろう。

部屋は未《いま》だ辛うじて張り詰めた不信感の糸を切らずに静寂を保っていた。いつの間にか部屋の奥まで辿《たど》り着いていた蛍子は、一仕事終えた後のようにフゥ、と小さく息を吐き、執務机の上に置いてある何かを見て姿勢を固めた。ロレーヌが鞄の開け口から覗くと、そこには紙の切れ端が置かれ、次のようなことが記されていた。

今日のざらメモ
◎　お誕生日
一．たまごをさがす
二．きぐの整備
三．金髪のしょざい

蛍子はメモの意味するところを量りかねて首を捻った。二つはなんとなく想像がつくけど、最後のは何だろう。パーティグッズの置き場所？

結局蛍子は部屋を出ることにしたようだった。再び歩き始めた蛍子は、執務机から男たちの間を抜け一直線に（というよりそこしか歩くスペースはないのだが）扉を目指していた。ホッとしたロレーヌだったが、男たちがこちらを見ていることに気付き、再び緊迫の時を余儀なくされた。頭上の蛍子の表情を見るに、どうやら自分に集まる男たちの視線に気まずくなって外に出ることに決めたようである。ロレーヌは動揺していた。しかし男たちは兎以上に動揺しているようだった。それもそうだろう、自分たちが主君だと思って頭を下げていた相手が、見ず知らずの少女だったのだから。そしてその少女はこの状況下で堂々と部屋の奥へと辿り着き、同じペースで道を折り返しているのだから。ロレーヌは偉丈夫達の頭上を掻き分ける蛍子を見て、八〇年代に参加したパリ・コレクションのランウェイを思い出していた。これでスローモーションの編集がかかり、紙ふぶきでも散らしながらロック・ミュージックをかければ、観衆の度肝を抜く最高のビデオ・クリップが出来上がることだろう。

男たちは最後まで口を開けたままだった。坂東蛍子は扉に再び手をかけて開くと、締める前に振り向き、決め台詞《ぜりふ》を告げるように室内の男たちに言い放った。

「ケーキ作り頑張って下さいね」

扉が閉まる音が響いた。

「ここが控え室なら、この辺で待ってれば呼んでもらえるのかしら。それにしてもびっくりしたなぁ、女の子一人もいないんだもん」

黒兎が深く息を吐き、生還を祝った。

「……ということは、呼ばれた女子は私だけってこと？」

そう言って蛍子は嬉《うれ》しそうにパタパタと足踏みした。ロレーヌも主人の歓喜に合わせ、感謝の祈りを神に捧《ささ》げようとして俯くと、瞬間、バッグが羽子板でつかれたように小さく上下に跳ねた。頭の上に目を向けると、少女が廊下の先をじっと見つめている。隙間から覗いてみたが屋敷の廊下には特に目に留まるような変化は見られない。ロレーヌはわけも分からず焦った。何だ、いったい今の一瞬に何があったのだ。

「あそこ、当たりっぽい」

そう言うと、坂東蛍子は目当ての扉に向かって野生動物じみた一歩目の跳躍を見せ、その勢いのまま一目散に駆け出した。ロレーヌは息つく暇も無く帰ってきた混乱と共に、手提げ鞄にて中華鍋《なべ》で弄《もてあそ》ばれるチャーハンのように転がりながら、目を細くして蛍子の背中を透かすように眺めた。女よ、次はいったい何をするつもりだ。

◆

「やぁ、猫くん」

突如自身の体を覆《おお》いつくした影の持ち主を探して、轟はゆっくりと顔を持ち上げた。眼前には外国人の老紳士がしゃがみ込んでいた。今日だけで三人目の異邦人だ、と轟は面倒そうに目を閉じる。そういえば去年の今頃も街中で外国人がよく目についた時期があったが、レジャーシーズンというやつだろうか。実に嫌な季節だ。

轟は公園脇《わき》のカーブミラーの前に長いこと居座り続けている野良猫《のら》である。餅《もち》のように体を丸くした体勢で、目の前に聳《そび》えるミラーをある時は親の仇《かたき》を見るように、またある時は親の墓を見るように見つめているこの猫は、地域住民たちの目に留まって話題を集め出すと、すぐに老若男女からの幅広い人気を獲得して、日々愛され、生きた地蔵のように扱われるようになった。彼は一度地方紙の取材を受けたことがある。その時実際に掲載された記事は「本を読む猫」と題され、通行人が差し入れた本の頁《ページ》を開いて眺めている轟の写真が添えられていた。記事には「まるで本当に読書をしているかのようだった」と書かれており、これを見た轟は心底人間に呆《あき》れ果てたのだった。

何故なら彼は実際に本を読んでいたからだ。轟は自我を持ち、知性を宿した野良猫なのである。日中は通行人が煩《わずら》わしいため眠って過ごしていることも多いが、夜になると秘蔵の愛読書を引っ張り出し、蛍の光ならぬ街灯の火によって知性を磨くことに勤《いそ》しんでいる。中でも最もよく読むのは哲学書で、今は基本に立ち返りカントを再読していた。

「猫くん。私は君と共通の友人を持っていてね。君が自我を持っていることも、その友人から聞かされている」

老人の思わぬ発言に猫は目を丸くする。共通の友人とは誰だ？　友人と言ったら、鳩《はと》のヒラぐらいしか思い当たらないが。

「質問があるのだけど、いいかね？」

轟は渋々頷《うなず》いた。それを見た老人は、話は本当だったんだなというように驚き混じりに笑んだ後、改めて口を開いた。

「孫娘を探しているんだ。実は届け物を頼まれてね。たぶんこの辺りだと思うのだけど……心当たりはないかな？」

そんなものあるわけがないだろう、と戯言《ざれごと》を一蹴《いっしゅう》しようとした後で、轟は自分の考えを一旦《いったん》押し留めた。恐らくこの老人は、今までの会話の情報から回答を得られると思ってこの質問をしている。轟は自分が目の前の老人に試されているような気がした。古典文学によく見られる、自己承認を得るための神からの試練というやつだ。そう考えてみると、白髭《しらひげ》を蓄えた老人は絵画に描かれている人の神のようにも見えてくる。いいだろう、乗ってやる、と猫は口元を歪めて歯を見せた。人の神に俺の知性を証明してやる。

（……そうか、共通の友人か！）

轟はすぐに顔を曇らせた。せっかく全身を巡った閃きの爽快感《そうかいかん》が台無しじゃないか。

「あんた、坂東蛍子の祖父か」

坂東蛍子。轟は自分の口から発せられたその名に身震いをした。坂東蛍子という女は、今日のように何の前触れもなしに唐突に姿を現しては、部活の助っ人《すけと》の仕事がバッティングして怒られただの、机の端のささくれに消しカスを当てて遊んだだの、哲学書には載っていない奇怪な単語を羅列しながら黒焦《こ》げ魚弁当を差し出して笑顔を作ってくる、まさに悪魔の化身のような人間である。

老人は猫の一言をきいてただニコニコと笑みを返した。当然ながら人間には猫の言葉は分からない。誰が友人だ、と悪態をつきながら、轟は暫く前に坂東蛍子たちが何らかの強い目的を持って向かっていった方角へと頭を向けた。

「あっちだね。ありがとう」

老人は帽子を手にとり、深々と頭を下げると、轟の示した方向へ足を向けようとし、しかし何かを思い出したような顔をして立ち止まり再びこちらを向いた。

「そうそう、もう一ついいかな」

「今度は何だ」

「これは私の個人的な悩みというか、懐疑で、そもそも質問しても君には返答を伝える術《すべ》がないのは分かっているんだが、しかしどうしても口に出してみたいんだ。まぁ、ようするに禅問答だね。哲学さ」

哲学という言葉をきいて轟は俄然《がぜん》興味がわいた。老人の次の台詞を待つ。

「なぁ猫君。君はこのカーブミラーを見て自我に目覚めたそうだけど、その原初的発見を覚えているかね？　つまり、君がミラーの中の君のことを自分であると認識したきっかけや、あるいはそれ以前に他人であると認知した動機だ」

本格的な論題が出てきたな、と轟は唸った。

「どうしても気になることがあるんだ。孫の話の中にね、どうも実体の掴《つか》めない人物がいる。私にはその人物が本当は存在しないのではないかと思えてならないのだよ」

◆

愛とは違い、恋はいつだってエゴイスティックなものである。自分の理想を浮かべ、自分の好きなように把握し、自分のためだけにするものが恋だ。ある時は花が咲いたのを吉兆と信じ、ある時は去り行く背中を見て世界の終わりを予見する。それが恋である。

坂東蛍子は恋をしていた。彼女はドアノブを捻りながら、凡《およ》そ非科学的な確信を持って扉の向こうを透かし見ていた。部屋には松任谷理一が笑顔で立っていて、開口一番私の名を呼ぶのだ。蛍子はそんな考えに溺《おぼ》れながら、柔らかな頬をほんのりと紅潮させ、ゆっくりと扉を押した。戸を開く最中口内が乾くのを感じ、唾《つば》を飲み込みながら、恋の味はどんな味だろう、と少女は思った。甘くはないはずだ。きっと林檎《りんご》味だろう。鮮やかで酸味がほどよく、歯触りが心地よく、それでいてどことなく理解し切れない味。そうに違いない。そしてそれはもうすぐ口いっぱいに広がる味だ。

扉の向こうで待っていたのは、薄暗い事務机と壁を隠す暗幕、そして後ろ手に縛られた中年の外国人だった。蛍子の口内に酸味だけが広がった。

焦点の合わない目で立ち尽くしていた蛍子だったが、暫くの後に気を取り直すと、悪態をつくのを必死に堪《こら》えて室内の状況を再確認した。緊縛されタオルを噛まされている男と怪しげな部屋の内装、使途不明の道具などを順に見て、蛍子は直感的にこの部屋は趣味の部屋ではないかと感じた。想像は避けたが、とにかく趣味の部屋だと思った。

実際のところ彼女の認識はそこまで的外れなものではなかった。この部屋は黒丈門一家の若頭である黒丈門ざらめが、罪人に自身の暴力性を遺憾なく発揮するために設《しつら》えた幾つかの監禁部屋の一つであり、平たく言ってしまえば趣味の部屋であった。

「ウー、ウー」

ゆっくりと後ずさっていく蛍子の足取りを見て室内の外国人が唸り声を上げた。何かを訴えようとしている様子の中年男性を見て、蛍子は母から教わった「知らない人には近づかないこと」と「困っている人には優しくすること」を天秤《てんびん》にかけ、長考の末辛うじて後者を選択した。

「英語でいい？」

口元のタオルを解《ほど》きながら蛍子が流暢《りゅうちょう》なブリティッシュ・アクセントで問う。

「……あぁ、ええ。ありがとうございます。出来れば、縄も解いて欲しいです」

「趣味の一環じゃなかったのね」

とぼけた様子で小首を傾げる白人の男に、じゃあなんでこんな所にいるのよ、と蛍子が縄の結び目を弄《いじ》りながら尋ねた。今度は返答はすぐには返されず、暫くの間があった。

「それは私も大いに疑問です。ただあるはずの品を回収に来たと言っただけなのですが」

蛍子は男が宅配トラックで伝票のついた荷物を受け取りに訪れ、そのまま怪しい部屋に拉致《らち》監禁されるまでの過程を思い浮かべ、あまりの理不尽さに憤《いきどお》った。酷《ひど》い話だわ。

「そんなの、黙って捕まらずに反撃すればよかったじゃない」

「応戦は上から禁止されておりますので」

男は淡々と言った。彼は絵画の中のイエス・キリストを幾分か加齢させたような面構《つらがま》えをしていた。表情に乏しい相貌や、六月にしては厚手のマント姿も威厳を演出し、本当にキリストのようでもある。年の割に姿勢がよく、背筋が真《ま》っ直《す》ぐに伸びている。

「人間は不便だ」と男が付け加え、蛍子が頷く。

「やっぱり働くって大変なのね。窮屈だし、危険そう」

坂東蛍子は髭面の男に同情の視線を送った後、聖母のような慈悲深い顔をして、役目は果たしたと言わんばかりに元来た道を引き返し歩き出した。

「ミス、お願いがあるのですが」

「イヤよ」

「出口へ案内してください。私はこの屋敷から出なくてはならない。私はここにいたら、その……命が危ないのです。それは恐らく貴方も同じはずだ」

大袈裟《おおげさ》だなぁと蛍子は呆れた。理一君のお父さんって、警察関係の人だったはずだけど、少なくとも日本の警察は人を殺す仕事は映画の中でしか請け負っていないはずだわ。

「新手のナンパ？　まぁ、どっちにしても無理よ。私まだ暫くこの家から出る気ないもの」

蛍子は理一の顔を思い浮かべ、友人には見せられないような表情をして続けた。

「これからパーティに行かなくちゃならないのよ」

「……では途中までで結構ですから、ご一緒させて下さい。一人で歩く勇気はない」

何なのこの人、と蛍子は背の高い中年を睨《にら》んだ。パーティに行くって言ってるじゃない。私は今本当に急いでるんだから。彼女は胸の内で焦りや怒りや不安が綯《な》い交《ま》ぜになるのを感じながらも何とか呼吸を浅く整え、目線を持ち上げて、外国人と目を合わせた。

彼はこの上なく真剣な目をしていた。

「……わかったわ。でも一つだけ条件があるの。今から私のする質問に正直に答えて」

何でもきいてください、と青い目の中年は首肯する。

「……えぇと、あの……。その、貴方を縛って色々しようとしてた人って……こ、高校生の男の子とかじゃないよね？」

「？　違いますが」

坂東蛍子は胸に手を当てて深く息を吐き、部屋に入ってから始めての笑顔を見せた。

「あ、ホタルコ、ちょっと待ってください」

少女は廊下に踏み出そうと持ち上げた足を再び戻した。敷居の上を前後する蛍子の奇怪なダンス・ステップはこの一分間で既に三度目である。

「もう！　私で遊ぶなら好きにすれば!?　でもせめてもう少し有意義に使って！　足音サンプリングして曲作るとか！　胡桃《くるみ》割るとか！　何でもいいから！」

男は少女の予想以上の業腹《ごうはら》に頭を下げた。実は蛍子の声をサンプリングした音声合成ソフトや、黒髪の女子高生が足で踏むタイプの胡桃割りフィギュアが様々な需要を満たし一年近くも前から日本で局所的ヒットを生んでいるのだが、彼女は全く知らなかった。

「ん、あれ？　なんで私の名前知ってるの？」

「あぁ、いえ、縛られた時に廊下から聞こえた会話から予想しました。違いましたか？」

「んーん、合ってるけど……」

蛍子は何故屋敷で自分の名が呼ばれていたか考え、少しだけ不気味に感じた後で、すぐに理一が自分を探していたのだと解釈して明るい表情になった。些か短絡的ではあるが、確かに理一の家で蛍子の名を呼ぶ家人となったらその名がまず挙がるのも頷けよう。

（……本当に男子高校生じゃなかったんでしょうね……）

「で、なんで呼び止めたのよ」

男は蛍子の下へ歩み寄ると、彼女の脇を一瞬ですり抜けて扉を背にし、廊下を慎重に覗き見た。その後で突如蛍子の視界から消えたかと思うと、廊下側から部屋の方へ顔を覗かせる。どうやら安全確認に満足したようである。

「今一瞬消えなかった？」

「瞬間移動というやつです」と男が指を立てた。「時間跳躍の方が革新的でしょうか」

蛍子は無言で背伸びし、男の額に強めの手刀を打った。「どっちもつまんない」

「冗談はともかく、少しだけここで待機していてくれませんか？」

「却下。急いでるって言ったでしょ」

「そこを何とか」

蛍子は蟹《かに》を見るような目を向けた。蛍子は蟹が嫌いだった。人の話をきかないからだ。

「じゃあ、何か面白い冗談言って私を笑わせられたら許可するわ」

「ハッハッハ」と男は古いラジオのような不思議な笑い声を漏らした。「面白い冗談だ」

坂東蛍子はもう一度強めの手刀を決めた。

◆

桐ヶ谷茉莉花は意を決して口を開いた。このままではいけないと思ったからだ。何があったのかは知らないが、いきなり登場して道案内を乞《こ》われても、何故ここにいるのかも、また何をしようとしているのかも分からなければ、正しく対応することなど出来ない。それに初対面で沈黙を続けるというのも、茉莉花には少々むずがゆかった。

「あー、えー、ユー、どのぐらい、スピークジャパニーズ？」

「Pardon?」

外国人が足を止めて髭を掻き、茉莉花の方を向いて首をかしげる。少女は少し頬を赤くしてムスっとしながらもう一度言い直した。

「だ、だからな、スピーク、ジャパニーズ、どれぐらいオーケー？　あー、レッツトーク、ユー、ホワットここにいる?」
「Pardon?」

もういい、と茉莉花は俯いて男の後頭部を思い切り叩《たた》いた。

茉莉花は国際交流を諦《あきら》めて再び廊下を歩くことに集中しようとした。たしかにこのイエス様のような顔つきの中年の手首に、締め付けられていたような痕《あと》があるのは気になる、と少女は思った。かなり気になるし、酷く胡散臭いが、しかしそれが出会い頭に真面目な顔で助けを求めてきた人間を救わない理由にはならないだろう。

気を紛らわせるために本日四本目のココアシガレットを咥えると、並び歩いている男が指をさし質問を投げかけた。男は髪も髭も伸ばし放題でうらぶれた空気を纏《まと》っていたが、姿勢がよく鍛錬の歴史を感じる体つきをしており、そのせいか不思議と威厳がある。

「それハ、クールだからやル? 日本のガール、皆やるですカ?」

男は興味本位で訊《き》いているようだったが、なんとなく煽《あお》られている気がしたので茉莉花は返答の代わりに男を睨み返した。彼女がココアシガレットを咥えるのにはそれなりの理由があったが、しかしにも拘《かか》わらず彼女が少し頬紅をさしたのは、男の「格好つけているのか」という疑問が全くの的外れというわけでは無かったからだった。

「嫌なことがあると咥えんだよ」

少し間を置いた後、茉莉花はそっけなく言った。

「嫌なコト？　何か、あったんですカ？」

こいつよくそんなすっとぼけたこと言えるな、と茉莉花は呆れて目を細めた。まるで坂東のようだ。そんな自分の考えに茉莉花はハッとして掌で額を打った。

（いかん、また思い浮かべてしまった）

桐ケ谷茉莉花は坂東蛍子のことが嫌いだった。パーソナルスペースに土足であがり込んで来る蛍子という人間を「苦手」から「嫌い」に格上げするのには出会ってからそこまで時間がかからなかった。しかし彼女とそれなりの量の交流を深めていった今となっては、その「嫌い」は再び「苦手」に変貌しつつあった。それは蛍子を許容したからではなく、蛍子という人間が自分にとってどういう立ち位置にいるのかということが明確になってきたからである。一言で言ってしまえば、茉莉花は蛍子に劣等感を覚えるようになっていた。ここで言う劣等感とは、自分とは違う相手との対比によるそれではなく、自分と似通っている相手に対しての敗北感からくる劣等意識であった。初めの内は全く理解し合える要素がないと思っていた坂東蛍子という人間は、よくよく観察していくと自分と驚くほど似ている部分の多い人物だった。社会では仮面を被って自分を演出し、妥協が出来ず相手と衝突し、近寄る他人を遠ざけながらも見捨てられない。感情的だが、大きい岐路の前では臆病になりがちで、その判断を避けるように日々はストイックに生きている。本当に似ている、と茉莉花は思った。しかしながら、蛍子は茉莉花と相似しているようで、常に彼女の先を行っている人物でもあった。仮面を被ってはいても人によっては躊躇なく外して接し、相手と衝突しても納得させてしまうエネルギーを持ち、臆病になってもちゃんと岐路を選んでいる。何より、彼女は人を信じることを昔から知っていた。茉莉花は今でこそ信じられる人間に心当たりがあったが、基本的には人を信じられずに生きている。対して蛍子は誰彼構わず簡単に信用してしまうところがある。そんなことは自分の生き方では考えられない。茉莉花はそう思う一方で、そんな生き方が出来る人間が如何に正しく、強い人間かというのを考えずにはいられなかった。

蛍子との相似点に気付いて、自分を透かして眺めるようになった時、茉莉花はこのようにして深刻な敗北感を覚えるようになっていったのである。次第に茉莉花は蛍子のことを嫌いだと思えなくなっていった。それこそ「嫌い」は敗北感の塊のような言葉だからだ。

茉莉花は考えれば考えるほど悶々《もんもん》と渦の中心に引きずり込まれていく自分の煩悶《はんもん》を、隣を歩いている外国人の後頭部を叩くことで紛らわせた。髭面の男は名も知らない女子高生の暴力が癖になりつつあり、やはり自分にはいつぞや少女に昏倒《こんとう》させられてからその手の素質が芽生えているのだな、と大いなる発見に頷いた。

その時、付近から人の気配を感じた茉莉花は十字路で咄嗟《とっさ》に身構えた。彼女が構えたのは、相手が接近するまでの間明らかに足音を忍ばせていたからである。前方の曲がり角をじっと注視していると、角の向こうから観念したように男が二人飛び出して叫んだ。

「手を上げろ！」

「はぁ？」

拳銃《けんじゅう》を構えている二人の男を見て、茉莉花は非現実的な状況に頭がついていかず思わず声を漏らした。その後でふざけている様子のない彼らの表情や、銃の構え方、腰の落とし方を見て、彼女は今自分が警視正の別邸に居ることを思い出して顔を青くした。この国で銃を持ってるとしたら警察かヤクザぐらいだろう。どっちにしても、あれが本物ならこの状況がコメディ・パートでないことだけは確かだ。

ポケットの携帯電話が振動し、少女に着信を知らせたが、その場の誰も指一本動かさなかった。動かさなかったというより、動かせる空気ではないと茉莉花は感じていた。

（やっぱコメディじゃねぇな。コイツら大人が女子高生に向けちゃならん顔してやがる）

振動音だけが出番を間違えたトロンボーンのように廊下の上で木霊《こだま》する中、茉莉花は昔実際にやったように（生きていれば誰しも一度は銃弾を避けたことぐらいあるものだ）銃口の向きを見て、先に体を倒すことで銃弾を回避しようと目を走らせ、背後にいる外国人の存在に思い至って慌てて後ろを見た。外国人の姿は見当たらなかった。

「な……!?」

前方に控える男の内の一人が無線に口を近づけた。

「対象は逃走。逃走幇助《ほうじょ》の疑いがある侵入者を発見、これより確保する」

いよいよまずい、と茉莉花は焦《あせ》った。一目散に逃げたのならば、やはりあの偽《にせ》キリスト野郎は悪い奴《やつ》だったのだ。日本警察が出会い頭に銃を構えなければならない程度に逃がしちゃいけない奴だったに違いない。そして今、私はアイツの仲間として疑われている。今茉莉花は自分の目の前に二つの道を感じていた。一つは理一の級友であることを説明し、誤解を解いた上で彼の下へ案内してもらう道。もう一つは銃で撃たれることを危惧《きぐ》して全力で逃走する道だ。そして彼女にはどちらが正しい道かということもよく理解出来ていた。にも拘わらず、彼女が後者を選択してしまったのは、男がしきりに訴えていた「逃げなければ殺される」という本気のジェスチャーを、どうしても頭から追い出すことが出来なかったからである。

「おい！　止まれ！」

「クソ、理一のヤロウ何が誕生日会だ！　死んだらソッコーお礼参りに行ってやる！」

◆

瑪瑙《めのう》はまだ若年の女の身でありながら、その実力と功績を認められて、極道組織黒丈門一家の幹部にまでのし上がった強者《つわもの》である。彼女が今の地位につけたのは、次期組長になると予想される黒丈門ざらめに、同性のよき相談相手を求めた組長による少し強引な後押しと、組のために最前線で鼻が痺《しび》れる程の血を浴びてきた実績があったからだ。そのため、組内からも彼女の幹部入りに対して強硬に反対するような人物は居らず、現場に顔を出す機会も多いため、部下たちからの信頼も厚い。

「まて、事の起こりから順番に並べようじゃないか」

彼女は徐々に騒がしくなっていく屋敷の正面玄関で、現場の最高責任者として指揮を執っていた。たった今部下から齎《もたら》された情報を整理しようと頭を抱えながら口を開く。

「つまりだな、ええと……まず、正面玄関から男が堂々と突入してきた。我々はその男を捕まえてざらめ様の下へ連行し引き渡した。我々は男の仲間がいる可能性を考慮し、一部を広間に待機させ、こうして屋敷の外を監視している」

瑪瑙の言葉に部下も同意して頷く。そして私はざらめ様が暫く席を外すと連絡してきたため、止《や》むを得ずこの場を預り陣頭指揮を執っているわけだ。今頃ざらめ様はいつもの悪癖が出ているに違いない。ここまではまぁ、大した問題点はない。問題はこの後だ。

「お前は屋内待機組としてざらめ様の帰りを待っていた。すると扉が開いたため、いつも通り頭を下げてざらめ様の許しを待ったが、どうも様子が変だったので顔を上げた。するとそこに見ず知らずの……何だったたか」

「女の子がいました」

「女の子がいた」

　瑪瑙は部下の言葉を復唱した。見ず知らずの女の子がいた。極道の執務室に見ず知らずの女の子がいる確率は、果たしてどれ程のものなのだろう。

「先程も別の者からその報告は受けた。随分可憐《かれん》な少女だったみたいじゃないか」

「えぇと、可憐というより、威圧的な印象でしたが……」

「とにかく、お前たちは慌てて放心を解き、その女の子とやらを追って部屋を出たが、廊下には既に影も形もなかった。で、相談の結果今度は指示を仰ぎにざらめ様の居るはずの部屋へ向かったが、そこにはざらめ様はおろか捕まえた男もいなかった。そこでとうとう私の下に来た。これで合ってるか？」

「はい」部下が未だ目に見える動揺を抱えながら小刻みに頷いた。「合ってます」

「別の報告と総合すると、少女と捕縛した男は共に行動している可能性がありそうだ……ざらめ様が行動をおこすと、どうしてこうも、問題が重なるのだろうな」

　先日、黒丈門ざらめは父である組長よりある頼み事をされた。彼の私室の一つから大切な家宝が盗まれたことが判明したので、それを探して取り戻して欲しいとのことだった。父に組の人間として認められたようで嬉しくなった少女は、その依頼を張り切ってこなそうと前線に立ち、場を引っかき回して教育係を困らせていたわけである。

本日突如来訪した外国人はその盗品を目的としてやって来たかのような口ぶりだった。女の子とやらはざらめ様が戯《たわむ》れで呼び込んだに違いないが、しかし万が一という可能性もある。スーツに身を包んだ長身の女は、ここぞとばかりに深くため息を吐《つ》いた。こういう事態になると決まって他の幹部連中から「教育係は何をやっているんだ」などと理不尽な非難を受けるのである。いい加減ざらめ様には問題児を卒業してもらいたい。

こんな時理一様がいてくれたら、と瑪瑙は思った。きっと理一様なら私のことを庇《かば》い立てしてくれるはずだ。そして我儘《わがまま》な従妹《いもうと》君をわけなくコントロールしてくれるに違いない。しかし今回ばかりは理一様の助力は望めそうにないし、望むわけにもいかない。何故《なぜ》なら今日は理一様のお誕生日だからだ。

「お前は数人つれてざらめ様を探しに戻れ。恐らく倉庫辺りで手頃なナイフでも見繕っているのだろう。女の子とやらは恐らく無害だろうが、一応警戒はしておけ」

そこまで言って女幹部は一息ついた。ざらめが見つからなかったということが瑪瑙は少しだけ気にかかっていた。部下も最近では彼女が居そうな場所は見当がつけられるようになっていたし、ここに来るまでに一通りは見て回ったことだろう。それでも見つからないとなると、彼女は私の想像と外れたことをしているのかもしれない。そういえば先程電話で会話した時もどこか様子がおかしかったようにも思える。何かを堪えるように息を押し殺していたような印象も受ける話し方だった。

「……男は必ず捕まえろ。銃は支給されているんだよな」

　瑪瑙はざらめのことは一先《ひとま》ず脇に置き、部下への指示に戻った。黒丈門一家は警察と血縁による太い繋《つな》がりがあるために非常に環境に恵まれた極道組織だ。銃も比較的平易に入手し使用出来る。勿論《もちろん》組員全員が持っているわけではなかったが、ざらめ以下直近の部下たちは一人残らず発砲経験があった。

「取り逃すくらいだったら殺していい、撃て。ただし、出来れば生かしておきたい。まだ何も吐かせていないのだからな」

　彼女がざらめの教育係を任されていることには、同性である以外にも理由があった。端的に言ってしまえば、彼女がその暴力性においてもざらめを圧倒できる人間だからである。瑪瑙は元々山中の洞穴に捨てられていたところを組長に拾われた孤児であり、それ故に組長の命令ならば善悪の判断なしに何でも実行し、彼に不利になるようなものがあればたとえ若草でも全《すべ》て掘り返して排除してきた。それこそ、見境のなさでは時折感情を抑えきれず暴力の権化《ごんげ》となる黒丈門ざらめと一切変わらなくなってしまう人物なのだ。ざらめも、そのような部分をよく理解しているからこそ瑪瑙という人間に迂闊《うかつ》に噛みつけないのである。瑪瑙は敵に躊躇しない。今屋敷内にて死の宣告を受けている相手が下町の魚屋だろうが国際指名手配犯だろうが、組長の障害である可能性が僅《わず》かでも存在するならば、彼女はその手に握った二丁拳銃を下ろす気は更々なかった。

◆

轟は頭上のカーブミラーを眺めながら、先の老人の問いについて考えを廻《めぐ》らせていた。

轟はこのミラーを見て自我が芽生えた時のことを何とか思い出そうとした。思い出そうとして思い出そうとして、脳の記憶容量との静かなる死闘の末にようやく天啓の指先が濡《ぬ》れ鼻を撫《な》でかけたその時、飛んできたサッカーボールが指と鼻の間を掠《かす》め去り、慌てて指が引っ込んだ。轟は目一杯顔面に皺《しわ》を寄せ、やって来た二人の少年を歓迎した。

「ごめん轟、怪我《けが》はない？」

「鼻はついてるが、その代わりかけがえの無い財産を失ったよ」と猫が唸《うな》った。

「な！　な！　何て言ってんだ？」

「芯太《しんた》は塾を過信しすぎだよ。猫語の勉強はしてないって」

談笑しながら歩き去っていく二人の子供に尻尾《しっぽ》を二度振って一人ずつ丁寧に縁切りをした後で、轟の脳内に突如電撃が走った。上空で待機していた天啓が仕事を終えたのだ。

「そうか。対抗意識だ」

轟が鏡の中の自分を自分として認識したきっかけ、それは虚像への対抗意識にあった。

頭上に顔を向けるとよく目が合う謎《なぞ》の猫に関心が向いた時、彼は敵意を向けてその相手と対峙《たいじ》した。その後自分と同じ振る舞いをするのみで攻撃に踏み出す気配のない相手の心理を理解するために、丸い空間に居座っているその三毛猫のことを細かく観察し始めた。観察時間は日を追う毎《ごと》に増え、ある日轟は目の前の相手のことを自分だと突然に得心したのだった。観察も理解も、全ては対抗から始まる。相手を認識し、興味を持ち、比較対象にし、対抗する。そうやって轟という猫の自我は形成されていったのである。

しかし、俺がお前を俺だと認識した時、お前はどうなってしまったのだ、と轟はカーブミラーの中の自分を見つめて命題を投げた。お前は、お前を辞めて、俺になってしまったのか？

◆

屋敷を取り巻く物々しい事態の様相に結城満は愈々《いよいよ》混乱を極めた。彼女が顔を覗《のぞ》かせている柵《さく》の向こう側は、こちら側と地続きになっているとは思えない喧騒《けんそう》の中にあった。昼下がりに銃が発砲され、男達が太い腕を振って走り回り、大の大人の悲鳴が聞こえる。満はパニックで酸欠になりながら、どうしてあの時気付かなかったのか、と自分の軽率さをひたすらに悔いていた。蛍子と別れた場所から考えれば、蛍子が探してた大きい屋敷なんて一つしかない。そう、極道の大組織、黒丈門一家の別邸しかないんだ。満は蛍子との間に培《つちか》った過保護という愛を振りかざし、蛍子の人間関係については一通りのリサーチを終えていたため、松任谷理一という男がこの極道のトップと親戚《しんせき》関係にあることも知っていた。だからこそ彼女は余計に自分の無能さに責任を感じてしまうのだった。

蛍子は無事なの？　この騒ぎは蛍子が起こしたの？　まだ中にいるの？　結城満はそんなことを考えながら、携帯電話を片手に一人孤独な屋敷の監視を続けていた。

「そうだ！　オッサン！」

少女はとある閃《ひらめ》きを得てとある番号に電話をかけた。電話はほどなくして繋がった。

〝おい！　嬢ちゃん！　これ国家の機密回線だっつってんだろ！〟

通話の相手は剣臓《けんぞう》という男である。彼はアメリカ合衆国の中央情報局に勤務する、少し特殊な立場にいる日本人であり、人間と寸分違《たが》わぬ外見のロボットを作り出す程度に腕の立つ技術者でもある。平生は日本に派遣され、浮浪者のような格好をして社会の裏に紛れており、蛍子や満とも昼下がりの公園で知り合った。こういう人間は大体ホームレスのような風貌をしている。声をかけると実はスイス生まれの爬虫類《はちゆうるい》研究者だったり、アプリ内課金に苦しむ伝説のハッカーだったりなんてことはザラにある。

〝大統領とかその辺の緊急のやつなんだからさー〟

「こっちも緊急なのよ！」

結城満は何故自分が焦っているのか、国家権力を必要としているのかを出来るだけ簡単に説明しようとしたが、気が動転しきっていたため舌が回らず、八割方はレロレロ言っているだけだった。理解した剣臓は流石《さすが》という他ない。

〝話は分かったが、今俺アメリカにいるんだよ〟

「なんでよ！」

仕事だよ！　と剣臓が突っ込みを返した。

「じゃ、じゃあタクミは⁉　この前こっちで会ったわよ！」

タクミとはアメリカ合衆国の中央情報局にて極秘裏に開発された人工知能搭載型特務用アンドロイドである。一見するとどこにでもいそうな長身の青年にしか見えないが、薄皮一枚剝《は》げば中には精密機械が詰まっている鋼鉄の男だ。普段はタクミの開発者でもあるパートナーの剣臓と二人組で行動しているが、現在剣臓がＵＦＯをうっかり爆破した件で本部へ始末書を書きに行っているため、一人で日本での職務を消化している。

〝あいつは今潜入任務中のはずだ。百年前に盗まれた国宝の場所が特定されたっつってロシアの高官から依頼が来てな。それを追って行っちまった〟

「何よ！　なんで肝心な時にいないのよ！　ポンコツ！」

〝無理言うなって〟

「うっさい！　加齢臭！　独り身！」

〝それは関係ねぇだろ！　お前口悪くなってねぇか！……ていうか、切り替えて他を探

した方がよっぽど建設的だ。俺だって蛍子ちゃんのことは心配してんだ。他に頼れる奴いねぇのかよ〃

「……お祖父《じい》ちゃんにはさっき連絡したけど」

〃なんだ、手は打ってあんじゃねぇか。たぶん俺らより適任だろう〃

満は柵の隙間《すきま》から再び屋敷を覗き見た。たしかに剣臓の言う通り、一応の手は打ってあった。しかし手を打っていようが叩いていようが、不安は問題が解決しない限りなくならないように出来ているのだ、と少女は胸の辺りをぎゅっと押さえた。

〃嬢ちゃんの携帯PDF開けたよな？　とりあえず、屋敷の見取り図ちょろまかして送ってやるから、それ見て予習でもしとけ〃

「ぐすっ……ありがと」

〃大丈夫だ。蛍子ちゃんなら問題ねぇさ。ありゃ神様に愛されてるからな〃

◆

柱にもたれての休憩を終えた蛍子はふと孤独を感じた。人間とは不思議なもので、一人で居る時は寂しくなくても、一人になった時は心細く感じてしまう生き物なのである。

名も知らぬ西欧人をとりあえず「髭」と仮称し、突如廊下の角の向こうに消えていってしまった男を捜して、蛍子は小走りで駆け回りながら想《おも》い人の家の迷惑にならないよう声を落として呼びかけ続けたが、結局収穫はなく、心と体に淡く疲労の灰が積もるだけだった。あの髭は何がしたかったんだろう、と蛍子は考えた。逃げると言いつつ立ち止まったり、一緒に行こうと言いつつ先行したり、しきりに壁を凝視したり、独り言を呟《つぶや》いたり、まったく変なヤツだった。

坂東蛍子は改めて家の外の喧騒に耳を傾ける。男と別れてから時を置かずに、屋敷の外では其処彼処《そこかしこ》で騒がしい声やクラッカーの鳴り響く音が聞こえるようになり、蛍子は内心で焦りを強めていた。まずいなぁ、と彼女は冷たい汗を垂らした。パーティ会場は庭だったんだ。それなのに私ってば、家の中に勝手に上がり込んじゃった。どうしよう。理一君に見つかったら軽蔑《けいべつ》される。

少女は今すぐにでも屋敷の外に出たかった。それもただ出るのではなく、何としてでも誰にも見つからないように出て、何食わぬ顔でガーデンパーティに紛れ込みたかった。しかし同時に屋敷の住人に気づかれることも避けたかったため、無闇《むやみ》に足音を立てて玄関へ疾走することが出来ず、軽率に勇もうとする足を必死に宥《なだ》め廊下を歩いた。歩きながら蛍子は髭男に対して疚《やま》しさを感じていた。自分が屋敷を先に出ることが、なんだか彼を見捨てることと同義のように思えたからである。

（髭も外に出たがってたし、どうせ玄関に向かったんだわ。きっとそこで会えるわよ……）

壁に背をつけ、足音を忍ばせながら、坂東蛍子はいつぞやの姿見はないものかと辺りを窺った。出来ることなら外国人を探し回っていた時に乱れたであろう髪やら何やらを整えてから庭に向かいたい。そう考え廊下の奥を睨んだが、それらしい反射光は見当たらなかった。鏡のあるところって何処《どこ》だろう、と少女は考えた。どちらにしろ、部屋とか個室とか、そういう逃げ場のないところには入れないよなぁ。

その時、曲がり角の向こうから人の気配を感じて、蛍子は慌《あわ》てて頭の中の諸々《もろもろ》を振り払い柱の陰に隠れた。気配は近づく毎に明確な形を伴い、実在を主張する。それにしても妙に遅い足取りだな、と蛍子は思った。遅いというより、慎重なのかもしれない。まるで私と同じように警戒して忍び歩きしてるみたい。

足音は廊下を繋ぐT字路を曲がらず、そのまま道の先へと去っていった。蛍子はほっと胸をなで下ろしながら、後の残り香を嗅《か》いで相手が女性であったことを確かめた。それは椿《つばき》の花のように明瞭《めいりょう》で色の濃い香りで、蛍子はその匂《にお》いに覚えがある気がして眉《まゆ》を顰《ひそ》める。何処で嗅いだかは分からないが、あまり良い印象を抱いていない相手であることは確かみたいだ、と少女は考え、何人か頭に思い浮かべて首を振った。控え室には女の子は私だけだった。他の女子がこの場にいるわけない。いるわけないんだ。

（――早く外に出ないと！）

蛍子は歩みを早めた。柱に抱きついてる場合じゃない。さっさと鏡を見つけて、外に出て、私が一番に理一君の下へ辿《たど》り着いてみせる。

◆

柵に縋《すが》り付いている孫娘を見つけ、アーロは近寄りながら背中に声をかけた。

「おじいちゃん！」

悲壮感を漂わせた満が涙目で駆け寄る。

「もう！　遅い！　マリー連れてきてくれた？」

アーロは満に急《せ》かされながら肩から提げた鞄《かばん》を開いた。中には白い兎《うさぎ》のぬいぐるみが入っており、覗き込む満に「ごきげんよう」と言った。

この世界には色々な生き物がいる。それは動物であったり、植物であったり、菌類であったりと、様相も体系も様々であり、また同種であっても時折現れる突然変異したようなユニークな個性の存在をとっても、生物というものを全て把握することは極めて困難であることは容易に推測出来る。しかしながらこれら生物の無限の多様性に対し、人間だけは不思議なことに、様相はともかくとしても体系に関しては何故か全てを把握しているような気でいる。少なくとも地球上で観測出来る生物はもう全てその尻尾を探し当て、ラベルを貼《は》って分類し、行儀良く展示して星の整理を終えたつもりでいるのだ。

勿論そんなことはあり得ない。世の中にはまだまだ未知の存在が蠢《うごめ》いていて、意思を持ったぬいぐるみや、命の宿った人形や、感情を持ったロボットや、自我を持った猫や、地獄から逃げてきた幽霊や、宇宙からやってきた訪問者や、歩くめしべや空飛ぶ耳かきや、神や悪魔やその他大勢の概念たちは、人間たちが気付いてくれるのを列を作って今か今かと待ちわびているのである。

幸運なことに、そういった存在と触れ合う機会を持っている人間も極少数ながら存在している。それはロボットの開発者であったりと極めて特殊な立場の人間に限られるが、彼らは比較的融通の利《き》く頭で非常識に足を突っ込み、その結果として連鎖的に非常識に巻き込まれていく。

アーロを含めた結城家もその一端である。彼らは人形師として職業的に人形と密な接触の機会があることによって、必然的に命ある人形を目の当《ま》たり《あ》にし、またその関係で無機物にカテゴライズされる物たち――例えば意思を持ったぬいぐるみなどの修繕や人間界への橋渡しなどを請け負ったりもしている。普段は人と交流を断絶しているぬいぐるみや人形たちも、人形師に限っては特別に交流が許されている（彼らは人の手がないと生きていけないからだ）。満も親族としてこの秘密契約の共有を許されているが、タクミというアンドロイドや自我を持った猫との友好関係に関してはそれとは全く別の、いわゆる〝連鎖的な非常識〟によって構築されたものである。

「それで、マリーに何をさせたいんだい？」

満がしどろもどろになりながらも、どうにかアーロとマリーに状況を説明した。二人は同じタイミングで相槌《あいづち》を打つので、流石長い付き合いの二人ね、と満は少し感心した。

「つまり、私はぬいぐるみだから警戒されることがないので、潜入に打ってつけだと考えたわけですね。私が屋敷内に入って、人目を避けながら蛍子ちゃんを無事に連れ出せないかと」

満はマリーの発言を全力で肯定した後、興味心から言葉を少し付け加えた。

「蛍子と一緒にロレーヌもいるよ」

「そう、ロレーヌが……」

満はマリーの表情を観察したが、ぬいぐるみの表情はただでさえ読み辛《づら》いので彼女の感情を推し量ることは出来なかった。ロレーヌは明らかにマリーのことを意識してるけど、マリーはどう考えてるんだろう。満はそのことがたまに気になって仕方が無くなる。

「どちらにせよ今蛍子ちゃんが危機の只中《ただなか》にいることは事実なのですし、私には断る理由もありません。やりましょう」

マリーの快諾を聞いて満が感謝の言葉と共にバッグごと抱きしめようと手を伸ばしたが、マリーはそれを軽やかにかわし、勢いそのまま満の頭に飛び移った。相変わらずぬいぐるみとは思えない機敏な動きだな、と満は感心しながら、「問題は蛍子をどうやって外に連れ出すかなのよね……」と重大な懸案を宙に投げた。

マリーは少女の頭を宥めるようにぽんぽんと叩いた。

「任せて、満」


マリーと潜入の段取りをつけながら、アーロは柵の隙間から屋敷を覗き見ていた。屋敷の周りでは現在黒丈門の組員たちが三つのグループに分かれて行動していた。最も目立っているのは正面に陣取っている一番人数の多いグループで、指揮官らしき女が他の組員に指示を送っているところを見るに、どうやらあそこが仮設の作戦本部らしかった。その本部を中継するように屋敷を囲みながら巡回しているグループが少数で、残りは屋内に入っていくグループだ。これらの布陣を見たアーロは顎《あご》に手を当てて思案を始めた。

孫の話だと、この騒ぎは蛍子ちゃんが引き起こしたものではないとのことだったが、しかし今目の前で展開している彼らの動き方を見ていると、抗争の準備をしているようにも、外敵からの攻撃に備えているようにも見えない。むしろ、内部にいる何者かを外に逃がさないよう考案された布陣に見える。これはいったいどういうことなんだ、とアーロは頭を悩ませた。これではまるで、彼らの警戒対象が蛍子ちゃんのようではないか。

坂東蛍子。

アーロは蛍子のことをよく知っていた。幼い頃から満の良き友人であった蛍子は、アーロの人形店にもよく遊びに来ていた。確かに彼女は小さい時から恐ろしく才能豊かな少女で、子供に限らず周りの大人たちまで圧倒していたが、しかし中身は純粋で心の優しい普通の女の子だった。自由闊達《かったつ》に生きているとはいえ、彼女が何かヤクザに難癖をつけられるようなことをしたとはアーロにはとても思えなかった。しかし、とアーロは考える。難癖をつけられたのが彼女であって彼女ではない可能性も、あるのではないか。

「なぁ満、一つ聞きたいことがあるんだが」

何？　と満が何気なしに祖父の顔を見る。

「蛍子ちゃんは、二重人格だったりしないかい？」

「へ？」

口を開けている孫の顔を見て、老人は理解が追いつくよう一息置いて言葉を続けた。

「最近、よく満が蛍子ちゃんについて話をしていると〝ジャス子〟という女の子の名前が登場するだろう？　私はその子の話を間接的に聞いていて、ある時どうもそれは蛍子ちゃんと同一人物なんじゃないかと思えてきてしまったんだよ」

「え？　なんで？」

「まぁこれは、又聞きである以上直感でしか語りようがないことなんだがね。一言で言うと……似すぎている。二人は一見正反対の存在のように思えるけど、本質的な部分ではとても性質が似ている。そしてこれは私が又聞きで情報を得ているから余計そう思うのだろうが、〝ジャス子〟という少女は満の前に実体を見せようとしない。いつも蛍子ちゃんの話の中だけの存在で、〝腹が立つ〟〝正反対の〟〝でも実際は酷似した〟存在だ」

アーロは一度呼吸を整えた。

「これだけ条件が揃《そろ》ってくると、私は自分の生来の好奇心に嘘《うそ》をつけなくなってしまう。たとえば、二人は同一人物の表と裏の関係にあって、一方が表で行動している時はもう一方は記憶がないが、精神的な繋がりによって互いを認知し、その分を二者の接触記憶として相互補完し合っているとか、そういった個性的な可能性を疑いたくなってしまうんだが……なぁ、どうなんだい？　本当のところ、満はどう思っている？」

結城満はパンが熱を放出しきるぐらいの間静止していたが、唐突に笑い出した。アーロは少し心配になった。

「もう、それはあり得ないって！　ていうか何言ってんのか全然分かんないし！　おじいちゃんはいつも難しく考えすぎよ！」

「そうなのかなぁ」

「だって私、ジャス子見たことあるもん……中々の美人だったよ」

蛍子には負けるけどね、と付け加える満の言葉に、アーロは普段とは違う歯切れの悪さを感じていた。

「お、おじいちゃん！　見て！」

孫の慌てた様子にアーロは何事かと屋敷に顔を向け、正面玄関の本隊がこぞって屋敷の中に入っていくところを目撃した。リーダーと思《おぼ》しき女も部下を率いて屋内に消えていく。どうやら中で何か動きがあったようだ。作戦や陣形を崩し、指揮者を動かすようなトラブルが、極道経験のないアーロにはどのようなものか想像もつかなかったが、しかし少なくともそれが自分たちにとっても良い知らせでないことだけは予想出来た。

「もし屋敷で今度何か大きな音がしたら、私行くからね」と満が言った。

「それをさせないために私たちは来たんだよ」とアーロが言った。

◆

「は、早く出ないか！　馬鹿者《ばかもの》め！」

黒丈門ざらめは前屈《まえかが》みの体勢で十秒前と同じようにトイレのドアを何度も殴打《おうだ》した。白い顔から汗を噴き出させながら、ざらめは額をドアにつけて弱々しく呻《うめ》いた。

「返事ぐらいせんかぁ……」

少女は今、その青い人生において未《いま》だかつて経験したことの無い重大な局面に立たされていた。黒丈門ざらめという少女は物心つく以前から暴力の中心で生きることを強いられていたため、生き様の特異さでは類を見ない立場におり、人生経験も大の大人に引けをとらなかったが、そんな彼女であってもなお現在のこの局面は受け入れ難く恐ろしいものだった。人を傷つけ、人でなくしてしまうことに愉悦を感じる狂気の少女をも恐れさせるもの。兄の友人であるというだけで女子高生を誘《おび》き寄せ、生爪《なまづめ》を全て剝がしてやろうと画策してしまう巨大極道組織若頭を震撼《しんかん》せしめるもの。それはいったい何か。

それは「お漏らし」である。

ざらめは内股《うちまた》に込める力の加減を慎重に量りながら、どうしてこんなことになってしまったのか、と事態を顧みた。本当なら、今頃私は泣きながら帰路に着くあの女の背中を眺めて、彼女の足取りと頭の中で反響する謝罪の言葉を楽しみながら……あるいはついでに捕まえた鼻の高い罪人の悲鳴を聞きながら……ソファに寝転んでメロンソーダへと続くストローの端を……甘噛みしているはずだったのに。兄さんに近寄る悪い虫を排除して、最高の気分になっているはずだったのに……。それなのに、何故私はこんな苦しい思いをしながらトイレの扉の前に立っているのだ。

「お、おい……いい加減出ろ……っ」

ざらめがトイレの中に籠城《ろうじょう》している相手に対し再び声をかけたが、相変わらず返答は得られなかった。少女はドアを叩きながら、他のトイレまでの距離を頭の中で計算していた。ここからだと二階の階段を上がるか、廊下をグルリと回りこんで反対側へ向かわなくてはならない。現在の不健全な下半身を考慮すると、階段を昇ったりするだけの足の可動域は自分には許されていないし、反対側に回り込むのもすり足ではどれだけかかるか分かったものではない。ざらめはフーッと絶望を吐き出し、再び吸い込んだ。

「どれぐらいで、出、出られるのだ？　予想で良いから、見当を、教えてくれ……」

扉の向こうから言葉は響かない。出来ることなら懐《ふところ》の拳銃で扉の向こうの不届き者を撃ち殺してやりたかったが、しかしそんなことをしたら扉の鍵《かぎ》は二度と開かなくなってしまう。ざらめは霞《かす》む視界を必死に保ちながら、目の前にちらつく肉に縋る犬のような、愚かな自分を顧みて、新たな効果的拷問《ごうもん》方法を胸の内に確立しかけていた。

「う……ぅ……ばっ……うう……」

そもそも今日は朝の時点で何かがおかしかったのだ、と黒丈門ざらめは回想した。今のこの状況を踏まえた上で考えると、水を沢山飲みお腹《なか》を冷やした、時期の早い長時間に及ぶ早朝水泳練習も、その後に教育係の瑪瑙が珍しく奢《おご》ってくれたアイスの妙な重量感も、唐突に現れて私の暇を的確に潰《つぶ》したあの背の高い外国人も、一向に所在の掴《つか》めない例の女も、全てが仕組まれたことのように少女には思えてならなかった。全部が全部、この瞬間を作り出すために誂《あつら》えられていた演出のように思えたのだ。

「それもこれも、全部アイツのせいだ……」

ざらめは汗にまみれた手で黒いゴスロリ衣装の裾《すそ》をギュッと握り締めながら、恨めしそうに歯軋《はぎし》りした。この苦しみの原因は全て兄さんに集《たか》る悪い虫にある。あの虫さえ居なければ私は幸福に生きていられたのだ。

そうだ、あの女はいてはならないんだ、とざらめは確信した。私の人生の邪魔にしかならないじゃないか。そんな女はこの世にいてはならない。神が許しても私が許さない。

(殺してやる)

「若！」

角の向こうからやって来た組員は一目でざらめの異常な状況に気がつき、心配して駆け寄ろうとしたところを殺意剝《む》き出しの眼光によって制された。

「わ、若頭……逃走中の目標ですが、西側は調査が完了し、現在東側を……」

「殺せ……」

「い、今、なんと？」

自身の聴覚に自信がもてなくなった組員が無礼を承知で指示を聞き返した。

「もういいから、皆、殺せ……。周りにいる、知らない奴も……っみ、皆殺しにしろ……」

動揺して押し黙る組員を蔑《さげす》むような目で見ながら、これでは埒《らち》が明かない、とざらめは再び気力を振り絞って口を開いた。

「瑪瑙に……そう伝えろ……」

「は、はい！」

組員が正気に戻ったように勢い良く頷《うなず》くと、正門玄関の方を目指して駆けていった。部下の背を見送りながら、しまった、トイレまでおぶって連れてってもらえば良かった、とざらめは力なくドアに頭を打ち付けた。

◆

桐ヶ谷茉莉花はイヤホンから流れ込む音楽の広がりに身を任せ、フゥ、と息を深く吐いた。便座の上に立って小窓から外を窺《うかが》いながら、少女は改めて今後のことを考えた。咄嗟にトイレに逃げ込んだのは我ながら良い判断だったと思うが、しかし騒がしくなっていく邸内の足音から考えるにここが見つかるのも時間の問題だろう。窓からも脱出は図れないし、隙を見て扉から出る前に包囲されてしまった場合は、従順な態度をとった方があるいは次の行動に移りやすいのかもしれない。

それにしても、と茉莉花は回想する。少女はこのトイレに駆け込むまでの間に何度か男たちと交錯し、時折発砲を受けていた。威嚇《いかく》射撃だと彼女は信じたかったが、そうだとしても果たして警察がいたいけな女の子に向かって銃を撃つだろうか、と茉莉花は疑念を抱いた。暑苦しい黒服だったし、本当にヤクザのカチコミだったんじゃねぇか。

茉莉花はトイレの上に座り、音楽に合わせて指でトントンとリズムをとった。今頃誕生日会とやらは始まってしまっているのだろうか。あの外国人が問題を起こしたことで屋敷の人間が何処か一堂に会すか出払うかしている状態にあり、だから屋敷が閑散としていたのではないか、と茉莉花は予想していた。その予想に則《のっと》るならば、まだ外国人が逃走しており、ついでに逃走幇助犯まで現れている現状では、パーティをする余裕はありそうにない。そこまで考えて茉莉花は少しホっとしている自分に気付き、可笑《おか》しくなってニヤリとした。どうやら私にとっては、逃走幇助犯の汚名より、パーティに出席出来ない方が問題らしい。まぁ、たしかに、ネンショに入ってりゃ体育祭に出なくて済むしな。

桐ヶ谷茉莉花はギターチョーキングに合わせて指先で金の毛をクルクルと弄《いじ》った。彼女が髪を弄る時は、基本的に何か不安の種がある時だった。茉莉花はパーティというものを出来るだけ正確に思い浮かべようとしていた。華やかな会場に大きなシャンデリア、気泡が煌《きらめ》くピンク色のノンアルコール、沢山の銀の食器とその前に並ぶ横文字の筆記体。皆立派な衣装を着ているが、一番は当然松任谷理一だろう。そして女子の中での一番は――坂東蛍子に違いない。会場の右手から高そうなドレスを着た蛍子が彼を見つけ寄っていくところまで見て、桐ヶ谷茉莉花は想像を切り上げた。なんだか嫌な気持ちになったからだ。坂東のことを考え始めると自分がぼやけて坂東の存在に飲み込まれていくような気がする、と茉莉花は感じた。最近私はあの女のことを少し意識し過ぎているらしい。

茉莉花は耳からイヤホンを抜いて立ち上がった。こんなところにいる場合じゃない。トイレに隠れている場合でもないし、体育祭での決着を待っている場合でもない。今すぐにでも外に出て、坂東蛍子よりも先んじなければならない。少女はそう思った。

ガチャッとドアノブを捻《ひね》る音がして、茉莉花は慌てて伸ばした手を引っ込めた。音楽を聴いていたため足音を聞き逃していたようだが、鍵の閉まったドアの向こうにはいつの間にか追手が控えていたらしい。茉莉花はクライマックスを告げるように激しく叩かれ始めた扉を前に、さてどうしたものか、と目を閉じた。

◆

「ざらめ様！」

ざらめは駆け寄ってくる瑪瑙と、その後ろからついてくる部下たちを横目で確認した。噛み込んだ唇から血を流し、多量の発汗によって頬を伝うそれが汗なのか涙なのかも分からなくなった少女の肩を、瑪瑙は狼狽《ろうばい》しながら摑んだ。

「ざ、ざらめ様、どうなされたんですか!?」

「な、なぜ来たのだ……」

「ざらめ様が無茶な命令を出すからでしょう！　あんな命令、直接確認をとらないことには……それに、若がただならぬ様子だったと部下が慌てていたので、あらゆる危険を想定して他のも連れて来たんです」

　部下がぞろぞろとざらめを取り囲み、一様に心配そうな表情を浮かべて声をかける。なんてことしてくれたんだ、とざらめは思った。少女はここ一分ほどの間、もし万が一心が折れてしまった時の処置の方法を考えていた。どう誤魔化し、迅速に処理するかを検討することで心の支えを作っていたのである。しかし今こうして部下たちに取り囲まれたことでその選択肢を奪われ、彼女は再び絶望の渦に叩き落とされてしまった。

　ざらめは懇願するような目で瑪瑙を見て、部下たちを下がらせるように指示を送ろうとしたが、開いた口はパクパクするだけでもはや喋《しゃべ》ることも叶《かな》わず、相手の心配を一層加速させただけだった。

「な、なんです？　どうしたんです？　苦しいんですか？」

　瑪瑙がここ数ヶ月で最も慈悲深い眼差《まなざ》しを主人に向け、背中をさすった後、ざらめが屈み込むように腰を曲げていることに気づいて腹に手を伸ばした。

（こいつ、絶対わざとやってるだろう……）

　せめて声をひねり出せれば、トイレに行きたいと一言言えれば。ざらめはそんなことを考えながら、部下たちの過剰なチヤホヤと、これから起こる事態に絶望して内股を震わせた。黒丈門ざらめは死にそうだった。天井を見つめるしか手立てのない病人のように、トイレの扉を無心に見つめ、諦《あきら》めなければならないその瞬間をただ待つことしか出来なかった。彼女はそんな情けない自分やら屈辱的な状況やらの一切を吹き飛ばそうとするかのように、無謀にも懐から銃を取り出し、反動による身体《からだ》への負担にも臆《おく》せず足下に向けて連射した。

「〜〜〜〜うぅぅぅぅ〜〜っ!!」

若頭の突然の錯乱に流石の瑪瑙も逡巡《しゅんじゅん》を見せたが、勢いにのまれトイレのドアへとゆっくりと銃口を持ち上げていくざらめを見て、動揺を振り払い慌てて組み付いた。最後の銃弾はドアの足下に至っていたが、恐らく中の人間に当たってはいないだろう。

(ん？　中の人間？)

六月の空に木霊した局所的な号砲を聴いて、結城満は獣のように柵を乗り越え、屋敷の庭へと飛び込んだ。アーロも銃声とほぼ同時に満の肩に手を伸ばしていたが、腕は空を切り、咄嗟にもう片方の手でラジコン上にスタンバイが完了していたマリーを摑み、満の方にあらん限りの力で投げた。

「マリー！　満を頼む！」

白兎は空中で器用に姿勢制御し、目標目掛けて滑空すると、満の右肩に無事着地した。

「まったく、計画も何もあったものじゃないですね」とマリーが言った。「私が目となって指示しますから、上手《うま》く躱《かわ》してください」

「わかった」

満は予《あらかじ》め構えてあった蛍子の電話への発信を実行し、携帯を耳にあてがいながら、銃声のした方へと一直線に駆けた。屋敷を取り巻いていた黒服の男たちも、何事かと件《くだん》の方へと足を向けており、黒丈門の屋敷の庭をダーツの矢のように突っ切っていく満と少なからず鉢合わせたが、幼少期から鍛えられた彼女の足にはついていけず、正面から飛びかかった数人もマリーの的確な指示によって悉《ことごと》く躱された。結城満は僅かな体の傾きだけで迫り来る敵の間隙《かんげき》を抜け、さした問題もなく目的の場所を発見した。発砲は既に止んでいたが、窓の向こうでは昼間でもはっきり分かる程度の硝煙が舞っている。満はマリーの指摘に従い、開け放たれた窓に向かって疾走し、勢いそのままにそこから屋敷内に飛び込んだ。

壁に激突し、廊下を転がった満は、すぐさま顔を上げ友の姿を探した。走り始めてからこの瞬間まで彼女は頭の中が真っ白だった。何も考えられなかったというより、考えないようにしていた。銃声の示す意味や蛍子の行き着いた結末に対し考えを巡らせても、それほど実りある結論は生まれないだろうと心の何処かで判断していたのかもしれない。

だから彼女はこれから見る世界に考えてはならないような光景が広がっているはずだと既に覚悟していた。しかしチカチカと霞む焦点には坂東蛍子の姿はなく、狂気の銃弾は綺麗《きれい》な丸穴を残すのみで、木くず以外の異物はない。満は混乱した。

「あら、貴方《あなた》はいつぞやの」

結城満は声のした方へと顔を上げた。蛍子の姿ばかりを探していて気づけなかったが、廊下には沢山の男と、それに囲まれるように立つ二人の女がいた。声をかけたのは長身の女で、男たちは彼女の指示により満に向けていた銃を下ろした。

「え？　あ、あぁ、あの時の……」

満は瑪瑙の顔を見て、記憶を適切に掘り返した。二人は以前学校で一度顔を合わせたことがあった。タイミングが印象的だったために、二人共が覚えていたようである。満は瑪瑙にぺこりと一礼し、これ幸いと質問するべく口を開いたが、瑪瑙は唇を噛みしめた小さな女の子を牽制《けんせい》するので手一杯のようで、コミュニケーションは困難を極めた。

「あ、あの！　何が起きてるんですか！」

「私共も存じ上げません、お嬢様がトイレに発砲したがってるとしか……あぁ！」

瑪瑙が腑に落ちた顔をして宣言した。

「お嬢様、漏れそうなのですね！」

それを聞いて黒丈門ざらめが顔を真っ赤にし、更に瑪瑙の押さえ込みへの抵抗を強める。攻防の脇《わき》で、結城満は渦中《かちゅう》のトイレの扉を無言で見つめ、心拍を徐々に速めていた。

ちょうどその時、満の手に握られた携帯が通話が繋がったことを示すノイズを発した。

◆

蛍子は扉一枚隔てた向こうで増えていく人の気配に心臓をドキドキさせていた。

坂東蛍子は玄関へ向かう道中で鏡を探し、トイレの扉を見つけて内部の化粧鏡の存在に思い至った。トイレなら踏み込んでも言い訳が利くと判断した蛍子はこれ幸いと飛び込んだが、案の定扉の外に待ち人を作ってしまい、出るに出られなくなってしまったのであった。暫《しばら》く反応しなければ諦めて別のトイレに向かってくれるだろうと思案したが、しかし待ち人は一向にその気配を見せず、それどころか益々《ますます》扉を叩《たた》く力を強めていく。不動で頑固な女子高生もこの状況には流石に耐えられず、畏怖《いふ》の念すら抱えながら扉の鍵を回そうとしたが、立て続けに響いた大勢の足音や話し声、爆竹が弾《はじ》けるような音、そして何か重い物が廊下に転がり落ちる音を聞いて、すっかり萎縮《いしゅく》してしまっていた。扉の隅と足下には小さな丸い穴が一つずつ開いていた。最後の破裂音と共に突然出来た不思議の詰まった魔法の穴を、蛍子はしげしげと見下ろす。

扉の向こうで何か大事が進行している予感を蛍子は抱えていた。初めの内に問題を解決しなかったために、私は今狼《おおかみ》少年やピノキオのようなことになってしまっているんじゃないかしら。事態を悪化させ、理一君を怒らせ、松任谷一族を敵に回して、取り返しのつかないことになってるんじゃ……。

その時、蛍子は鞄の中からの振動を感じ取った。携帯電話を取り出すと、幼馴染《おさななじ》みの名前を見てまるで救いの船を見つけたように応答ボタンに飛びついた。

「満！」

〝蛍子！　今どこにいるの！〟

「え？　えぇと、今私は――」

「トイレだ！　分かっててかけてきたんだろ⁉」

桐ヶ谷茉莉花は押さえ込むように扉によりかかりながら、電話口にキツい口調で返した。彼女はひとまずトイレを出るつもりでいたが、銃撃の音が彼女の心を再びトイレに捕らえてしまった。外からは今すぐ出てこいと再三の要求が行われているが、外が見えない以上茉莉花は迂闊に判断を下したくないと考えていた。彼女は今廊下で二つの事柄が進行しているのではと考えていた。一つは自身への解錠要求。そしてもう一つは、銃を使っての何かしらの騒動だ。恐らく指示に従えばトイレの前に屯《たむろ》している連中に悪いようにされることはないだろう。しかしそれとは別に銃声を用いた何かのイベントに巻き込まれる可能性がある。茉莉花の逡巡の原因はそこにあった。先程扉の隅に開いた真新しい弾痕《だんこん》を指でなぞりながら電話口に応答する。

「いいか、私は今何が何だかさっぱり分かっちゃいねぇんだ！　まず説明しろ！」

〝いいわ！　説明する！　だからすぐに出てきて！〟

満の言葉に蛍子は耳を疑った。出るって、どこから？　まさかトイレから？

「ね、ねぇ、満は今どこに居るのよ」

〝それを確かめるために出てきて欲しいの！〟

「だから、いったい何だってんだ！　どうして外に出なきゃなん、うお、ちょ、」

茉莉花がスピーカーから響く声量に驚いて慌てて耳を離す。

〝――て！　命の危険なの!!〟

「ちょ、ちょっと、声大きいよ……」

扉を叩く音は一つではなくなっていた。今は大勢の人間が扉を叩いている。坂東蛍子は段々と恐怖心を拡大させていった。

「で、でも、私、怒られたくない……」

〝それより私は貴方に生きていて欲しい！〟

「……そりゃまぁ、まだ死にたかねぇけどよ」と茉莉花が言った。彼女は現状を顧みて、ゾンビゲームの登場人物になったような気がした。主人公じゃなかったらこの後死が待っているし、たとえ主人公だとしても徹底的に選択肢を間違えているに違いない。

「なぁ、ところで、さっきの音なんだが、ありゃ銃声だよな？」

〝銃よ、銃！　鉄砲！　バンバンって！　バキュンってやつ！〟

「銃？　え？　何？」

〝あ〜！　今はそんなことどうでも良いの！　とにかく……お願い……！〟

電話口の結城満は悲痛な声を出していた。とても真剣で、震えた声だ。坂東蛍子は親友の声に耳を澄まし、目を閉じて、肩の力を抜くように息を吐く。

「……もう、わかった。わかったから」

「お前の判断を信じてやるよ」

桐ヶ谷茉莉花は先の見えない不安感や、そこから来る病的な高揚を振り払い、冷静な自分を取り戻した。ある意味で何かを諦めたような精神状態と言えるかもしれない。少女は顔を上げ、合図代わりにトイレの水を流すと、震えのない手を扉に伸ばす。

「出ればいいんでしょ」

坂東蛍子がトイレの鍵を開け、ゆっくりドアを開いた。

「どうなったって知らねぇからな」

桐ヶ谷茉莉花がトイレの鍵を開け、ゆっくりドアを開いた。

◆

（もう……無理……）

ざらめは全身から何か大切なものが抜け出すのを感じ、意識を手放しながらとうとう膝《ひざ》の屈折を受け入れた。

その時だった。扉の向こうから水が勢いよく流れる音が聞こえ、ざらめは崩れかけた姿勢を何とかドアに手をついて立て直した。小さな少女はその水音にあらゆる清濁が飲み込まれ流されていくのを感じて、目を閉じて陶酔した。彼女は特に宗教を信仰してはいなかったが、この時ばかりは神の福音というものを信じたくなった。

ドアの鍵がカチャリと開き、僅《わず》かな軋みと共に廊下側に開いていく。天国の扉の中から出てきたのは、憎き怨敵《おんてき》、坂東蛍子だった。

「……あれ？　ゴスミちゃんじゃない」

「ゴスミ」とは「ゴスロリミニ子」の略だ。黒丈門ざらめと坂東蛍子には面識がある。ざらめは蛍子を平生から目の仇《かたき》にしており、理由の分からない敵意に対し蛍子は、きっと私に憧《あこが》れてる故《ゆえ》の反骨ね、と解釈し一人納得していた。

（どうしてここに居るのかと思ったけれど、この子も理一君の親族なんだったわね）

出来ることなら今すぐにでも不快なあだ名を否定したいざらめだったが、しかし今は一刻を争う状況であったため止《や》むなく口を噤《つぐ》み、そろそろとトイレから出てくる蛍子を邪悪な念がこもった視線で貫きながら、無言でゆっくりとトイレの方へとすり足していった。蛍子はそれを黙って見送りながら、なんだか少し可哀想《かわいそう》に思えてきて、ゴシックロリータが安堵《あんど》のカチャリを小さく響かせる頃には悪いことをしたなぁと反省していた。

「蛍子！　よかった……！」

蛍子の胸に、満は勢いよく飛び込んだ。

「え、満？　あれ？　何、何が……」

「心配したんだからね！　どうして電話に出てくれなかったの！」

蛍子は心を宙に浮かせたまま、徐《おもむろ》に携帯電話の着信履歴を確認した。たしかに屋敷が騒がしくなったあたりで一度着信が入っている。

「ごめん、マナーモードでさ、今解除……っていやいや、ていうか何、どういうこと？」

「それは私の台詞《せりふ》よ！　どういうことなの、これは」

満のさした指に促されるように、蛍子は廊下の状況をその目で確認した。そして廊下にいる複数の強面《こわもて》の黒服たちや、床に開いた幾つかの穴を目撃した結果、現状を説明する言葉がびっくりするほど何も浮かんでこなかった。そもそも私は理一君の誕生日会に来たのよ、と蛍子は思った。それなのになんで私はトイレで知らない人たちに囲まれてるのかしら。ゴスミちゃんもいたけど、彼らも親族だとしたら、どうしてこんなところに固まって皆して私のことを見てるんだろう。

そこで蛍子は思いついた。そうだ、本人に直接訊《き》けば良いんだ。

「えっと……どういうことなんでしょうか？」

坂東蛍子は手近に立っている男に同様の問いを投げた。

「はぁ……どういうことなんでしょう」

男は視線を泳がせた後首を傾《かし》げ、長身の女へと答えを求めた。女は床の穴を見つめたまま黙っている。蛍子は思わぬサプライズにすっかり気持ちが置いてけぼりを食らっていたが、それは瑪瑙たちとて同じだった。突如手洗い場から現れた謎《なぞ》の女子高生や、それに対して何の指示も出さずにトイレの中に入ってしまった若頭を前に、黒丈門一家一同もどう対処して良いか分からずに答えを乞《こ》うように互いの顔を見ていた。

「め、めのう……出ちゃうから……」

トイレの中から弱々しい声が漏れ聞こえ、瑪瑙が傾聴する。

「うるさくしてて……」

主人の言いたいことを理解した女幹部は、ため息をついて銃を取り出した。

「お前ら、銃を撃て。壁は防弾加工されているし、上の階には誰かいるかもしれん。跳弾に注意して床板を狙《ねら》え」

「う、撃っていいんですか？」と状況を摑みかねている部下の一人が怖々《こわごわ》尋ねる。

「緊急事態だ。それにどうせもう修理はしなくちゃならないんだ。今更穴が増えたところで変わらん」

部下を先導するように放たれた瑪瑙の一発を皮切りに、取り巻きの男たちも急いで銃を構え、足下に向けて発砲した。冗談のような目の前の光景を、坂東蛍子は口を開けて眺めていた。何もない床に向かって腑《ふ》に落ちない顔で銃を撃ち続ける男たちと、引き金を引くたびに本物みたいな音をたて丸い穴を開ける床板と、真ん中で難しい顔をしている女と、皆が対面している扉にかかったお手洗いという表札と、その脇で満に抱きつかれている自分。なんだか新しい現代芸術の作品世界に混ざってしまったような気分を抱えながら、蛍子は呆然《ぼうぜん》と立ち尽くしていた。

銃声が鳴り止んだ頃合いで、突如廊下にベートーヴェン交響曲第九番・第四楽章が鳴り響いた。急いで蛍子が携帯の液晶に目を落とす。着信音設定の通り、相手は今回の誕生日会の主役である松任谷理一であった。少女は想い人を脳裏に浮かべながら、廊下に満ちたモヤモヤを瞬時に頭の隅に追いやって興奮と緊張が入り交じった顔で応答する。

「も、もしもし……！」

〝ふっふっふ……〟

「理一君……？」

〝兄さんを下の名前で呼ぶなと言ってるだろう！〟

怒声と共にトイレの扉が内側から蹴《け》り飛ばされた。

「え？　もしかしてゴスミちゃん？」

〝そのあだ名も止めろ〟

満は現状の解説を求めて辺りに視線を投げたが、男たちは皆同様に混乱していたし、瑪瑙は苦い顔をしながら携帯端末で他の部下に銃声の顚末《てんまつ》を話していたので、明快な案内は何処にも見つからなかった。確かなことは蛍子の通話相手が目の前のトイレに入っているということだけだった。

「なんで、どうしてゴスミちゃんが理一君の携帯を持ってるの？」

〝ふ、ふふふ……そこではないだろう、坂東蛍子。貴様が問題にするべきところはそこではない〟

何か重大な秘密を手の中に隠して独り占めしているような声色で、ざらめがスピーカー越しに蛍子の感情を煽《あお》る。どういうことよ、と蛍子が先を促すと、受話器の向こうから大仰に息を吸い込む音が聞こえた。

〝貴様が問題にするべきなのは、貴様に送られたメールは果たして兄さんが打ったものだったかということだ〟

初め、蛍子はざらめが何を言いたいのか分からずポカンとしていたが、腕時計の秒針に急かされるように神経が高ぶりだし、加速度的に状況を理解し解答に辿りついた。

「え？　え……ええ⁉」

〝そうだ！　貴様を呼んだのは私だ！　兄さんは初めからここにはおらんのだ！〟

黒丈門ざらめの人生において最も力強く美しい渾身《こんしん》の種明かしが決まり、坂東蛍子は眩暈《めまい》を感じてよろめいた。そんな、じゃあ、つまり今私は、
つまり今私は、何をやっていることになるんだろう。

蛍子はざらめの強烈な攻撃を受けて脳の容量を完全に混乱に凌駕《りょうが》され、何が何だか分からなくなっていたので、一先《ひとま》ず頭の整理をして落ち着くことにした。えぇと、つまり私は、理一君からのメールで誕生日会に来たけど、それは実はゴスミからのメールで、だから誕生日会は嘘で、そもそもここは理一君の家じゃなくてゴスミの家だったたってこ

とで良いのかしら。

一通りの整理を経て晴れた頭の中を確認した蛍子は爽快感《そうかいかん》でパっと顔を明るくし、その後ですぐムスっと膨れてリスの顔になった。

「酷《ひど》い！」

〃ハッ！　馬鹿を言うな！　何も酷くはない！〃

ざらめはトイレの中から無情な言葉を畳み掛けた。

〃何故《なぜ》なら酷いのはこれからだからだ！　坂東蛍子！　貴様には今日はたっぷり地獄を味わわせてやるからな！　そこで最後の時が来るのを怯《おび》えて待つがいい……！〃

「良いわよ！　来なさいよ！」

蛍子がざらめに負けない気迫で言い返した。正直ざらめが何故自分に敵意を向け、傷つけようとしてくるのか蛍子にはよく分かっていなかったが、そんなことは彼女の中ではさした問題ではなかった。自分の理一への恋慕を弄《もてあそ》ばれた。そのことに蛍子はとてもとても腹を立てていたのである。

「さあ！　早く！」

〃ちょ、ちょっと待て、ほっとしたら腰が抜け……いいから暫《しば》し待っていろ……〃

少女の台詞を聞いて、蛍子はある考えに思い至った。そういえば、今この家に理一君はいないんだから、私が留まってる理由は何もないじゃない。ゴスミをぶん殴ってやりたいのは山々だけど、それって結局ゴスミのいじわるに思惑通り最後まで付き合ってあげるってことになるんじゃないのかしら。それはそれで癪《しゃく》だな、と蛍子は目を細くした。

「帰る」

蛍子は延々と垂れ流されている少女の恨み言を遮って短く言い切った。

〝え？〟

「帰る」

〝ちょ、ちょっと待――〟

蛍子は通話を切断した。

◆

「皆さん、見ての通りです」

茉莉花は、自分を囲み銃を向けて威圧している警官たちを無視して、耳元から、そして同時に道の向こうから響いた声の方へ顔を向けた。男たちも一斉に同じ方を見る。

声の主は松任谷理一だった。彼の後ろでは、途中ではぐれた外国人の男が拘束され引き摺《ず》られている。

「銃を下ろして下さい。先程もお話ししたように彼女は僕が招いた友人で、今回の件には巻き込まれた側の人間だ。もちろん外国人でもない。皆さんのおかげでコイツは取り押さえられましたし、どちらにせよもう挟み撃ちの心配もないし、盾になる必要もない」

理一の言葉を聞いて一同が漸《ようや》く銃を下げ、口々に茉莉花に謝罪した。茉莉花は愛想笑いをしながら、こういうのって連絡行ってるもんなんじゃないのか、と疑問に思った。

「ちょっとややこしいんだけど、たぶん出席者で君だけが彼らに知られてなかったんだ。本当にすまない」

「だから人の心を読むのをやめろって」

ハハハ、と理一が警察官に男を引き渡しながら笑う。

「まぁざっくり説明するとだな。ウチは行事に煩《うるさ》くて、俺も誕生日にはそれなりに窮屈な思いをしながら例年友人を数人呼んでいるんだけど……今回は身内の殆《ほとん》どがこの別邸で特別扱いの国際犯の監視をしなくちゃならなくなってさ。だから急遽《きゅうきょ》パーティもここでやることになってね。危ないから友人は人質にされても大丈夫そうな奴《やつ》だけ呼んだんだ。親族も女性や子供にはなるべくご遠慮願ったし、警備の人たちにもたぶんそう伝わってるから女子が出席者にいるとは思わなかったんだろう」

「ぶん殴るぞ」

「ごめんごめん」

少女は握った拳《こぶし》を開いたり閉じたりした後で、拳と顔を下げ、口ごもり気味に言った。

「なら、坂東は呼んだのか？」

「坂東は女の子じゃないか」

「やっぱお前ぶん殴るわ」

そう言いながら既に何度か放たれている茉莉花の拳を全《すべ》てかわしきった後に、理一が改めて謝罪した。

「本当にすまなかった。茉莉花を危険な目に合わせてしまった。言い訳のしようもない」

いいよ、と茉莉花が素っ気無く返す。

「つうか、電話出ろよ」

「あぁ、今ちょっと携帯が手元になくてな。というか、それはお互い様だろ」

銃を向けられてる最中にとれるわけないだろ、と茉莉花は眉間《みけん》にしわを寄せた。理一は手に家庭用電話の子機を握っている。茉莉花はこちらに連絡をとろうと子機を持ちながら屋敷内を駆け回る理一を想像した。それは随分滑稽《こっけい》で、中々に愛のある光景だった。

「で、アイツはいったい何だったんだ？　こくさいはん、だっけ？　何した奴よ」

茉莉花が引き摺られていく外国人を指して尋ねた。

「彼は第一級の国際テロリストだ。実際にテロも起こしてる。去年の学校占拠事件、さすがに忘れてはいないだろ？」

ああ、と少女が腑に落ちた顔をした。去年平和が蔓延《まんえん》したこの国で起こった外国人集団による前代未聞《ぜんだいみもん》の占拠事件は、茉莉花でなくとも忘れた日本人は一人もいないだろう。

「取り逃した奴も何人かいるようだが、とりあえず勾留《こうりゆう》してた奴らは国際司法の場で裁かれることになったから、移送までの数日間この家で預かることになってな。ここ、よくそういうことする場所なんだよ」

さすが警視正の家は違うな、と茉莉花は笑った。

「基本的にはちゃんとした隔離空間にいるんだけど、たまに屋敷内に出したりする。まぁ、人権が、どうとかっていう、その辺のアレでさ」

「どんだけ言葉濁すんだよ」

理一が苦笑いした。

「勿論《もちろん》最低限の身体的拘束を保ち、監視を二人つけての行動なんだけどな。いっぱい食わされたんだそうだ」

「なるほど。だいたいわかった」

一通り今回の事のあらましを把握した茉莉花は満足して頷いた。それで、と理一が少し言い辛《づら》そうに言葉を繋《つな》ぐ。

「だいぶ遅れたけど、これからパーティ仕切り直すことになると思う。出てくれるか」

「ハハ、わりぃな、疲れちまったわ。帰るよ」

「そうか」と理一が残念そうな顔で微笑した。

「電車まだあるよな」

「この辺は山の中だが、一応東京だからな、奥多摩は」

「じゃあそれで帰るかな」

「送るぞ」

「主役が何言ってんだよ」

「じゃあ送らせる」

「いいっつってんだろ」

茉莉花は少し面倒臭そうに言い放って背を向けた後、あぁそうだ、とポケットに手を突っ込み、中から小包を取り出すと理一に向かって放り投げた。少年がキャッチする。

「おめでとさん」

後ろ手に手を振る茉莉花の背に、理一は感謝の言葉を投げ返した。

◆

電話を介さなくとも廊下にダダ漏れだった二人の会話をつぶさに聴いていた満は、蛍子の決断に全力で同意を示した。彼女の肩を摑んで反転させ、背中を押す。

「さぁ帰ろう！　今すぐ帰ろう！」

「ちょ、ちょっと満、押さないでよ」

「待てと言っているだろうが！」

トイレの中から怒号が響き、男たちが肩をビクリと上下させた。

「お前ら、そこにいるのだろう！　何やってる！　止めろ！　逃がすな！　殺せ！」

満が慌《あわ》てて振り返ったが、男たちを止めている瑪瑙が穏やかに微笑《ほほえ》みを返してきて、ほっと胸を撫《な》で下ろした。業腹《ごうはら》気味の親友の隣に並んで廊下の先を目指す。

「構わないでいい。外にまた例の白人が現れたらしいから、お前たちはそちらへ向かえ」

「瑪瑙、貴様！……くそ！　無能どもが！」

バタバタとトイレで騒がしく物音が立ったかと思うと、扉が勢いよく開かれて、上半身だけ覗《のぞ》かせたざらめが蛍子に向かって真《ま》っ直《す》ぐ腕を伸ばした。背後を振り返った蛍子はざらめを睨《にら》み返し、満は息をのんだ。腕の先には拳銃《けんじゅう》が握られている。追いつけないと思ったら、今度はエアガンってわけ、と蛍子は内心で呆《あき》れ果てた。まったく、幼稚なんだから。本当に理一君の親戚《しんせき》なのかしら。もう付き合ってられないわ。

「撃てばいいじゃない」

「ナメるなァ!!」

銃声が廊下に轟《とどろ》く。弾丸は瑪瑙が制止に踏み切るよりも二手早く銃口から飛び出し、満が蛍子の前に飛び出すより一手早く空を裂いた。あまりに躊躇《ちゅうちょ》のない射撃だった。

銃は元来命を奪うために存在する。誰《た》がために銃は鳴るのかと問われれば、それは死者のために他ならない。銃弾は生者への戒めではなく、死者への餞《はなむけ》として撃たれる。

瞬間、蛍子の身に不思議なことが起こった。走馬灯体験のごとく時がゆっくりと進みだしたのである。事態が急にゆっくりと進行し、弾がこちらに向かってくるのを見つめながら、そういえば前にもこんなことが何度かあったなぁと蛍子は頭の端で考えていた。弾丸は蛍子の想定していたものよりも随分大きく、本格的な形をしていたが、蛍子の右目目掛けて接近すると徐々にその軌道を捻《ね》じ曲げ、最終的には三十度近くも角度を曲げて彼女の右側をゆっくりとすり抜けていった。耳元で風切り音と、季節としてはまだ早い風鈴の響く音を感じながら、気付くと蛍子は普段通りの時の流れの中に自身が立ち戻っているのを感じた。

銃弾は死者への餞として撃たれる。残念ながら、今回蛍子には死者の手番は回ってこなかった。鈴の残響を聞きつつ、蛍子は忘れていた呼吸を再開する。

「よ、避《よ》けられた!?」

酷く混乱している様子のざらめを見て、なるほど、今のは私が弾を避けたのか、と蛍子は思った。そういえば姿勢もちょっと傾いているような気がしなくもない。玩具《おもちゃ》とはいえ、銃弾をかわすなんて何だか私映画の中のヒーローみたい、と蛍子はニコニコした。

「ま、待て！」

「そこまでです、お嬢様」

瑪瑙がざらめの手首を摑み、銃を下ろさせた。ざらめは尚《なお》もお構いなしに引き金を引き続けたが、トイレに入る以前に撃った分と合わせて弾倉は既に空になっていた。暫く恨めしそうに瑪瑙を睨んでいたざらめだったが、やがて諦めたように目をそらすと、今一度蛍子の背を睨みながらゆっくりトイレの中に体を戻し、ぱたんと扉を閉じた。

真っ直ぐ伸びている廊下はあまりに長大で、もはや果てがないように思われた。坂東蛍子は一気に押し寄せる疲労感を覚えていたが、結城満が手を引き、しきりに急《せ》かすので、仕方なく彼女に続いて走り始めた。廊下の右手は中庭になっていた。如何《いか》に人の手が加えられていようが、草木はいつでも自然側に属している。蛍子は長閑《のどか》な昼下がりの庭園を眺めながら、今日も世界は平和だなぁと思った。

「あれ、玄関は逆だった気がするけど……」

「こっちに裏口があるから、そこから出ましょ！」

「でも靴が向こうに」

「後日郵送するから！　おんぶして帰ろ！」

「え、ええ!?　ちょっと満、何言って」

「良いから！　蛍子！　今は走りに集中して！」と満が真剣な目で一喝した。「久々の二人だけの競走なんだから！」

幼馴染みの言葉を聞いて蛍子ははっとした。二人の交流のルーツは短距離走にある。今でこそ競い合う機会の減った二人だったが、それでも時折思い出したように片方が提案し、肩を並べて走ることがあった。走ることは親友同士で暗黙に了解された一種の幸福な儀式なのである。

「よぉし！　真剣勝負ね！」

途端に蛍子のフォームが走ることに合わせ最適化され、スピードが一気に持ち上がった。一歩リードしていた満が陸上部のプライドを見せ、負けじと足を前に出す。二人は屋敷内の動向などすっかり無視して、全速力で廊下を駆け抜けた。

「私鞄《かばん》持ってるからハンデ！」

「じゃあこの子もサービス！」と満は蛍子の鞄の開き口にマリーを押し込んだ。

「ちょっと、もう！」と蛍子は可笑しそうに笑う。鞄はまるで内側で戦争でも起きているかのように蛍子の走るリズム以上にバタバタと暴れた。

風を切り、真っ直ぐな廊下をひた走る中で、蛍子は自分の足に確かな自信を獲得しつつあった。やっぱり私、速いぞ。凄《すご》く速い。ジャス子なんかに負ける気がしない。
坂東蛍子は矜持《きょうじ》と確信を胸に出口へと迫りながら、体育祭に向け闘志の炎を燃やした。

# 二章　闇に鉄砲、雨の月

坂東蛍子、学校の怪談になる

藤谷《ふじたに》ましろは怖いものが苦手だった。中でも幽霊は特に怖かった。夜トイレに行く際は廊下に懐中電灯を幾つも立て掛けて点灯させ、帰り際《ぎわ》にその懐中電灯の光で失神するぐらい苦手だった。そんなましろが今こうして夜の学校の昇降口に立っているのは、偏《ひとえ》に坂東蛍子のためである。蛍子はましろにとってこの学校のシンボルのような存在であり、眼鏡越しに確認すれば天使の羽が垣間見《かいまみ》えるような人物であり、そして何より、気弱な図書委員の少女がこの学校で友人と言える数少ない相手の一人であった。神であり天使であり友人――藤谷ましろが坂東蛍子に抱える思いは夜の校舎のように複雑怪奇であったが、しかし「嫌われたくない」というその願いだけはひたすらに一途《いちず》なのであった。そんなましろが蛍子からの呼び出しを断る理由など、何処《どこ》にもなかったのである。

夜の学校の昇降口に三人の少女が集合していた。藤谷ましろは既に夜の闇《やみ》が恐ろしくて仕方なかったが、他の二人は何処吹く風といった様子で余裕の表情を浮かべている。ましろの隣で腕を組んでいる流律子《ながれりつこ》も堂々としたものだったが、とりわけ坂東蛍子の不動の佇《たたず》まいたるや、軍記物の表紙を飾っていてもおかしくない頼もしさであった。

「本当に入れたわね」

「ね？　言った通りでしょ？」

律子の言葉に蛍子が反応する。

「しかしこの学校、セキュリティはどうなってるのよ」

「機能してるのは職員室や倉庫の周りだけみたいよ。なんか、人も入ってないのに誤作動が毎夜のように起こるから諦《あきら》めたって先生が言ってた」

「諦めないでよ」

律子が溜息《ためいき》をついた。流律子は真面目《まじめ》で有名な生徒で、生徒会で書記も務めている。クラスは違ったが蛍子とは友人関係にあり、ましろもその縁で比較的話す機会のある間柄だった。もし友人と呼んで差し支えないなら、ましろにとって高校で二人目の友人ということになる。藤谷ましろは友人をあまり多く作らないタイプの高校二年生であった。

「まぁ、気味が悪くなったからっていう理由も勿論《もちろん》あるでしょうけどね」

意味ありげな笑みを向ける蛍子に、ましろは苦笑いを返す。

ましろたちの通う高校では今年に入ってから急に怪談話が盛り上がりを見せていた。所謂《いわゆる》〝学校の怪談〟というやつである。きっかけは一連の警報装置の誤作動だろうな、とましろは推理していた。連夜発生する誤作動が実は誤作動ではなく、目に見えないものがセンサーに引っかかっているからこそ起こっているのだという連想が持ち上がったのではないかと考えたのである。

そんなこんなで、初めこそ冗談めいていた話題の種は驚異的な勢いで成長を見せ、今では怪談の種子を幾つも生み出すに至っている。勿論、七不思議も既に完備済みだ。

「まったく、馬鹿馬鹿《ばかばか》しいわね」

蛍子のしたり顔を律子が一蹴《いっしゅう》した。ましろも律子のように考えたかったが、一人でいた長い時間を殆《ほとん》ど空想の訓練に費やしてきた少女にとって、それは難しい考え方だった。

「さっすが！　リッツを呼んだ甲斐《かい》があるってものだわ！」

蛍子はわざと大仰に手を打ち喜んで見せた。ましろは彼女の顔に「今日こそ鉄仮面の驚いた顔を拝んでみせる」と明朝体が浮かび上がっているような気がして頭を振った。

「でも、ほんとリッ変わったよね」

「どういうこと？」

「だって以前のリッならこんなこと絶対止めてたじゃない。生徒会がどうとか言ってさ」

律子がまた溜息を吐《つ》く。

「どうせ止めても忍び込むでしょ。一緒に行動して監督した方が賢明だと思っただけ」

「あ、あの……」

「どうしたの？　フジヤマちゃん」

「私、こういうの苦手で……」

こういうの、とは肝試しのことである。怪談ブームの影響を受けて実際に夜の校舎に忍び込み肝試しをする生徒が現れ始め、その上、侵入した生徒たちは決まって心霊体験を報告するものだから、学生たちは一層怪奇に引きつけられることとなった。蛍子とその一行もそうした大きな流れを汲《く》んでやって来たのである。

蛍子は身を小さくしているましろの肩を叩《たた》き、自信満々に胸を張った。

「大丈夫、私が守ってあげるから」

それなら安心だ、とましろは安堵《あんど》する。二人を見て律子はやれやれと肩を竦《すく》めた。

「で、蛍子、何処をどう進むの？　その辺は考えてきてるんでしょ？」

「もちろん」と蛍子が指を立てた。

「あ、そもそもこの学校の七不思議、二人とも知ってる？」

ましろは子犬のように首をぷるぷると横に振った。興味ないわ、と律子が続く。

「じゃあまずそこの説明からね。そうね、怖くないのからいきましょうか、ふふ……」

蛍子が口に手を当てて笑う。

「一つ目は本校舎一階の西の角にある〝開かずの間〟。校舎の外からじゃ中が見えないんだけどね、その開かずの間、夜になると血が滴《したた》る音が聞こえ始めるんだって……」

「雨漏りね」と律子が事も無げに言った。「それか室内の水道の蛇口が緩んでるか」

蛍子が少しムスっとしながらも、律子の言葉を無視して続ける。

「二つ目は〝図書室のポルターガイスト〟。図書室といったらフジヤマちゃんのホームよね」

蛍子がましろを見て、手に持った懐中電灯で意味ありげに自分の顔を照らす。ましろは縮こまり、眼鏡を外して蛍子の顔を暈《ぼ》かした。

「ポルターガイストって、どうせ物音がしたとかでしょ？　藤谷さん、図書委員はちゃんと図書の整理してるの？」

「い、一応は……」

「……コホン。えぇと、三番目は〝校長室の死のオルゴール〟……年に二度しか姿を見せない校長の私室から、夜な夜なオルゴールの音が――」

「たぶん大分古いものね。螺子《ねじ》の調子がおかしいのかしら」

「もう！　リツは黙ってて！」

蛍子が思わず声を荒げた。

「というか、そういうのは向かいながら説明してくれない？　時間が勿体無《もったいな》いでしょ」

プルプルと震えながら律子を睨《にら》んでいる蛍子を見て、ましろはおどおどしていた。この二人はたまにこうやって衝突することがある。こういう時私は友達としてどうするべきなんだろう。止めた方がいいのかな。それとも混ざればいいのかな。

「……わかった。でも向かいながらするにしても、どっちから行くか迷ってるのよね」

蛍子は大きく息を吐き、怒りを飲み込んで解説に戻った。

「〝花子さん〟は最後に行くとして。職員室に近寄らないようにするとなると、どうしても屋上へ続く〝十三階段〟だけ立地が遠くなっちゃうのよね。だからそれを後回しにするかどうするか……」

「そういうことなら、別行動にしましょう」

蛍子が律子の提案の意図を汲み取れなかったことをまばたきの回数で表現した。

「だから、一人がその十三階段とやらを見てきて、それで何処かで合流すればいいじゃない。その方が時間短縮になるし余程効率的よ」

「な、何言ってんのよ！　そんなの駄目だって！」

慌《あわ》てたように手を振って否定する蛍子に、何故《なぜ》？　と律子が詰め寄る。

「今回集まった目的って〝七不思議の確認〟のわけじゃない？　だったら別に皆で移動して確かめる必要もないでしょ。最終的に七不思議を確認し終えれば良いんだから、皆で手分けしても結果は同じ」

蛍子が動揺してスカートの裾《すそ》をはためかせ始める。負けないで、とましろは心の中で蛍子に手を合わせた。坂東さん、負けないで。私一人でなんて絶対歩けないよ。

「じゃあ私が十三階段に行くわ」

律子の言葉に蛍子が「え!?」と驚き、勢いよく顔を上げる。

「だって怖いんでしょう？　蛍子。無理しないで二人で他の怪談消化しちゃいなさい」

「な、何言って……」

「集合は図書室とかでいい？」

「ちょ、ちょっと！　待ちなさいッ！」

上履きに履き替え、単独行動に移ろうとしている律子を蛍子は慌てて呼び止めた。ましろは蛍子と二人で行動することが許されたことで、内心ではほっとしていたが、律子を呼び止める蛍子の気持ちも分からないではなかった。やはりこういうのは皆でやる方が愉快なはずだ。

「誰が怖いって!?」と蛍子が言った。

「私がお化けなんて怖がるわけないでしょ！　馬鹿言わないで！」

律子が不意を突かれきょとんとしている。ましろもきょとんとしていた。

「いいわ！　やってやろうじゃない！　私が十三階段見てきてあげるわよ！　貴方達《あなた》二人は図書室で待ってなさい！」

指をさし、同胞二人にそう宣言すると、坂東蛍子は肩を怒らせながら足早に廊下の闇を突き進んで行ってしまった。残された二人は、暫く《しばら》呆然《ぼうぜん》と彼女の背を見送った後で、我に返って今後を思案し始めた。

「と、とりあえず、行きましょうか」と律子が言った。

「はい……」とましろが言った。

夜の学校の廊下に一歩踏み出した途端、藤谷ましろは悪い予感を覚えた。彼女の悪い予感は大抵当たるのである。何故なら生きていると悪いことは沢山起こるからだ。

◆

流律子は怖いものが苦手だった。中でも幽霊は特に怖かった。夜トイレに行く時は、防災頭巾《ずきん》を被《かぶ》り、物理の参考書を朗読しながら向かって、次第に小声になる自分の独り言を他人の声と聞き間違えて気絶するぐらい苦手だった。そんな律子が今藤谷ましろと共に夜の校舎を徘徊《はいかい》しているのは、全《すべ》て坂東蛍子のせいである。律子は周囲の生徒たちに真面目委員長と揶揄《やゆ》されることは許せても、蛍子に馬鹿にされることだけは許せない気難しい少女であった。

「何が開かずの間よ。ただ鍵《かぎ》が閉まってるだけの部屋でしょうに」

律子が先程通過した開かずの間について淡白な感想を述べた。ましろは隣で感動したように律子の顔を見ている。予想通りだったわね、と律子は思った。開かずの間はあくまで扉の向こうに危険が潜んでいるのであって、扉を見る分には何も問題はない。扉に触れないことさえ守れば何かに巻き込まれることもない。そう律子は踏んでいた。そこで、同行している藤谷ましろに自身の科学信仰者としての、お化けなんて怖くないというスタンスを明確に示すためにも、律子は勇気を出して寄り道することにしたのだった。

「流さんはすごいなぁ」とましろが言った。

「私なんて、水滴の落ちる音がした時に腰が抜けそうになっちゃいましたもん」

私だってそうだ、と律子は思った。さっき誤って噛《か》んだ舌がまだジンジンする。

「言ったでしょ、蛇口が緩んでるだけ。……ていうか、さん付けとかしないで良いよ」

律子はそっぽを向きながらそう言った。

「え？　でも……」

「下の名前とかでさ。私もそうするから」

「む、無理ですよそんな！　悪いですよ！」

そう言えば蛍子のことも苗字《みょうじ》で呼んでいたな、と律子は思い出した。藤谷ましろはどうも友人というものを厳密に定義し、段階を作って格付けしようとする性癖があるように律子には感じられた。恐らくそうしないと、友人が少なすぎて友人というものがよく分からなくなってしまうのではないか、とも思った。律子はましろのその考えに面倒臭さを覚えながらも、一定の同意の気持ちを持っていた。彼女もまた、藤谷ましろと同様に友人を多く持たないタイプの高校生だったからだ。

『ねぇリツ、なんでフルネームで呼ぶのよ？　なんだか仰々しくて嫌だわ。私にもちゃんと可愛《かわい》いあだ名つけてよ』

『……じゃあ、蛍子で』

『それ、あだ名じゃない』

「……まぁいいけど。ていうか、藤谷さん、あなた蛍子から付けられたあだ名にだけは断固反対しなさい。完全に誤読じゃない」

藤谷ましろは坂東蛍子から「フジヤマちゃん」と呼ばれている。朝の出席点呼で必ず「フジタニさん」と呼ばれるにも拘《かか》わらずだ。どこで「フジヤ」と勘違いしたのかは知らないが、規則正しく折り目正しい生き方を是としている律子は、その誤謬《ごびゅう》が放置されていることがどうにも我慢ならないのである。

「え……うん。ううん。いいの」

ましろは迷ったような顔をした後、微笑《ほほえ》みを浮かべた。

「あだ名つけてもらえて、嬉《うれ》しかったから」

「……」

その気持ちも分からないでもない、と律子は暫《しば》し黙った。

「まぁ、リッチーやリコピンよりはマシね」

本校舎一階西端にある開かずの間を通過した二人は、二階の渡り廊下を経由し、別校舎の図書室を目指していた。図書室は二階の角にあり、あとは真《ま》っ直《す》ぐと縦に伸びた長い廊下を進み終えれば到着する。到着出来たらいいな、と律子は思った。このまま無事に到着出来るなら、それだけで今日は最高の日になる。

「あ、あの……」

ましろが掠《かす》れ声で呟《つぶや》いた。律子はその掠れ声にすらも不気味な揺らぎを感じた。

「やっぱり、図書室に向かっているんですよね……」

「蛍子との待ち合わせ場所だしね。さっさとポルターガイストも片付けちゃいましょ」

「えぇ……!?　それは合流してからでもいいんじゃ」

「駄目よ」と律子が足を止め、ましろに一歩詰め寄った。「ただ待ってたなんて言ったら、あの子絶対笑うもの」

なおも怯《おび》えた様子のましろを宥《なだ》めながら、律子は再び歩き出した。流律子は融通は利《き》かないが、状況の判断が正しく出来る程度には計算高い少女である。今のところ少女の「計算高さ」は遺憾なく発揮されていたが――例えば蛍子を煽《あお》って厄介ごとを減らしたり、驚いても蛍子に見られず仲間もいる最高の状態を作ったり、等だ――しかしここに来て藤谷ましろの怖がりを勘定に入れなかったことがジワジワと痛手になり始めていた。

「ひゃ！」

「うぇ⁉　な、何⁉」

「……消火器でした」

いったい消火器を何だと思ったんだろう、と律子は考え、考えたことをすぐ後悔した。ましろは先程からずっとこんな調子であった。律子は当初、自分より怖がりの人間と一緒にいればむしろ自分は平静を保てるのではないか、と考えていたが、今となってはその甘い考えを猛省していた。全然落ち着かない。むしろ怖い。私が気付かないものまで、逐一探し出して教えてくるんだもの。

「ひひぃ！」

「うわぁ！　え⁉」

「い、今、ぞわぞわって来ましたよね⁉　体の中何か通り抜けたような……ぞわって！」

「な、や、ばか！……コホン、馬鹿ね、そんなわけないでしょ。十代の柔軟な表皮が六月の夜の気温変化を敏感に感じ取っただけ」

愛想笑いを浮かべながら、何がぞわぞわよ、と律子は思った。そんなのさっきからずっとしっぱなしよ。流律子は正面を睨み、頭をくしゃくしゃやった後、手櫛《てぐし》でそれを整えた。深呼吸しよう、と律子は思った。もうじき図書室に着くというのに、このままじゃ拙《まず》い。一旦《いったん》落ち着いて自分自身を立て直さないと。少女は子犬のような図書委員の横で気付かれないように目を閉じ、一度深く呼吸した後で恐る恐る開いた。目の前は相変わらず真っ暗だったが、しかし先程まで感じていた薄気味悪さは幾分遠のいたかのように思えた。あるべき調和と緊張が戻ってきたような気がする。何も怖いことなどあるのか、と律子は頭の中で唱えた。居もしないものなど、怖いも何もあるものか。フェルマーの最終定理を解いた数学者の頭脳の方が余程怖い。

ワイルズ恐るべし。流律子は視界の端で明滅する何かや、天井の隅で蠢《うごめ》く何かを無視しながら、何度もその言葉を反芻《はんすう》した。アンドリュー・ワイルズ、恐るべし。

「……着いたわね」

二人は図書室の前に到着した。律子がましろに図書室の鍵を出すように言うと、背に隠れて服の裾を握っていたましろが物寂しそうに手を離し、ポケットを漁《あさ》り始める。もちろん、図書室の鍵は図書委員と言えど業務以外で持ち出してはならないものである。

「はい」

ましろが年貢《ねんぐ》を納める農民のような顔をして律子に鍵を手渡した。なんだか私、悪者みたいじゃない、と律子は思った。どちらかというと、私だって農民側よ。

鍵を手の中で遊ばせて、少しだけ時間を潰《つぶ》したが、しかし廊下の闇の中から蛍子が現れる気配はない。観念した律子はもう一度だけそっと深呼吸して、傍で小さくなっているましろと目を合わせた。

「じゃあ、開けるわよ」

ましろが娘を領主に取られたような顔で頷《うなず》く。鍵を挿し込みながら、律子は体内に散った理性を掻《か》き集めた。やってやろうじゃない。たかが本が飛び交う程度、なんとでも潜《くぐ》り抜けようはある。飛んできた本を笑いながら朗読してやるんだから。

流律子は勢いよくドアを開けた。ドア向こうの縁《へり》には女が逆さまにぶら下がっていた。

「キャアアアアアアアアアアア!!」

律子は絶叫した。

「いやあああああああああああ!!」

ましろも絶叫した。

「うわあぁぁあぁあああああああああ!!」

女も絶叫した。

「わぁぁぁぁぁぁ!! やぁぁぁぁぁぁ!!」

「ひゃぁあぁぁぁあ!!」

「イヤァァァァァ!!」

体内の理性が毛穴から一斉に霧散していくのを感じながら、律子は腕をバタバタさせた。その後でましろに助けを求めようと後ろを振り返った。藤谷ましろの姿はなく、叫び声は既に図書室前の階段を下りた先に消えかけていた。律子は背後からなおも聴こえる女の絶叫を浴びながら、手を合わせて生まれて初めて神に祈った。神様、仏様、私は間違っていました。アンドリュー・ワイルズなんてスッポンでした。幽霊は洒落《しゃれ》になりません。どうか悪霊《あくりょう》の魔手から私を守って。

顔を真っ赤にして叫びながら、律子は自分の体が温かい何かに包まれていくのを感じていた。段々と体から力が抜け、疲労感から解放されていくのを感じる。あぁ、神よ、これが救いなのね、と律子は思った。

流律子は気絶した。

◆

坂東蛍子は怖いものが苦手だった。中でも幽霊は特に怖かった。夜トイレに行く時は必ずぬいぐるみを抱きしめて廊下に出て、帰り際にトイレにぬいぐるみを置き忘れ、幽霊に連れ去られたその大事な友達を泣きながら目を瞑《つむ》り匍匐《ほふく》前進で探しまわるぐらい苦手だった。そんな彼女が現在一人で暗い学校の階段を上っているのは、先日行われた体育祭が大いに関係していた。蛍子はそこで溜め込む羽目になったとある鬱憤《うっぷん》を盛大に晴らすために、半ばやけくそ気味になって、気のいい友人を巻き込みながら大嫌いな夜の校舎に飛び込んだのである。

「……」

蛍子は現在、本校舎の屋上と三階を繋《つな》ぐ階段の踊り場に立っている。左手で微《かす》かに存在を主張する姿見を見ないよう努めながら、蛍子は屋上へと続く残り半分の階段を見上げた。階段の残り段数は十二段である。数字の通り、上りは十二段なのだが、しかし下りを数えてみると時折一段増えていることがあるらしい。それが当校に伝わる〝十三階段〟の概要だ。噂《うわさ》によると、もし階段が十三段になっていたら時空が捩《ねじ》れているので非常に危険であり、下りた先にある姿見は絶対に見てはいけないのだと言う。何故ならそこには時空の捩れにより繋がった平行世界の自分の姿が映るからだ。別の自分を目撃する――それは高校生たちに「ドッペルゲンガー」という都市伝説との関係を連想させた。そしてその連想がこの〝十三階段〟を七不思議という地位にまで押し上げたのである。

ちなみにこの段数のズレは、下りる際は最上段を一段目とカウントする人間がいるために生まれるものであり、手垢《てあか》のついたパーティ・マジックに過ぎなかったが、しかしこれが気付かないと意外に恐ろしいものなのである。古代ローマ人がアシモを見たらきっと恐怖するだろう。それと同じだ。

「……よし、こっからだぞ、私」

怖々《こわごわ》ながらも何とか屋上への階段を上り切った蛍子は、今夜三十四度目の深呼吸を終えると、頂上から眼下の景色を眺めて小声で独り言を言った。もう引き下がれないぞ。

下りないと帰れないんだから。少女は自然に内股《うちまた》になっていく足を両手ではたいて激励しながら、一度深呼吸し、もう一度深呼吸した。これ以上は深呼吸出来ない、と蛍子は思った。出来ればもう一度だけしたいけど、あまりに時間がかかりすぎると図書室への到着が遅れちゃう。そしたらきっと二人にがっかりされる。

坂東蛍子は人に失望されることを時空の歪《ゆが》みやドッペルゲンガーより恐れている女子高生である。彼女は人一倍プライドが高く、たとえ誰の目からであっても自分が人より大きく映るように立ち振る舞いたい衝動を抱えていた。友人からの視線は特に気にしており、更に一段高い信頼を勝ち取っていたいと願っていた。何故なら彼女は友人達のことが大好きだったからだ。蛍子はその気の強い性格の影響で友人を多くはもたない人生を送っていたが、そのことに対し何ら不満を持ったことはない。少女は友人の価値が数で決まるわけではないことをちゃんと理解していた。

「うぐ……うぐぐ……ぐっ！」

とうとう意を決し、少女は一歩足を下ろした。そのまま勢いを殺さずに、三段、四段、と数えながら下りていく——そう、三段、四段とだ——。序盤は無の境地に至り、仏教の教えに身を委《ゆだ》ねていた蛍子だったが、中盤に差し掛かったところで徐々にその気を乱し出し、露骨に心臓の動きを速めていった。七段、八段……大丈夫、大丈夫……蛍子は込み上げてくる恐怖心を抑え込みながら、怯《ひる》む足を必死に下ろしていった。

「十一……十二……十三……」

坂東蛍子は階段を下りきったことでホッと胸を撫《な》で下ろし、すぐに自分の口から出た言葉に飛び上がった。

「え⁉　え、ええ⁉」

頭の中を埋め尽くす疑問符はすぐに爆弾に姿を変えて炸裂《さくれつ》し、彼女の口から音となって排出された。

「わ……うわっうわあ！　わあッ‼　わああああああッ‼」

坂東蛍子は助けを求めるために残りの十二段を下りようとし、目の前の姿見と鉢合わせた。突如目の前に現れた自分と瓜二《うりふた》つの相手に対し蛍子の混乱はいよいよピークに達した。遠くから沢山の叫び声が聞こえた気がして、自分以外の誰かが自分の真似《まね》をしているると勘違いした坂東蛍子は、更に大きい声を出しながら何かを発散させるようにその場で足をバタバタと上下させ、腿上《ももあ》げ運動を行い、目の前の自分も同じことをしているのを見てたまらずその場から逃げ出した。屋上前は再び静寂が戻り、十二段の階段を二歩で下りきった少女の驚異の記録だけが後に残った。

◆

鈴《すず》は怖いものが苦手だった。中でも幽霊は特に怖かった。夜厠《かわや》に行く時は一足毎《ごと》に火をつけた蠟燭《ろうそく》を置き、帰り際に火の消えてしまった真っ暗な廊下を見て、諦めて朝まで厠に籠《こも》っているぐらい苦手だった。そんな彼女が怪談渦巻く夜の学校に居るのは、彼女自身がその渦中《かちゅう》の幽霊に他ならないからである。

鈴が〝学校の怪談〟となったのは今年に入ってからのことであった。気がついた時には校内におり、以来ずっと学校の中を彷徨《さまよ》い続けていた鈴であったが、今年になって突然セキュリティシステムのセンサーに引っかかるようになってしまったのである――科学の進歩は恐ろしいな、と鈴は考えたが、実際は進歩云々《うんぬん》の話ではなく、幽霊の本質の部分についての話であった。幽霊が何故誰の目にも見えるわけではないのか。それは幽霊は双方が意識を向け合っていないと見えないからだ。霊体は、そこにいる、と互いに存在を意識することで初めて認識が伴うようになる。今年に入って校内に設置された防犯センサーの一つが、夜の寂しさに耐え切れず、誰か傍に居てくれないかと想像した。するとすると目の前に突然こちらを見ているおかっぱ頭の少女が現れた。彼はその少女に恋をし、以来職員室だけにセキュリティが集中し、少女がそこを警戒して通らなくなった今でも、あの黒髪が視界で跳ねるのを待ち続けている――。

鈴が何度もセンサーに引っかかったことによって、昼の校内では好奇心旺盛《おうせい》な十代の若者たちが自由な想像力を存分に羽ばたかせ始めた。ある夜、セキュリティが停止していることを知った生徒が数人で、事の真相を確かめるために校内に忍び込んだ。そこで当の幽霊がじっとしていれば事態は丸く収まったかもしれなかったが、鈴は自身が発端であることに重い責任を感じ、自分を信じて待っている子供たちの下へ向かうサンタクロースのような気分になって、幽霊として怪談を全うしようと生徒たちの肩を撫でてしまった。翌日、当然のように怪談話は勢いを増した。ここにきて鈴はようやく慌て始めた。どんどん増えていく怪談のエピソードを一人でこなさなくてはならないことに焦《あせ》りを感じたのだ。日本の学校の怪談に〝七不思議〟という上限制度があったのは、少女にとっては誠に不幸中の幸いであった。

「ほんと、びっくりしたなぁ」

現在、鈴は十三階段を目指して別校舎と本校舎を繋ぐ渡り廊下を駆けていた。鈴は先程の二人の少女たちのことを思い出していた。本当は私が怖がらせないといけないのに、あんな怖い顔されたら、こっちが怖くなっちゃうよ。鈴は生者がそうやるように心臓の辺りに手を当てて深く息をした。鼓動は伝わって来なかったが、そうやると不思議と落ち着くことを彼女は知っていた。そこに心があるからかもしれない。

「とにかく、早く向かわないと……」

鈴という幽霊の少女は本校の七不思議を一手に担《にな》っている。手一杯になりながらも、今までは何とかその使命を完遂することが出来ていたが、しかし今回は侵入者たちが別行動をとるという初めての事案にぶつかってしまった。そのため決して要領が良いとは言えない少女は初手から手が回らなくなっていた。二手に分かれた女子生徒たちを見て、とりあえず鈴は距離的に近い屋上側の少女を追うことにした。しかし少女は深く息を吸ったり吐いたりするばかりで一向に階段を上る気配がない。そこで鈴は、一旦この場を保留とし、急いで図書室に向かうことに決めた。この頃には鈴の頭の中はすっかり混乱していたので、自分が普段何処で何をやっているのか、もうよく分からなくなっていた。いつもなら図書室は本をジャグリングする場であり、十三階段はおしろいを塗った状態で姿見の前に待機してびっくりさせる場であり、そのおしろいを流用しカツラを被った〝サカサ女〟は三年C組の教室の天井に張り付いて行う業務であったが、彼女は図書室に到着すると何を思ったかドアの上に上ってうっかり〝サカサ女〟を演じてしまったのだった。目前の少女の昏倒《こんとう》により驚嘆と恐怖の悲鳴が収まってから、鈴はようやくその間違いに気付き、天井から下りて頭を抱えた。

後日、図書委員の霊の話が校内に広まることは想像に難くない。怪談というのはこのような当事者のうっかりによって派生し増えていくのである。

三階へ向かいながら、おしろいどうしよう、と鈴は思った。先程図書室で生徒たちの絶望の表情に怯えて涙をボロボロ零《こぼ》してしまった鈴の顔は、化粧が不気味な剝《は》がれ方をしてしまっていたため、仕方なく一旦顔のおしろいを洗い流したのだ（普通の幽霊ならむしろ恐怖させる良材となり得ると判断しただろうが、この臆病《おくびょう》な女幽霊は自分の顔が怖過ぎることに耐えられなかった）。

あの女の子は今にも十三階段を下り切ってしまうかもしれないのに、今更塗っている暇もないよなぁ。仕方ないからこのまま行って、上手《うま》いこと誤魔化すしかないよねぇ。

鈴がそんなことを考え、三階の階段を上り終えたその時、驚くべき速度で廊下を全力疾走してきた少女が数瞬で眼前まで飛んできて、あわやもう一寸《ちょっと》でぶつかるというところで急ブレーキにより停止した。少女は目を充血させ、無言で口をパクパクさせていた。

鈴は再び叫び出しそうになる口を慌てて押さえ、涙目になりながら驚きと恐怖を堪《こら》えた。

「……」

「……」

どうしよう、と鈴は思った。こんな時間に自分たち以外の生徒がいるなんてそう都合よく思ってくれるわけがない。というより、それ以前に浮いてるところ見られたよね？　じゃあ幽霊ということを主張して、逃げてもらってやり過ごす？

鈴は再び混乱した。そしてそんな鈴の混乱を坂東蛍子はこう解釈した。

「こんばんは。私、蛍子って言います。貴方は？」

そう、相手の動揺を落ち着かせるなら、まずは挨拶《あいさつ》と自己紹介である。

◆

「こんばんは。私、蛍子って言います。貴方は？」

坂東蛍子は突如目の前に現れた見ず知らずの少女の動揺を抑えるため、恐怖を押し殺し、今出来うる限りの笑顔を作って挨拶した。何故なら相手の抽象画のような表情は自分が原因だと確信していたからだ。長い髪を振り乱し、目を潤《うる》ませて口を開けながら走っていた私はさぞ滑稽《こっけい》だったことだろう。蛍子はそう思うと恥ずかしさでいっぱいになり、恐怖より何より今すぐ相手に弁明したくてしょうがない衝動に駆られた。

「あ……え、え……？　お、お鈴です……あ、いや、鈴ですっ」

自分の名前を言ったことで更に混乱を深めた様子の相手を見て、蛍子はどうしたものかと首を捻《ひね》った。そして「話したもん勝ち」という母の教えを思い出して再び口を開く。

「お鈴ちゃんって呼ばれてるのね！　古風で素敵！　私もそう呼んでいい？」

「うぇ、あぁ、と」

「私もお蛍子……じゃおかしいか。蛍子ちゃんで良いから！」

少女は頭を上下させて同意を示したが、まだ混乱は収まっていないようだった。それにしても色の白い子だなぁ、と蛍子は思った。本当に透き通りそうなぐらい白いなぁ。

「貴方も肝試しに来たのよね？　一人で？　それともはぐれちゃったの？」

鈴はモアイ像のような姿勢で硬直して目をパチパチさせ、少しの間の後に声を出した。

「……一人、です」

「えぇ！　凄《すご》い！　私なんて……いや、怖くはないんだけどね。全然怖くはないけど。さっきのもちょっと運動してただけなんだけどさ。ホントに。でもまぁ、皆で来た方がこういうの楽しいだろうなって思ったから、友達と三人で来たんだ」

「へえ……」

「そうだ！　お鈴ちゃんも私たちと一緒に回りましょうよ！」

「はあ……え⁉」

坂東蛍子は目の前にいる少女がこの学校の生徒であると信じて疑わなかったが、同時に、相手が自分のことを――すなわち、この学校における「坂東蛍子」のことを――認知していない様子であることも敏感に察知していた。蛍子は無欠の能力と無敵の美貌《びぼう》を併せ持つ神童として、地域一帯に名が轟《とどろ》いている少女である。本拠であるこの学校では当然のように全校生徒に認知され、彼女が歩けば生徒の海が自然と左右に開き、購買に行けばきなこ揚げパンまで真っ直ぐに道が出来るような状態になっている。プライドの化身である坂東蛍子は、そんな周囲からの崇敬の念をとても好ましく思っていたが、たまに、寂しいな、と思う時もあるのであった。そんな蛍子であるものだから、友人になれそうな相手を見つけるとそう簡単には手放したくないわけである。先程発せられた蛍子の台詞《せりふ》は臆病で傲慢故《ごうまんゆえ》の彼女の人生が詰まった誘い文句であった。

「えっと、でも……」

「皆でやった方が、きっと楽しいよ」

「う、うーん……私……」

しかし鈴がそんな蛍子の心情を知る由《よし》もない。乗り気でない鈴を見て、蛍子は肩を落とす。蛍子は傲慢だが臆病でもある少女だ。もし一月前の彼女だったら、相手から嫌われてしまうことの方を恐れて素直に引き下がっただろう。しかし蛍子は引き際はよく考えなくてはならないことを学習していた。掴《つか》んだ尻尾《しっぽ》は放さない方がいいというのは、母の教え以外で学んだ数の多くない自分で見つけた真理であった。

「じゃあ、次の場所まで付き合って。そこまででいいから。ね？」

食い下がる蛍子の様子を見て、鈴は渋々といった様子で頷いた。嬉しそうに飛び跳ねる黒い髪を見て、鈴は再び目を丸くした。

「お鈴ちゃんの服かわいいね」

「そ、そぉ？」

「ヴィンテージデザインで揃《そろ》ってるし、白と赤のコントラストがね、凄く良いよ」

「そ、そうなんだ……ばんていじ……えへへ」

頬を染めて照れる鈴を見て、可愛い子だな、と蛍子は思った。絶対良い子に違いない。

二人は階段を下りて二階にやって来た。本来なら待ち合わせ場所の図書室へと向かうべきところだったが、少し時間を費やしすぎてしまったことを考慮した蛍子は、本校舎の他の七不思議である〝校長室の死のオルゴール〟を中継してから行くことに決めた。大見得をきって肝試しに誘った以上、友人たちに自分が怖がって遅れたとだけは思われたくなかったからだ。

「……ねぇ蛍子ちゃん、私たち、昔どこかで会ったことない？」

鈴は一定の根拠の元に何かを確かめようとしている目を蛍子に向けていた。

「え？　うーん、たぶん学校ですれ違ったとかじゃないかな」

「そうだよねぇ」

「ところでお鈴ちゃん、ずっと気になってたんだけど、その箱は何？」

蛍子は鈴の抱える木箱を指さした。この箱は鈴が学校の怪談を実演する時、おしろい等の小道具を入れて持ち歩くためのものであった。校内に保管されている学校長の私物を一部の教師が研究用に借りていき、そのまま研究室に置いたままにしてしまうことがあったりすると、それらを回収して校長室まで運搬するために使ったりもする。底には「鈴」と銘が打たれており、恐らく自分の生前の私物ではないか、と鈴は考えていた。

「これは……巾着《きんちゃく》みたいなものかなぁ」

「巾着って何？」

「え!?　ええとね……あ」

鈴が慌てた様子で蛍子に言った。

「ほ、蛍子ちゃん、こっちは職員室だよ……？」

「あ！　そうだった！」

鈴の言葉を聞いて蛍子がピタリと足を止めた。〝死のオルゴール〟は本校舎二階にある。彼女が今辿《たど》っているルートで言うなら、職員室のちょうど向こう側に位置していることになる。鈴と鉢合わせてすぐに近場の階段を下り、そこから改めて目的を決めたために、蛍子は防犯センサーのことをすっかり失念したまま行動していた。

「……仕方ないか……ん」

蛍子は頭の中で地図を描き個々のスポットとの距離を考え、寄り道を断念することにした。ちょうどその時、彼女が寄りかかって手をかけていたドアが僅《わず》かに横に動いた。蛍子がドアの方を向いていることに気がつき、鈴もそちらに注意を向ける。

「……あれ？　開いてるね」

「ここは大体いつも開いてるからね」

　蛍子が指さしたドアプレートには「新聞部」と書かれていた。現在この高校の新聞部はとある名物部長によって管理されており、部員の入れ替わりが激しいことで有名な部活動である。ちなみに今は埼玉県南部からやって来た不良転校生の桐《きり》ヶ谷《や》茉《ま》莉《り》花《か》や、大マゼラン雲からやって来た宇宙人の大城川原《だいじょうがわら》クマなどが所属している。

「ん、そうだ。せっかくだしちょっと寄っていきましょ」

　唇に一本指を添えた後、蛍子はドアに手をかけて躊躇《ちゅうちょ》なく横に開いた。忌々《いまいま》しいものに触れているかのような少し乱暴な開き方だった。背中越しに呼びかけてくる鈴の声が、傾いた花瓶のように不安定に揺らいだ。

「も、もしかして、ここにも怪談話があったりするの？」

「え？　んーん、違うよ」

　部屋の電気を点《つ》けながら、蛍子が振り返って笑顔を作った。彼女の言葉を聞いて鈴もホッとしたように胸に手を置く。余程怖かったのね、と蛍子は思った。それなのに一人で肝試しをするなんて、変なところで度胸がある子だ。意外にいじっぱりなのかも。

　明るくなった部室内はそこら中が紙束で埋め尽くされていた。漫画家がスクリーントーンを貼《は》り忘れたように校内の情景からぼんやりと浮き上がった室内で、蛍子はゆっくりと十全に目を慣らした後、目当てのものを漁るため紙の海を掻き分け始めた。

「ごめんねお鈴ちゃん、少しだけその辺で時間潰してて」

了解を示し、ファイルの並んだ書棚の方へ向かっていく鈴を見送り、蛍子も自分の手元に視線を戻す。目的の品はすぐに見つかった。プリンターの近くに三つに分けて積まれているそれは、校内新聞の最新号だった。

「……」

蛍子は伸ばした手を何かに怯えるように一旦止め、意を決して新聞を一部摑んだ。そして表紙に大々的に掲載されている記事の見出しを頭の中で克明に読み上げた。

坂東蛍子、敗れる。

先日、六月の終わりに、少女たちの通う高校で年に一度の体育祭が行われた。この学校は学校行事が盛んであったため、その日も大層な賑《にぎ》わいを見せたが、中でも一番盛り上がったのが終盤に執り行われた「短距離走」であった。短距離走。それは天才少女坂東蛍子が最も得意とする競技である。特定の部活動に所属こそしていない蛍子だったが、入学当初から助《すけ》っ人《と》としてどの部からも常に引っ張りだこで、中でも陸上競技に至ってはあまりの異質さから指導者たちに疑われ、足のレントゲン検査を受けさせられたことがある程であった。それ程までに彼女は速かった。にも拘わらず、蛍子は体育祭で一等の座を明け渡してしまったのである。それも、よりによって自身が最も憎む相手にだ。

(勝利を奪い取ったのは誰か、それは読者諸兄もご存知であろう。我が部きっての徒競走マシーン、桐ケ谷茉莉花氏である。桐ケ谷氏はスタートギリギリに風のようにやってくると徐《おもむろ》に白線の前に手をついた。汗を滴らせながら銃の雷管を睨む様は、まるで自身を弾丸に見立てているかのようであった……）

あの時のジャス子は本当に速かった、と蛍子は記事を読みながら忌《い》まわしい記憶を回想する。中盤からは食いつくのがやっとだった。勝てる気がしなかった。でも、元々速かったとはいえ私より速かったことなんて一度もないアイツが、なんであの日はあんなに速かったんだろう。蛍子はその夜、ロレーヌを涙でぐしょぐしょにしながら日が昇るまでそのことについて考えていたが、結局分からず終《じま》いだった。今も分からない。

校内新聞には、茉莉花を讃《たた》える言葉と、蛍子の才気に陰りが見え始めたという嘲《あざけ》り交じりの批評が大仰にわざとらしく書き連ねられていた。蛍子は一面を読み終えてからも暫く新聞を歪めている手の力を緩めなかった。彼女は本当に悔しかった。自分への煽りも、茉莉花への賞賛も勿論悔しかったが、それ以上に短距離走で負けたことが悔しかった。短距離走は彼女にとって、親友と自分を繋ぐ掛け替えのない思い出の一つであり、ともすれば人生の重大な一側面であり、その敗北は二人の特別な宝を汚《けが》されたような気持ちを少女の心の奥深くに抱かせた。

そういうわけで、坂東蛍子は今ここにいる。この女子高生は自分を慰安するために昔から突飛な行動をとることがある。乗り方も知らないタクシーで旅に出たり、怖がりのくせに夜の学校に忍び込んだり、そうやって賢人である自分でも頭でついていけないような よく分からないことをすることで、どうにか気を紛らわせようとするのだ。しかしながら、今現実逃避の果てに改めて現実を突きつけられたことで、蛍子は最早《もはや》手前の苦難から目を逸《そ》らせなくなっていた。人生で感じたことのないような屈辱と恥辱を感じながら、同時に蛍子は乗り越えなければならない、と自身を鼓舞した。それは内から湧《わ》き上がる怒りによる鼓舞であり、信念を守るための悲壮な鼓舞でもあった。

坂東蛍子は顔を上げると、何もない白い壁を睨みつけながら手に持った新聞をグシャリと握り潰した。闘わねばならない。今すぐにでもジャス子と闘って、そして完膚なきまでに打ち負かさなければならない。そうしないと、私は私を保てなくなる。

(月曜日、桐ヶ谷茉莉花と闘おう)

蛍子は、あらゆる生き物が決別した死の底に灯《とも》る夜の新聞部で、一つの決断をした。

短距離走という自身の最大の土俵で打ち負かされた蛍子が茉莉花に挑むのは、当然、相手の土俵である「喧嘩《けんか》」だ。

◆

鈴は新聞部の部室を懐《なつ》かしそうに眺めて回った。初め、蛍子にこの部屋が新聞部だと説明された時上手く理解出来なかった鈴だったが、室内を見てすぐに合点がいった。彼女の記憶ではこの部屋は校内のあらゆる記録を保管する資料室だったが、今は新聞部が間借りしていたのだ。資料ファイルと新聞の残骸《ざんがい》が一緒くたになった部屋を見回しながら、この部屋の主《あるじ》は余程怠け者に違いない、と鈴は少し呆《あき》れ気味に微笑した。

鈴が資料室に懐古の念を抱いたのは、過去に熱心に足を運んでいた時期があったからだった。鈴が幽霊として目覚めた場所は夕暮れの図書室だった。まどろみからゆっくりと覚醒《かくせい》し、机に突っ伏して眠っていた体を起こしながら、鈴は自分自身のことをすっかり失念していることと、体が僅かに光を透かしていることに気がついたのだった。少女は状況に鑑《かんが》み、自身が当校の生徒であることを仮定して、校内に残っている自分の記録を求め、五年、十年と探し回った。資料室はその際によく世話になったのだ。鈴は当時を回想しようとして、諦《あきら》めて静かに笑んだ。当初は本当に色々なことを思い、考えたような気がするが、今となってはそれも遠い夢のようで思い出せない。霊の長大な時間感覚にかかれば、きっと今日の出来事もすぐに過ぎ去ってしまうことだろう。

鈴は壁際《かべぎわ》で何やらやっている蛍子のことを見た。鈴は今夜久々に楽しいという感情を抱いていた。本当に久しぶりに人と話をして、笑い合うことが出来たのだ。蛍子ちゃんには感謝しないとな、と鈴は彼女の背中を見つめ、思いを振り切るように再び資料に目を向けた。死者と生者はひとところに居てはならない。それは、昔生きていた死者たちこそが最も深く自覚していることだった。鈴はその事実についてあまり考えないようにしている。悲しい気持ちになるからだ。

資料の頁《ページ》を繰り、懐かしい卒業生の顔ぶれや、破壊された校長の銅像を眺めていると、近くで蛍子が新聞を握り潰す音が響き、鈴は何事かと音の方を振り返った。同時に蛍子も此方《こちら》を振り返り、自身の鬼の形相に気づき頬をひくつかせながらも何とか笑顔を作る。

「お待たせ」

丸められて新種のシュウマイのようになった新聞を放り捨てる蛍子に、鈴も無理な笑顔で返した。

「う、うん」

「あ、お鈴ちゃんも何か調べ物してたの？」

「うん。ううん、平気。もう終わったから」

「じゃあ、行きましょっか」

蛍子が部屋の奥から紙束を跨《また》いでやってきて、先に立って新聞部室を後にしようとし、蛍光灯を消す手を俄《にわ》かに止めた。暫くスイッチの周りを人差し指でぐるぐるやっていた後、そうだ、と手を打って少しぎこちなく振り返る。

「お鈴ちゃん、今夜もう七不思議のスポット回り終わったところある？　ほら、私の次行くところがお鈴ちゃんがもう済ませてるとこだったら無駄足じゃない？」

鈴は、特には、と言いかけて、これは良い機会かもと考え直し、質問で返した。

「蛍子ちゃんはどういうルートで回る予定なの？」

肝試しに来た大体の生徒は校門前や昇降口にて通過する順路の最終確認をするため、鈴もそこに混ざってチェックしているのだが、今回は途中で道順の講義が打ち切られてしまっていたので彼女はちゃんと先回り出来るか不安で仕方なかったのである。

「あぁ。えーっとね……当初とは変わっちゃったけど、とりあえず〝十三階段〟は終わって、リツのことだし〝図書室のポルターガイスト〟とその道中の〝開かずの間〟も回り終わってるだろうから、あとは図書室前から一階に下りて、理科室の〝人体模型〟を見て、で校長室に行って、最後に三階でサカサ女と花子さんかな」

「なるほどなるほど」

鈴は熱心に頷いて、今のルートを記憶した。それを見て蛍子がクスクスと笑う。

「やっぱ最後は花子さんよね！　お鈴ちゃんもそう思うでしょ？」

「え？　ごめんなさい、なぁに？」

「〝トイレの花子さん〟！　定番中の定番だもん！　どれだけこわ……可愛らしい子なのかしらね、アハハ」

それ、私よ、と鈴は思った。トイレの花子さんは、私がセンサーの暴走を恐れて厠に籠って震えていたら、肝を冷やしにやってきた生徒に見つかった、この学校一つ目の七不思議だもの。

自分自身のことを恐れられ、冗談として笑い飛ばされたことで、鈴は急に蛍子との間に距離が出来たように感じた。彼女にとって花子さんは「人生における話の種の一つ」でしかないけど、私にとって花子さんは「私自身」だ。逆も言える。私は彼女にとって「話題の種の一つ」に過ぎないんだ。でも彼女は、私にとって……

鈴は眩《まぶ》しいものを見るように目を細め、挙句に逸らした。少女はその幼い体で生と死の差異を痛感していた。

「これ秘密なんだけどさ、私凄いことに気づいちゃったかも」

蛍子が一本指を立て、隠し事を披露するように前のめりになった。

「……？」

「ウチの学校の七不思議が今年になってから噂になり始めたのは知ってるでしょ？　私、どうしてもその唐突さが気になって色々調べてみたのよ。そしたらね、七不思議はいっぺんに湧き出てきたわけじゃなくて、一つずつ徐々に出来ていったことが分かったの」

そうなんだ、と鈴は感心するフリをした。

「でね、怪談を辿っていったら、トイレの花子さんが一つ目だったのよね。目撃した先輩曰《いわ》く、トイレで女の子が泣いてたんだって。なんかちょっと曖昧《あいまい》じゃない？」

「ま、まぁでも、びっくりしてたなら曖昧でも仕方ないかも……」

「そうだけど……仮によ。もちろん幽霊なんかいないけど、仮に、トイレの花子さんが実在したとしてさ。もしかしたら花子さんは怖がりなのかも」

「え？」

鈴は目を丸くした。

「あるいは寂しがり屋？　だってトイレで泣いてたわけだし、泣いてたのには当然理由があるでしょ？　幽霊だって色々考えてると思うのよね、私」

鈴は黙って聴いていた。

「で、その後急にたくさん怪談話が出来て、七不思議になったんだけど……花子さん以外はあんまり実態が見えないっていうか、所々混じってて曖昧っていうか。少なくとも幽霊に関しては女性のみで完結してるじゃない？　このことに思い至った時、私思ったのよね。もしかしたら後の六不思議、全部花子さんがやってるんじゃないかって」

「！」

「まぁさすがに証拠も何もない、飛躍した想像だから、リツとかには絶対話せないけど。でもでも、もしそうだとしたら、花子さんってとっても頑張り屋さんってことにもなるわよね？　怖がりで、寂しがりで、頑張り屋さんって、それもう凄く可愛くないかしら？」

蛍子は目を輝かせてそう言った。鈴は俯《うつむ》いて、目を擦《こす》りながら頷いた。

「でしょ？　お鈴ちゃんもそう思うでしょ？　だからね、そんなこと考えてたらちょっと会いたくなっちゃったというか、会っても大丈夫な気がしたというか……まぁもちろん幽霊なんていないんだけどさ」

蛍子の言葉の後暫《しばら》くの間があったが、何とか鈴は言葉を引き継いだ。

「なんだか、花子さん人間みたい」

「違うの？」

蛍子がキョトンとした顔で言った。思わず顔を上げた鈴も同じような顔をして、それからすぐにクルリと後ろを向いた。

「……たぶん、喜ぶと思うよ」

え？　と蛍子が聞き返す。

「花子さんにそう言ってあげたら、きっと喜ぶと思う」

「そうかな」

蛍子が少し照れたように頬をかいた。

「もちろん、幽霊なんていないけどね」と鈴が振り返って笑った。蛍子も笑った。

◆

流律子は明かりの点いた部屋へ向かいながら、徐々に判然としてくる声に段々腹が立ってきていた。何せ二人分の声がするのである。愉快そうなだけならまだいいが、二人で談笑しているとなると、自分だけ真面目《まじめ》にやった挙句除《の》け者《もの》にされたようで良い気分はしない。懐中電灯で足元を照らしながら、何よ、と律子は口を尖《とが》らせる。藤谷さんは蛍子と合流する前に私と合流すべきなんじゃないの。

暗い廊下を歩きながら、律子は手に持った懐中電灯を見てほくそ笑んだ。そうだ、二人を驚かせてやろう。この灯りで顔を照らして窓から覗《のぞ》き込んでやる。律子は新聞部の近くまでやって来ると、しゃがみ込んで窓の下を通り、機を見て腕を伸ばして窓を掻き、時間をかけてゆっくりと立ち上がった。窓枠まで顔が迫《せ》り上がると、こちらを見て顔を青くする二人の少女と目が合う。律子はまず蛍子の表情を見て満足そうにニヤけた後、もう一人の少女の顔を確認して顎《あご》を落としそうになり、慌《あわ》てて歯を食いしばった。その少女がましろではないから驚いたのではない。少女の顔の青白さが明らかに人間的な理由によるものではなかったから驚いたのだ。幽霊だ、と律子は思った。なんで幽霊が新聞部で蛍子と談笑しているんだ。

「何よ、リツじゃない。ふざけないで」

我に返った蛍子の声で、律子も我に返って呼吸を再開する。蛍子は律子の奇妙な挙動に首を傾《かし》げ、彼女の視線を追って心境を理解した。

「あぁ、この子はお鈴ちゃん。なんと一人で肝試しに来たのよ」

何故《なぜ》か自慢げな蛍子である。流律子は友人の言葉を聞いて、尚更《なおさら》混乱を深めた。

「ど、どうも」と鈴が言った。

「え、ええ」と律子が言った。何故蛍子は普通にしていられるんだ。微妙に体が光ってるじゃないか。

「で、リツは何しに来たの？」

「え……ええと……いや、何しにって、貴方《あなた》ね。遅いから迎えに来たんじゃない」

蛍子は小さく口を開けた後、ごめんごめん、と苦笑いした。

「フジヤマちゃんは一緒じゃないの？」

「あの子とは図書室の前で逸《はぐ》れちゃったのよ。幽霊が出た時に駆け出していっちゃって」

幽霊いたの⁉　と蛍子が律子に詰め寄る。

「い、いいえ、いないわよ。ん？　居るけど……あれ？　いや、いないいない。あの時は、ただ女の人がドアの上からぶら下がってただけ」

蛍子が今度は素早く後ずさり、律子に目で「いるじゃん」と訴えた。その顔が何だか腹立たしかったので、律子は一先《ひとま》ず睨《にら》み返した。

「……あぁ、あの時の」

二人の会話を傍聴していた鈴がほろりと言葉を漏らし、二人の視線が鈴へと移動する。

「貴方、あの場にいたの？」

「え！　いや……悲鳴が聞こえたから、それかなって……」

あぁ、と納得したように律子が頷いた。蛍子には自分の悲鳴以外に心当たりがなかったが、周りに合わせて頷いておくことにした。

先に言っておくけど、と律子が蛍子に釘《くぎ》を刺す。

「あの悲鳴は藤谷さんのだから」

「どうだか」

「本当よ。私ずっと真顔だったもの」

鈴が顔を伏せる。

「蛍子の方こそどうなのよ？　〝十三階段〟、行ったんでしょ？」

今度は蛍子が言葉を濁す番だった。頭の中を整理しながら蛍光灯のスイッチをオフにし、廊下を歩き出す。律子と鈴は彼女の後ろに続いて言葉を待った。

「うん、まぁ……十三段だったけど……」

「そ、そう……」

なんとなく茶化し辛《づら》くて、律子は上手く反応できなかった。だって、十三階段って、噂通りなら命の危険がある怪談だものね、と律子は蛍子の背中を見る。今一度記し直すが、流律子は怖いものが苦手であるし、結構鵜呑《うの》みにするタイプの女子高生である。

「でもほら、〝十三階段〟は科学の領域だし」

「え？」

「要するに、私時空の歪みを発見したことになるわけでしょ？　てことはそれを研究して証明出来れば歴史に名前残るわよね」

唐突に明るくなった蛍子を見て、律子は少し心配になった。

「林檎《りんご》を見つけて雑誌の名前になれるなら、十三階段なら町の名前ぐらいにはなれるんじゃない？」

ニュートンは林檎を見つけたわけではない。

「……ハァ。何言ってるのよ。せいぜい新聞の端を埋める程度よ」

律子は溜息《ためいき》交じりにそう言った。そういえば蛍子はこういう人間だった。頭は確実に良いのに、たまに突飛なことを思いついて、いつしか私は坂東蛍子の考えを読み切ろうとするのを諦めたんだった。

「し、新聞は、今は禁句ですよ……！」

隣を歩いていた鈴が慌てた様子で口許《くちもと》に一本指をつけ、小声で訴えた。

「シュウマイにされてしまいます……」

この子もこの子で何言ってるんだ、と律子は遠い目をした。流律子は自身と並んで歩いているこの幽霊の女の子のことを、ひとまず人間だと思い込むことにした。蛍子と一緒に行動していると、律子は自分が真面目に考えて、逐一頭を悩ませていることが馬鹿《ばか》らしくなることがあった。別に面倒をかける様子もないし、変に逆撫でするようなことを言うよりはこのままの状態を保った方が良いだろう、と律子は鈴の人格を判断し、踏ん切りをつけるように頷く。大丈夫。とりあえず蛍子より厄介ということはないはずよ。

渡り廊下の手前に差し掛かった頃である。律子は、視界の端に何かが映りこんだ気がして、ビクリと肩で一驚し視線をそちらに向けた。

「……今、何かいなかった？」

蛍子と鈴が立ち止まって首を傾げる。

「何か、白い、小さな、人形みたいな……」

自分で言っていて怖くなってきたので、律子は口を閉じて頭の中で今年度生徒会予算案をシミュレートすることにした。

「そんなことより、リツ、結局フジヤマちゃんは何処《どこ》に行ったのよ」

「だから、わからないんだって」

「わかんないってことはないでしょ。図書室前にいて、フジヤマちゃんは叫びながら行っちゃったんなら、こんな静かな校舎だもの、悲鳴や足音で大体の位置はわかるはずよ」

律子はぎくっとして、予算案を強行可決し、言い訳を考えるために脳に空きを作った。

「それは……そんなことは分かってるわ。ただ、悲鳴は途中で聞こえなくなったし……」

流律子は意識を取り戻してからここに至るまで自分自身の辿ってきた道程《みちのり》を再確認した。たしか私は、藤谷さんを探しに図書室前から一階に下りて、そこの廊下を端まで歩いて、結局見つからなかったから階段を再び上って二階の渡り廊下の前に出て、蛍子の所に向かったことを考慮して本校舎にやって来たんだ。

「たぶん下りたっきり上ってはこなかったと思うけど……」

「じゃあ一階にいるんじゃない？」と蛍子が言った。

「でも、少なくとも藤谷さんが向かった別校舎一階の廊下には、いなかったわ」

「ということは答えは一つでしょ」と蛍子が感心したようにニヤリとし、腕を組む。律子と鈴が雨を待つように少女の尊顔を見上げた。

「理科室に入ったのよ。七不思議の一つ、〝動く人体模型〟を攻略するために」

尊敬の眼差《まなざ》し一つと腑《ふ》に落ちない顔二つが、夜の闇《やみ》に揺られながら、渡り廊下を連れ立って別校舎一階を目指す。

◆

藤谷ましろが分かっていることは、ここが理科室であるということだけだ。床や机に触れた時のひんやりとした手触り、個性的な張り詰め方をする場の空気、何より背後の実験器具を収めるガラス棚の存在が理科室であることを勤勉な図書委員に確信させた。

懐中電灯を落としてしまったましろの周囲は、殆《ほとん》ど暗黒と言って相違ない状態だった。空の月によって辛うじて窓枠が鈍く見えている程度で、他は本当に何も見えない。自分の体も確認出来なかった。ましろは闇に順応する目と共に、心も状況に順応させようとした。彼女にはここに至るまでの記憶が一切欠落していた。そのため、どんな情報でも構わないので何とかして自分自身の手掛かりを摑みたかったのである。いつの世も人が一番恐れるのは、自分を見失うことなのだ。

少女は周囲を一通りぺたぺたやり終わって、ズレた眼鏡を直しながら息を吐いた。どうやらここは理科室の中でもかなり奥まった場所らしい。背中には棚がついているし、右側には備品の収められた理科準備室への扉が確認出来た。前方にも何か、滑らかな表面の、何故か少し焦《こ》げ臭い展示物があり、左側にも金属ケースのようなものがある。どうやら自分は無我夢中で部屋に飛び込み、物を掻《か》き分けて奥まで入り込んでしまったらしい。これは出るのに一苦労だぞ、とましろは前途の多難さを憂《うれ》えた。

藤谷ましろは直前の記憶を失っていたが、少し前の記憶はちゃんと覚えていた。幽霊を見た記憶である。ポルターガイスト現象の予感に戦慄《せんりつ》しながら開けたドアに髪を垂らした青白い女がぶら下がっていたことは、臆病な図書委員には些《いささ》か刺激が強すぎた。藤谷ましろは本当に怖いものが苦手だったし、そんな彼女がこの何もない暗闇の中で冷静さと共に恐怖をも取り戻してしまったのは当然の帰結であった。

徐々に視界が冴《さ》えてきて、ましろはたまらず俯いた。自分の目の前にある展示物が、よくよく考えると人の足のような形だったことを思い出す。体育座りをしながらブルブル震える体を抱きかかえて、ましろは一心に祈った。坂東さん、早く来て。私を助けて。

藤谷ましろの坂東蛍子への憧《あこが》れを一言で言い表すのは難しい。しかし一例でならば伝えることが出来るかもしれない。そこで一つ、藤谷ましろと坂東蛍子の話をしようと思う。今より少しだけ遡《さかのぼ》り、十日ほど前の出来事である。

その日、ましろはいつものように本屋に立ち寄っていた。豊かな装丁の草原を掻き分け、時には手を伸ばして兎穴《うさぎあな》に飛び込みながら、少女は端から端まで一通りの書棚を見て回った。出口付近でましろはその日何度目かの停止をして頭上高くを見上げた。書棚の最上部に収められた本が、金銭的理由でずっと購入に踏み切れずにいる全集だったたからだ。生憎《あいにく》今も持ち合わせはなく、少女は何度も何度も全集へと視線をやった後、ついに諦めて泣く泣く書店を後にしようとした。その時、彼女は背後から肩を摑まれた。何事かという驚きもあったが、その摑み方が少し荒っぽかったためにましろは二重の怯《おび》えをもって振り返った。少女と店の敷居を挟むようにして立っている相手は書店員だった。

「君、ちょっといいかな」

ましろはわけが分からなかった。自分が声をかけられた理由も分からなかったし、男が機嫌を損ねている理由も分からなかった。動転して黙っていると再び男が口を開く。

「もしかして、鞄《かばん》の中にレジを通してないものが入ってるんじゃないかな」

ましろは自分のお腹《なか》辺りに提げている鞄を見下ろし、その後何故こんなことを言われているのか理解するために視線を泳がせた。先程長い間立ち止まっていた書棚の方へ目が行った時、あぁ、と少女は理解した。書棚のちょうど真上に監視カメラがついていたのだ。どうやらこの書店員は、自分が本をチラチラ見ていたのをカメラを確認していたと勘違いし、疚《やま》しいことがあるのではないかと解釈してやって来たようだ。それなら仕方ない、とましろは思った。今、万引きの被害によって沢山の書店が閉店を余儀なくされていることを彼女は知っていた。そのため、彼らが万引きに対し過剰に反応してもそれは仕方がないなと感じた。むしろ一消費者として謝りたいぐらいの心積もりであった。

藤谷ましろは店員に声をかけられてからこれだけのことを考えていた。それでも彼女は、一言も言葉を発することが出来ないでいた。栞《しおり》を詰めすぎたペン立てのように喉元《のどもと》が塞《ふさ》がって開かないのである。

「こちらの誤解なら謝るよ。謝るためにも、中を見せて証明して欲しいんだ」

少女が返事に時間をかける程、店員は疑いの目を強めているようだった。それでもましろは口を開くことが出来なかった。頭では分かっていても、心が上手く動いてくれないのだ。息を短く吸ったり吐いたりして、少し過呼吸気味になりながらも、ましろはただ店員のじわじわと変化していく眼差しを見つめていた。世の中には自分では自分を救えない人間というのが存在する。いいや、正確には自分を守れない人間だ。本当は誰しも自分で自分などは救えないが、身を守ることぐらいなら何とかやっているものだ。しかし藤谷ましろはそれさえ行使する手立てを持たなかった。

次第に白く暈《ぼや》けていく視界の中で、せめて一言謝りたい、とましろは思った。私の奇行のせいで時間をとらせてしまって御免なさい。店員さんも、周りで見ている人たちも、私が喋《しゃべ》れないせいで生まれた何も面白くないショーに巻き込んでしまってすみません。藤谷ましろは声を出すのを諦めて半開きになっていた口を閉じ、俯いて鞄をぎゅっと握った。それを見た店員は今一度表情を変えて、今度は直接鞄に手を伸ばした。ましろは呆然《ぼうぜん》とそれを眺めていたが、しかし彼女の鞄を掴んだのは前方の手ではなく、後ろから伸びてきた手だった。

背後の人物は、ましろを抱き締めるように後ろから突如覆《おお》い被《かぶ》さると、両手で彼女の鞄を摑み、目一杯開いて中身を晒《さら》した。そしてましろの右肩の上でこう宣誓した。

「ほら！　さっさと見なさいよ！」

声の主は坂東蛍子だった。藤谷ましろはこの時、自分を一瞬たりとも疑わない坂東蛍子という財産を、困っていたら必ず駆けつけてくれる坂東蛍子という英雄を、改めて深く心に刻み込んだのだった。

助けて、と藤谷ましろは体をカタカタ震わせながら祈った。またいつもみたいに、困ってる私の前に現れて、私を幽霊や、妖怪《ようかい》や、目の前の人体模型から守って。

彼女は怖いものが苦手である。しかし彼女が何より怖《おそ》れているのは、霊でも夜でもなく、自分の心を支えている坂東蛍子に見捨てられてしまうことだった。ましろの中で蛍子は困った時はいつだって駆けつけてくれる物語の主人公だった。そのため、もし窮地に現れなかった場合は、この酷《ひど》く脆《もろ》い自己に苦しむ少女が喪失感に喘《あえ》ぐことになるのは自明であった。人に期待することは実はとても身勝手なことである。しかし藤谷ましろという少女は、善良な図書委員であると同時に自分のことが大嫌いな娘であったため、自分が信じた人に期待することでしか自分の存在を担保出来なかったのである。

藤谷ましろは主人公からの救いを求め、震える手を虚空《こくう》に伸ばした。闇を押しのけた先には何もないことは分かっていたが、それでもましろは手を伸ばさずにはいられなかった。そんなましろの手を、手前に佇《たたず》む展示物がそっと摑んだ。

（⁉……ッ⁉）

藤谷ましろは人体模型の掌《てのひら》の温《ぬく》もりを感じ、思わず意識を失った。


…………


「ん……あれ……？」

「あ、起きた。大丈夫？」

再び意識を取り戻したましろは、懐中電灯の光と、その向こうに仄《ほの》かに見える蛍子の顔を確認した。蛍子はましろの手を握っていた。思わずましろは、蛍子の体に弱々しくも飛び込んだ。

「も、もう。よっぽど怖かったのね」

蛍子に頭を撫《な》でられながら体の震えが収まるのを待って、ましろが顔を上げる。

「やっぱり坂東さんの手だったんだね」

「え？　何が？」

「私の伸ばした手を握ってくれたの、坂東さんだったんでしょう？　私、てっきりそこの人体模型かと思っちゃった」

そう言ってましろは先程まで潜り込んでいた場所を振り返り、言葉を失った。懐中電灯に照らされたその一角には、人体模型どころか、綺麗《きれい》に片付いて物の一つも置かれていない。

「人体模型？　そんなの初めからなかったけど。ね、リッツ」

「……」

「ていうか藤谷さん。人体模型って準備室に保管されてるんじゃなかったかしら」

「……」

「……それ以前に、どうして理科室の鍵《かぎ》が開いてたの……？」

「……」

◆

白兎のマリーは二階渡り廊下の手摺《てすり》に陣取り、双眼鏡で校庭でのやり取りを観察していた。春先なら桜が咲き誇っているであろう青い木の下で、初老の男とマントの男、二人の外国人が何やら話をしている。一方はマリーの居候《いそうろう》先である結城《ゆうき》一族の長、アーロで、もう一方は妙に姿勢の良い浅黒い男だ。どこか見覚えがあるが、思い出せない。

どうやら今夜は示し合わせての密会のようであるが、それにしては時と場所が不自然だった。何故二人の異邦人が門の閉じた夜の学校で話しているのか。何故アーロは日中に自分の家で話さないのか。

（……そして何故あのマント男は裸なのか）

　このぬいぐるみが家主に尾行するほどの懐疑を抱いているのにはちゃんと理由がある。マリーは自身の検事としての業務に空きがある時、趣味で探偵業をやっている。この探偵業はぬいぐるみをターゲットにしたものではなく、人間相手に行っているものであり、インターネット上でホームページを運営し、そこで依頼主との全《すべ》ての手続きを取り交わしている。「三日遅れのまりりん」と言えばその界隈《かいわい》で知らないものは居ない名の知れた敏腕探偵なのである（三日遅れ、というのは返信が遅いためについた二つ名であるが、これはマリーの手がフカフカのためにキーボードを打つことが困難だからである。彼女はアーロの万年筆を抱えて一つ一つキーを押す）。

　マリーが何故そんなことをしているのか。それは人間が大好きだからだ。ぬいぐるみは人間が大好きなのである。

　そういった仕事柄、白兎はどうしてもキナ臭い情報に対して知識を得やすくなっていく。この町の外国人訪問者数がここ一ヶ月で飛躍的に上昇しているという情報や、その中に国際指名手配犯が多数いるという情報も、旧知の探偵仲間から得たものであった。調査を総合した結果、「まりりん」の勘は近々この町で外国人絡《がら》みの大規模な騒ぎが起こるという確信を彼女にもたらした。

もちろんマリーは、もう十年の付き合いになるアーロのことを疑いたくはなかった。しかし必要とあらば疑うという判断も出来るのがマリーの探偵としての、あるいはぬいぐるみとしての強みでもあった。ぬいぐるみはその長い寿命を精神を壊すことなく全うするために、アカデミー時代に相手に執着や未練を極力覚えないようにする訓練を受ける。愛以上に心を壊すものはないからだ。

マリーは改めて双眼鏡の向こうに集中した。男がマントをとり去り、裸を晒している。何となく左半身が黒ずんでいるようにも見えた。この謎《なぞ》の男は先程何故か校内から出てきて、先に来ていたアーロと合流したのであるが、もしかしたら校内で何かしていたのかもしれないな、とマリーは考えた。というより、そう考えたかった。二人がスキャンダラスな関係にあるとは、居候という立場上あまり考えたくない白兎であった。

男の話がひと段落し、今度はアーロが話し始めた。老人は何度かの男の相槌《あいづち》を受けて、懐《ふところ》から小さな箱を取り出し、彼に手渡した。あの箱は何だろう、とマリーは目を細めた。もし何だか分かるなら問題はないが、常に同棲《どうせい》している私が分からないのであれば、それは人目につかないところに隠されていたものということになる。ここは何としても箱の正体を突き止め、自分の中で沸々と沸き上がり広がっていく黒い考えを払拭《ふっしょく》したい。マリーはそう思って双眼鏡に食らいつき、顔布を食い込ませた。それがいけなかった。背後への警戒を怠ったマリーは後ろに控えていた何者かにあっさりと捕まってしまう。しまった、と思った時には、白兎の視界は暗黒の中だった。

◆

鈴は共に歩いている三人の顔を盗み見た。度重なる不可思議な体験をしたことで、怖がり三人組は何処となく重い空気を纏《まと》っている。そしてそれは鈴も同じだった。

理科室で友人を介抱する蛍子たちを見て、好機と見た鈴は、そっと離れて校長室へと疾駆した。そこで〝死のオルゴール〟の仕掛けを整えると、今度は人体模型を理科準備室から取り出すために大急ぎで道を引き返した。蛍子たちが既に理科室に踏み込んでしまっている以上、予《あらかじ》め人体模型を配置し、私が操るようなことは出来ない。なら理科室の中ではなく外に出現させてやればいい。準備室の廊下側のドアから模型を引っ張り出して廊下に配置しておくだけで、部屋から出てきた彼女たちはきっと驚いてくれる。そう考えた鈴であったが、しかし気絶していた図書委員の復帰は想定していたよりも早く、少女が戻った時には蛍子たちは既に理科室を後にしようとしていた。鉢合わせになった鈴は、ましろと軽い自己紹介を交わしながら（ましろは蛍子に鈴を紹介されると、特に疑う素振りも見せず頷《うなず》いた）表情に焦《あせ》りを露《あらわ》にした。そしてその後すぐ、人体模型がひとりでに動いた挙句失踪《しっそう》したという話を聞かされ、胸中の不安が消し飛んだのであった。

（今夜は明らかに様子がおかしいわ）

鈴は蛍子から聞かされた十三階段の自分や、沢山の声の話を思い出した。理科室へ向かう道中律子が見たという人形の話も思い出した。そうして冷や汗をぽつりと零《こぼ》し、いったいどうなってしまったの、と見慣れた夜の廊下に怯えた視線を送るのだった。

ちなみに幽霊の少女は、理科室到着後も蛍子たちと別れはしなかった。

「ねぇリツ、どうして恐竜の幽霊はいないの？」

「隕石《いんせき》の幽霊に訊《き》いて頂戴《ちょうだい》」

「恐竜ってなぁに？」と鈴がましろに問う。

「え？　えぇと、昔栄えてた、人間みたいなものかな」

「ふぅん。皆物知りだなぁ」

今度は律子が鈴に質問を投げた。

「鈴さん、貴方、持ってた木箱はどうしたの？」

律子の台詞《せりふ》を聞いて蛍子も鈴が手ぶらであることに気づき、あら、と一驚した。

「え、あぁ、うん、自分の部屋にね、置いてきたの。重くなっちゃったし、あ、いや」

しどろもどろの鈴に三人は首を傾げた。

一同は職員室を避けて校長室に回りこむために本校舎の階段を下りた。開かずの間の前に来ると、四人は互いをからかい合うことで少しだけ元気を取り戻した。普段ならここでも一仕事あるんだけど、と鈴は古びた扉に耳をつけながら考える。少女は普段、開かずの間に生徒たちがやって来ると、扉の裏側に回りこんで足音を立てたり、うろ覚えの東京節を口ずさんだりしていた。

「ねぇ、一旦《いったん》電気点けていい？」

一階の廊下を歩ききり、二階へと向かう階段の前で、おもむろに立ち止まった坂東蛍子がぎこちない笑顔で皆に問いかけた。半目を開けて首を傾げる藤谷ましろに袖《そで》を摑《つか》まれながら、流律子が猛反対した。

「駄目に決まってるでしょう！　貴方さっきも新聞部で電気点けてたけど、私たちが学校に不法侵入してるって自覚あるの⁉」

「あ、あるもん」と蛍子がたじろぐ。

「でも、ちょっとここらで休憩と言うか……」

なるほど、と鈴は思った。蛍子ちゃんは、二階で待つ次なる七不思議に向けて、少しでも安心感を得て気を落ち着かせたいのね。

「髪とか乱れてたらヤだし、整えたいし……スカートとか捲《めく》れてるかも……」

「子供か」と律子が呆れた。「そんなの、こう、手でパッパッてやりなさい」

「あ、あの……」

鈴が恐縮しながら口を開く。

「私も、蛍子ちゃんに賛成です……」

「え？」

鈴の言葉を聞いて今度はましろがおずおずと右手を上げ、「私も」と賛同の意を示す。

「貴方たちね……」

「ね？　皆言ってることだし良いじゃない」

民主主義と葛藤《かっとう》していて律子を無視して、蛍子がスイッチをオンにし、廊下の蛍光灯を点灯させた。途端に蛍子は笑顔を作り、その笑顔のままで固まった。鈴たちは蛍子の視線を追って窓を見る。窓の外には長い黒髪を乱した女が虚《うつ》ろな眼を此方に向けていた。

坂東蛍子は電気を消した。

「さ、行きましょ」

四人は言葉を発さず、足早に一階を後にした。


この学校の校長室は、他の教室と比べると少し閉鎖的な空間となっている。廊下側に窓がないからだ。この理由に関して生徒たちは三年間じっくりと検討し、各々《おのおの》なりの答えを出して卒業していくわけであるが、鈴だけはその真相を正しく理解していた。この部屋は室内の殆どを歴代校長の私物で埋め尽くされた物置であり、一種のコレクションルームとなっているのだ。窓がないのは要するに校舎の私物化を人目から隠すための処置だったわけだが、学校建設当初から私物化する予定を立てていたことになるわけだから初代の校長はまったく大した器である。ちなみにこの学校は、黒丈門《こくじようもん》一家が昭和時代に私財を擲《なげう》って作った私立校であり、初代から当代に至るまで黒丈門の長が校長を歴任している。一族の子供たちも、何か理由がない限りは当校に入学することになっている。今はプール設備があるが、これは遠くない将来に廃止されることになるだろう。

七不思議の一つとなった〝校長室の死のオルゴール〟は、校長室に収められた彼の一族の財産の中でも飛び切り優れた代物《しろもの》のように鈴は感じていた。それは卵の形をしており、細かい意匠の施された殻を開くと、中に装飾品に囲まれた踊り子の女性が優雅に足を上げているのだ。女性はぜんまいの役割も担《にな》っており、彼女を捻《ひね》るとオルゴールが鳴る仕組みになっている。外も中も、目に見えない所まで全てが美しすぎて、鈴はその金の卵を手に取ると眩暈《めまい》を覚えるのだった。そのため〝死のオルゴール〟という称号は、怪談故《ゆえ》に仕方がないとはいえ、鈴には些か不服を感じるものであった。この卵は全然死を表してなんていないわ、と鈴は思った。だって、私とは全然似ても似つかないもの。

「さ、さぁて」

蛍子たち一行は校長室を取り囲むように少し弧を描いて並んでいた。鈴はさり気なく壁側を確保する。理科室でひと悶着《もんちゃく》があった折、鈴はこの部屋に立ち入って仕掛けを済ませておいていた。今、校長室の中にある卵は、殻を開け、踊り子のゼンマイを巻いた状態で紐《ひも》で動かないように固定してある。この紐は手前の壁側に引っ掛けて押さえつけてあり、鈴が壁の中に透過させた腕を突っ込んで引っ掛けから紐を外せば、見事オルゴールが鳴る手筈《てはず》となっているのだ。

「で、どうすればいいんだっけ？」

律子が蛍子の方を見る。二人とも作り物のように動きがギクシャクしていた。

「部屋の前にいれば勝手に鳴り出すらしいわよ」と蛍子が答える。

「そ、そう、楽しみねぇ……」

初めてカフェーの女給を見る男子のようにソワソワしている蛍子たちの隙《すき》を窺《うかが》いながら、鈴は慎重に左手を壁に差し入れた。隣にいる藤谷ましろの顔をチラと確認するが、彼女は半ば心神喪失状態で、たとえ気付かれても問題にはならなそうだった。鈴は緊張していた。壁に手を突っ込んだりすると、向こう側に何かいてこちらの手に触れてくるのでは、と鈴はいつも恐ろしくなる。そして、こういったことは生きてる人にはわからないだろうなぁ、などと自虐《じぎゃく》的に笑ったりするのだ。

坂東蛍子が口角を少し上げている鈴に気付き、慌てて姿勢を正した。深く息を吸った後、震える指先を叱咤《しった》して握り締め、余裕の表情を浮かべて口を開いた。

「どうしたのかしらね？　全然鳴らな――」

突然ドンッ！　と何かを殴打《おうだ》するような音が校長室の中から響いた。全員が口を一文字に結び、目前の壁を凝視する。鈴も同じことをした。校舎は再び静寂に包まれ、布の掠《かす》れる音すらしない中、女子高生の視線を一身に浴びた壁は俄かに歌を歌い始めた。鈴はギョっとし、すぐにそれがオルゴールの音であることに気がつく。壁の内側を引っ掻いたが、中に固定しておいたはずの紐が掴めない。鈴は顔を青くした。紐は自然と外れてしまったのか。それとも中で何者かが外したのか。

ドンッ！

「キャ!!」

「うわあ！」

ましろが思わず頭を抱えた。オルゴールの優美な音に混じって再び鳴り響いた暴力的な殴打音は、一度に留まらず、呼吸をするように間を開けて再度、再再度と鳴り続けた。鈴は慌てて手を引っこぬき、歯をカチカチと鳴らして蛍子の方を見た。蛍子もちょうどこちらを向いた。目が星のように丸い。律子は宙を見てフラフラしていたが、ドンという音で意識を取り戻したように目を開き、微笑《ほほえ》みながらボソボソと円周率を唱え始めた。

「はんぷてぃだんぷてぃさとなうぉおるはんぷてぃだんぷてぃはだぐれふぉる」

図書委員が蹲《うずくま》り耳を塞いで奇妙な詩を朗読し始める。鈴は場の空気が徐々に高揚していくのを感じていた。オルゴールと円周率と朗読と殴打音と、殴られる度に短く響く皆の悲鳴が現代音楽の様相で絡み合い、徐々にそのボルテージを上げていく。鈴は自分が貧乏揺すりをしているように小刻みに上下しているのを感じていた。人としてあまりに不自然だったので、何とか停止しようと試みたが、あまりの恐怖に全身の震えを止めることは叶《かな》わない。坂東蛍子は一打毎《ごと》に後ずさり、とうとう後ろの壁に頭を強くぶつけ、背後から響いたその音でましろのパニックが頂点を越えた。

「いやあああああああ!!」

「ええ!?　ひゃあ!!」

室内でガタガタと今までとは違う音が響き、その後で何かが床に強く叩《たた》きつけられた。これを聞いた律子は目を回して叫び、そばにいた鈴に助けを求めようと摑みかかった。

「わあああああ!!」

混乱の中で鈴はうっかり体を透過させっ放しにしており、鈴の腹に飛び込んだ律子は、首だけ鈴の背中から出しながら、一瞬口を噤《つぐ》んでキョトンとし、更なる絶叫を上げた。

「ヤあああああああああああ!!」

「きゃあああああああああ!!」

蛍子は後頭部を抱えながら友の腕を探してよろよろ歩き回り、周りを観察できずに恐怖に戦《おのの》いて首を高速で振り回している。その長い黒髪が振り乱される様は見る者を心胆寒からしめ、藤谷ましろは泡を吹いて気絶した。鈴は蛍子に気付かれない内に慌てて前に踏み出して律子を体内から排除したが、少女の体を丸々通過させられた律子は混乱を一層極め、とうとう堅物書記にあるまじき愛すべき赤ら顔で号泣し始めた。暴れ狂う少女たちを余所《よそ》に、オルゴールだけが静かに回る。

◆

「報告します」

長い黒髪を乱した女幹部、瑪瑙《めのう》が傅《かしず》きざらめを見上げる。

「一通り見て回りましたが、校内に数名の生徒がいる以外特に問題はありませんでした。校長室内から物音がしましたが、侵入の形跡もなければ、何か破壊されたり仕掛けられた痕跡《こんせき》も見当たりません」

「本当だろうな？　見落としたなどという言い訳は聞かんぞ」

ざらめが手に持ったナイフを瑪瑙の耳にあてがう。

「心得ています」

「……ならば、あいつらは何をしに来たのだ」

ざらめは顎を上げ、校舎を囲む桜並木の一角に集合している数名の外国人を示す。瑪瑙もざらめの隣に立ち、乱れた長い髪を結び直して凝らし疲れた目をこすり、月夜の丘の上から改めて男たちを見下ろした。

「わかりません……ただ、一人は手配書の男で間違いないようですね。他のも同類でしょう。理一《りいち》様によると、我々黒丈門も彼らとの関与を疑われているようですよ」

「なんだと。まったく、許せん話だ」

「ざらめ様が適当に捕まえてくるからでしょう」と瑪瑙がため息を吐《つ》いた。「外国人が出入りしていたという近隣住民の目撃証言がありますからね。それは疑われますよ」

「が、外国人の顔は見分けがつかんのだ！　仕方なかろう！　そもそも私は捜査の手伝いをしようとだな……しかしそうか、合点がいったぞ。この前会った時兄さんが怒っていたのはそれが原因だな」

「あれは恐らく、無関係の男を拉致《らち》監禁した軽率さというよりは、事ある毎に理一様の携帯電話を盗むお嬢様の手癖の悪さに怒っておられたのだと思いますが」

あれはコミュニケーションだと言っているだろう、とざらめが怒りを露にした。瑪瑙は脱線した話題を戻すべく丘の下へと視線を移す。

「標的を目前に口惜しい限りですが、捕らえようにもここから下りて追いかけては逃げられてしまうでしょう。部下に連絡しておきます。松任谷《まっとうや》の家にも一報いれましょうか」

「いい。兄さんに負担をかけたくない」

一理ある、と瑪瑙は思った。松任谷理一という人物は問題を見つけると解決せずにはいられない。今回の件も、警察側の立場だからこそ組との接触を控えてはいるが、こうして適宜情報を回してくるところから見ても本当は深く首を突っ込みたいに違いない。

「……理一様には憧れます」

無線連絡を終えた瑪瑙がふと零した言葉に、ざらめは少し驚いたように目を開いた。

「私に回ってくる役はどうも裏方ばかりのようですので。主人に仕える犬の身でこんな願い、おこがましいことは百も承知ですが、出来ることなら死ぬまでに一度ぐらい、理一様のように胸を張れる場所で華々しく活躍してみたい。そう思う時があります」

そう言って瑪瑙は自嘲《じちょう》気味に笑った。突然私は何を口走っているのだ。夜風にあたりすぎて気が緩んだのか。

「私の教育係では不服なのか」

瑪瑙ははっとしてざらめを見返し、三度の瞬《まばた》きの後、静かに微笑んだ。

「なんですかその可愛《かわい》い顔は」

「瑪瑙、耳は一つあれば十分だよな」

◆

坂東蛍子は限界を感じていた。少し腫《は》れぼったくなった目を擦り、蛍子は今夜の恐るべき記憶の蓋《ふた》を僅《わず》かに開いて、すぐに閉じた。どうしてこんなことになっちゃったんだろう、と蛍子は思った。体育祭の憂《う》さ晴らしに来ただけなのに、私はなんでこんな怖い目に遭ってるのよ。少女は今すぐにでもこの状況から逃げ出したかったが、それは完全無欠の坂東蛍子という人物には死んでも叶わぬ夢であった。何故なら今、彼女は友達の視線を一身に背負っているからだ。

一同は女子トイレの前に立ち尽くしていた。蛍子は改めて振り返り、自分の後ろに控える三人と目を合わせる。星を眺めるように視点の覚束《おぼつか》ないましろも、赤い目で眉《まゆ》を顰《ひそ》めている律子も、緊張して直立している鈴も、皆一様に酷く疲労しているように見えた。蛍子もいっぱいいっぱいだったが、やっぱり私が先導しなきゃ駄目だ、と使命感によって何とか自身を奮い立たせていた。

「ば、坂東さん……ごめん、私、たっへ、立ってられない……」

呂《ろ》律《れつ》が回っていないましろが膝《ひざ》を震わせながら言った。蛍子が肩を抱いて微笑む。

「いいよ。私がおんぶ――」

「私がおぶうわ」

蛍子の言葉を遮って律子がそう言い、ましろの体の下に潜り込む。蛍子が呆気《あっけ》に取られていると、傍に立っていた鈴が顔面に閃《ひらめ》きを露わにし、素早く手を上げた。

「蛍子ちゃん、私突き指しちゃったみたい……両手とも凄《すご》く痛いの」

「ええ、大丈夫?」と蛍子が心配そうに詰め寄る。「このまま平気?」

「うん。平気よ、我慢できる」

少女たちは秘密を語り合うように小声で話した。自分たち以外の誰にも声を聞かれたくなかったからである。これ以上余計なものを呼び寄せたくないのだ。

坂東蛍子は突き指の対処法を鈴に話して聞かせた後で、重そうに腰を曲げている律子の様子を確認し、今一度トイレのドアと対峙《たいじ》したことで、ようやく自分がどういう状況に立たされたか理解した。

「……そういうことね……いいわよ、私が開ければいいんでしょ、もう……」

蛍子は本日五十九回目の深呼吸を済ませた後で、意を決してドアノブに手を伸ばし、苦渋の思いでそれを握った。冷やりとした金属の感触が掌に伝わり、血液に紛れ込んで一気に怖気《おぞけ》が全身を回っていく。悠久の時を、実際には三秒間の時を躊躇《ためら》いに費やした後、蛍子はゆっくりとドアを向こうへと開いた。トイレは静かだった。物音一つしない。すりガラスの向こうから僅かに滲《にじ》む星の火が漏れ、薄青いタイルの上縁を滑っており、それを見た蛍子は頭の中に霊安室を思い浮かべ、絶句した。坂東蛍子はそれ以上踏み込まずに朝まで立ち止まっていたかったが、背中にかかる友の吐息がそれはそれで不気味に思え、止《や》むを得ず一歩足を踏み入れた。慎重に歩を進めながら、少女は壁際《かべぎわ》に並んだ区切られた空間を順番に眺めた。トイレが霊安室なら、あの個室は棺《ひつぎ》と言えるかもしれない。その棺の中でも奥から二番目に位置する棺が今回蛍子たちの目当てのものだった。トイレの花子さん。それは現代まで脈々と受け継がれる古典的な怪奇譚《たん》の一つだ。物語によって描かれ方は様々で、実体は不確かであるが、そのどれもが幸福な話でないことだけは確かだった。蛍子は頭上に花子さんの白い服と赤いスカートを思い浮かべ、視界に映った鈴の姿に叫びそうになってしまい、慌てて口に手を当てた。トイレに入ってから、何故か皆口を開かなかった。口を開いたら大変なことになってしまう予感を夫々《それぞれ》が抱えていた。少女たちの心は今、三階の夜の女子トイレの中で完全に一つになっていた。

彼女達の頭の中にあるのは「怖い」と「帰りたい」だけだ。

坂東蛍子は個室の扉の前に立ち、ゴクリと喉を鳴らした。鍵は開いている。しかし何故か蛍子は中に誰か居るという確信を抱いていた。その考えを無理やりにでもねじ伏せたかったが、どうしても出来なかった。足下のドアの隙間から覗き込めば謎は全て解けるのだが、勿論《もちろん》今の彼女にそんな気概はない。

震える手を友人に見えないようにそっと撫でながら、坂東蛍子は背中を押してくれる勇気を欲して、幼馴染《おさななじみ》である結城満の顔を思い浮かべた。お願いみっちゃん、力を貸して。私のために、今だけ祈って……。

ちなみに現在結城満は蛍子の私室へいつものように忍び込み、ロレーヌと共に日課の部屋掃除をしている。

坂東蛍子は全身全霊を指先に込め、ついにドアに手をかけると、ゆっくりと、しかし力を緩めずに全開した。個室の中には、薄ら闇を被りながら、灰を浴びたように髪を白く光らせた女が、便座の上で膝を抱えてこちらを見上げていた。蛍子は制服を着たその少女と目が合った。酷く腫れ上がって虚ろな眼球が、暗黒の中で揺れている。坂東蛍子と以下三名は、示し合わせたかのように同時に絶叫した。あらん限りの力で声をひり出すと、そのまま誰ともなく順にトイレを飛び出し、学校の外を目指して駆けていった。

◆

桐ヶ谷茉莉花は怖いものが苦手だった。中でも幽霊は特に怖かった。夜トイレに行くために古今東西あらゆる魔除《まよ》けの方法をネットで調べて実践し、実際に簡易魔法を習得してしまったために日本魔術協会から追われる羽目になるぐらい苦手だった（東日本大魔術闘争については長くなるため割愛する）。そんな茉莉花が夜更《よふ》けの学校のトイレで膝を抱えているのは、様々な不幸な要因が重なったためであった。本日、茉莉花は最終授業の終わりに担任である化学教師、財部花梨《たからべかりん》に備品の片付けを手伝わされた。新聞部の鍵の担当でもあった茉莉花は出来れば早く部室に向かいたかったが、金髪から始まり自分の自由な生き方に目を瞑《つむ》って接してくれる財部には逆らえず、少女は仕方なく放課後を費やして手伝いを全うしたのだった。帰り際、財部はとある装飾品を茉莉花に託した。それは卵形の宝石のような代物で、話によるとどうやら校長の私物であり、財部が私的な研究のために借りてきたもののようであった。校長室の鍵と言付け、それに理科室の鍵を生徒に預け、他の業務を片付けに行った化学教師の背を見送った後、掃除が段々と楽しくなってきた茉莉花は更に一時間近くをかけて理科室を磨き上げた。部屋を出ようとした時、茉莉花は卵が消えていることに気がつく。慌《あわ》てて室内を隅々まで探したが結局見当たらず、三本の鍵を手で遊ばせながら跳ねっ毛は仕方なく暗い廊下へと踏み出し職員室に向かったのだった。紛失の説明と謝罪の言葉を考えていると、少女はあることに思い至ってピタリと足を止めた。彼女の予想通り、既に学校は戸締りをする時間を過ぎており、職員室には防犯センサーが作動して立ち入り出来なくなっていたのだ。財部花梨も茉莉花はとっくに作業を終えたと思い込み、随分前に帰路についていた。茉莉花はこれをチャンスと解釈した。これなら鍵を返せなかった言い訳が立つ。それに、朝までに卵を探し出せれば全て帳消しに出来るじゃないか。

　必死に校内を探し回っていた茉莉花だったが、次第に夜の学校が恐ろしくなってきた。懐中電灯も持っていない彼女は、闇の中を魔除けの呪文《じゅもん》と携帯電話のライトだけを頼りに歩き回っていたが、やがて携帯の電池残量が危機的な領域に達し、逃げるようにトイレの個室に飛び込んだ。狭い場所にいる方が安心出来るという大雑把な判断だったが、今となっては彼女はその判断をとても後悔している。

指に引っ掛けた三つの鍵を見て、少女は深く溜息を吐いた。茉莉花はこの学校に来てから誰かに信頼される機会が格段に増えていた。元々責任感と正義感は人一倍ある少女であったため、茉莉花は最近の周囲の視線の変化をどちらかというと恐ろしく感じ、好意的に受け取れずにいた。信頼は人によってはとてつもない重荷になるものなのである。

さっき坂東と一緒に出ればよかったな、と茉莉花は目を細めた。あまりに怖い顔だったから、誰だか分からず驚いちまったじゃねぇか。そういや、たまに上がってたヤバい叫び声もアイツらの仕業か。ていうかなんで忍び足でトイレ入ってきたんだよ。怖ぇんだっつうの。

「……たまには宿題でもやるか」

桐ケ谷茉莉花は少し潤《うる》んだ目を擦《こす》って、鞄から教科書を取り出した。

◆

校庭の中心で坂東蛍子が思い切り伸びをする。鈴もそれを真似《まね》して腕を天に伸ばした。トイレを飛び出した鈴と律子は、隼《はやぶさ》の如《ごと》く飛びぬけていく蛍子の背を見失わないよう必死に追いながら一目散に昇降口へと駆け、上履きのまま校舎から飛び出した。校庭にて膝に手をついている蛍子の下に着くと、意識を取り戻し、置物のようになっているましろを囲んで、皆で無事の脱出を祝って抱き合った。蛍子と律子はすぐに普段通りに振舞おうと努め始めたが、鈴はいつまでも笑顔だった。幽霊として怖がらせる側の自分がいつの間にか皆と共に幽霊を怖がる側になっていたことが可笑《おか》しくて仕方なかったのだ。

「なんてことなかったわね！」

坂東蛍子が上履きのまま胸を張り、律子はやれやれと言った様子で嘆息した。後頭部をぶつけ、叫んで走って酸欠になり、頭が割れるように痛んでいたはずの人間とは思えない晴れやかな笑顔に、ましろは蛍子の超人ぶりを再度垣間見《かいまみ》ていた。

皆、校舎に入ってきた時より何処かすっきりした顔つきになったわ、と鈴は思った。私のやってることはもしかしたら人を幸福にすることなのかもしれない、とも思った。肝試しは怖いとか楽しいというより、人が頭をすっきりさせるための良い機会なのかも。

（……私、皆のためになれてるのかも）

「まぁ、少しは楽しませてくれたけど。所詮《しょせん》は子供騙《だま》しよね」と蛍子が笑った。

「最後真っ先に校舎から逃げ出したくせに」と律子が言った。

「皆が遅いだけでしょ。まったくリッツったら、校長室ではあんなに可愛かったのに」

「あ、あれは！　サカサ女のダメージが残ってたから……あれ？　ちょっと待って……」

流律子は途端に神妙な面持ちになり、顎《あご》に手を当てて何やら思案し始めた。蛍子とましろが何事かと覗《のぞ》き込む。

「私たちが調べた七不思議ってさ……まず〝開かずの間〟でしょ。それに蛍子が行った〝十三階段〟、図書室で見た〝サカサ女〟、理科室の〝人体模型〟、校長室の〝死のオルゴール〟、で最後に〝花子さん〟……」

思い出すから言わないで、とましろが耳を塞いで縮こまる。

「やっぱり。私たち六つしか回ってない」

「え？　そんなはずないわ」

蛍子が反駁《はんばく》しようと記憶を辿《たど》り、すぐに迷路の出口を見つける。

「……あ！　そっか、図書室は〝サカサ女〟じゃなくて〝ポルターガイスト〟じゃない」

「な、なんで……怖いよう……」

藤谷ましろが折角建て直しつつあった精神の塔に再びヒビを入れた。律子と蛍子の間にも動揺がじわりと広がっていく。何故《なぜ》サカサ女が図書室に？　何故？

その答えを鈴だけが知っていた。

「皆……」

「どうしたの？　お鈴ちゃん」

鈴は今夜、蛍子や彼女の友人たちと共に過ごせて本当に幸福だった。学校で目が覚めた幽霊としての日々の中で、これ程楽しく過ごせた時間はなかった。彼女は幽霊である以上に元人間であったし、怖がりである以上に寂しがりでもあったのだ。一人じゃないということはそれだけで幸せなんだなぁ、と蛍子が此方《こちら》を振り向く度に少女は実感した。

「実は、皆に黙ってたことがあるんだ……」

蛍子とましろが首を傾《かし》げる。律子はハっとして口を噤んだ。

鈴は今、自分が幽霊であるということを再確認していた。死者と生者は決定的に別の存在であり、二つが一つの場にいることは許されない。それは、昔生きていた死者たちこそが最も深く自覚していることだった。もし共に過ごしたならば、例えばこういうことになる。混乱と恐怖と、そして不幸を呼んでしまうのだ。

「私ね……私……」

何よりも、時間と命の観念が違う生者と死者では、必ず最後に後味の悪い別れを残してしまう。それはとても悲しいことだと思った。いや、それはとても悲しいことよ。私は今とても悲しい。別れるのがとても辛《つら》い。

「だ、大丈夫？　どうしたのよ」

「私が……」

それでも私は別れることを選ぼう。それが生者の、友達の幸福を祈る死者の使命だ。

鈴は徐々に俯《うつむ》いて顔を前髪で隠しながら体を不自然に丸めた後、一気に上体を起こし、目を見開き、腕を上げ、口を裂いてこう言った。

「私が七番目の怪談なのよ!!」

鈴は全身から視覚化出来るほどの霊気を噴出し、青白い光を纏いながら、徐々に体を透かしていった。ましろは目を丸くし、蛍子も呆然としている。律子は神妙な面持ちで少女を見守っており、鈴はそんな律子の表情から親愛と同情の念を感じ、感謝した。このまま透明になって消えてしまおう。それで今夜のことはお終《しま》いだ。良い思い出だ。綺麗に丸く収まって本当に良かった——

「実は私も……」

坂東蛍子がフラフラと鈴に近寄り、おもむろに飛び掛って叫んだ。

「怪談なのだーっ!!」

鈴は蛍子に抱きつかれ、叱《しか》られた子供のように背筋を伸ばし、体の芯《しん》から硬直した。何も考えられなくなって、透明になるのも忘れてしまった。

「アハハ！　どうだ！　怖いか！」

鈴は視線を彷徨《さまよ》わせ、前方の律子とどうにか目を合わせた。律子は肩を竦《すく》めて笑顔を浮かべた。鈴はようやく何が起きているのか理解し、涙を必死に堪《こら》えて笑った。

「もう、蛍子ちゃん、幽霊なんていないってば……！」

「アハハハ、先にやり出したくせに！」

鈴は月を見上げた。今夜の月はとても大きくて、銃で狙《ねら》えば届きそうだ。

# 幕間　ラブレタ・ベレッタ・オペレッタ

## 坂東蛍子、屋上にて仇敵を待つ

午前十一時五十七分。最も安全な位置。

明り取り窓から射《さ》し込む夏の日差しを背に、アシュトンはベレッタM9A1の手入れを終え、リノリウムの床に置いた。無線機を摑《つか》み、時計を確認し、これから訪れる戦争への興奮を抑えるために煙草《たばこ》に火をつける。

アシュトンがこれから行おうとすることは、決して窮鼠《きゅうそ》の突発的な行動ではなく、綿密な計画の下に実行される作戦であった。彼らは米国に潜伏中、テロリストとして指名手配された際の逃げ道と別の潜伏先を事前に用意していた。今回の日本への滞在や学校占拠もその一環に過ぎない。米国や日本警察に加えてまさかジャパニーズマフィアにまで追われる羽目になるとは思わなかったが、とアシュトンは脳内で再度のシミュレーションを行い、頷《うなず》く。問題ない。この作戦は滞りなく完了出来るはずだ。

今回彼らの行う学校占拠には具体的な二つの理由があった。一つ目は、この私有地に存在する第二次大戦時の防空壕《ごう》の存在だ。実はこの防空壕は地下下水道に繫《つな》がっている。

こういった外部に秘匿《ひとく》されている逃走経路が在るメリットはとても大きい。この学校を利用して、アシュトンたちは国外逃亡船到着までの時間稼ぎと世間の注目を一手に獲得しようと画策していた。マスコミを利用して、二重の算段を持って人民の注目を「学校占拠事件」に集中させようと考えたのだ。

二つ目の理由はこの学校に保管されている財宝の存在である。どうやらこの学校を保有している人物は相当な富豪らしく、公共の教育施設を税務調査逃れの倉庫代わりに利用し、自身のコレクションをたらふく貯《た》め込んでいるとのことであった。勿論《もちろん》こういった酒の席の噂話《うわさばなし》のような情報を慎重を是とするアシュトンが気に留めることは普段なら絶対にない。彼がこの話を作戦の一部に置いたのには、保管されているコレクションの中に本物のインペリアル・イースター・エッグがあるという確証を得たからである。

インペリアル・イースター・エッグとは、ロマノフ朝時代のロシアで皇帝のために作られた美術工芸品で、以後六十近くの品が世界に現存している財宝だ。しかしその内の四分の一程度は所在を掴めておらず、今回の主役となるエッグは、一九〇四年の日露戦争前夜に密《ひそ》かに盗まれ、日本のコレクターに買い取られた〝四分の一〟側のエッグであった。幸いなことにアシュトンにはロシアの闇《やみ》市場にルートを持つ美術商のツテがあった。実際の宝さえ手に入ってしまえば換金は保証されており、それにより彼らは潜伏費や交渉費等の資金面でぶつかる幾つもの難題に一切悩まずに済むようになるのだ。今回の学校占拠は、対価として今後暫《しばら》くの潜伏を余儀なくされるが、その代わりに当面困らない資金と、世界の注目と知名度と、同業者からの信頼と発言力を得ることが出来る。成功さえすれば一石で三鳥も四鳥も手に入るミッションなのである。

もちろん、成功すれば、だ。そこは油断なく行かなければならない、とアシュトンは階段に視線を落とす。そういった意味で、作戦の第一段階である学校占拠こそが最も重要な局面と言えるかもしれない。

「チャーリー、どうした」

無線機をとり、アシュトンが応答する。

「どうやら女子生徒に何かこちらの情報を掴まれたらしい」

「どういうことだ」

「詳細は分からない。だがロメオとウィスキーが実際に我々から逃げ回る金髪の女と、そいつが手に持った紙束を確認している。一部の生徒たちもそれを知っているようで、多くが女を捜している」

彼らは普段も実行部隊を二十五名で分けていたため、その都度アルファベットから一人一人仮名をつけている。これは、アシュトンが過去に傭兵として多国籍部隊の指揮経験があったことや、彼の本名がAで始まることに端を発しているルールである。

「……分かった。見つけ次第拘束し連れて来い。占拠後は三階の人員を回す」

アシュトンは無線を切って床に置き、間髪いれず動画を巻き戻すように再度持ち直した。目線は腕時計から外れない。男は黙禱《もくとう》するように五秒ほど目を閉じた後で、ゆっくり開き、秒針が全《すべ》て天辺《てっぺん》で揃《そろ》ったところで無線に向かって厳かに宣言した。

「さて、同志諸君。夜明けの旗を振ろう」

◇

午前十一時五十五分。屋上。

ロレーヌは学生鞄《かばん》の中で頭を抱えていた。彼はここ暫くの間、消息の掴めないマリーを休みなく心配していた。心配しすぎて綿が萎《しぼ》み、耳が垂れ下がってしまっていた。ぬいぐるみは他者へ執着しないよう思想の統御を叩《たた》き込まれてから人間界へやって来るが、この兎《うさぎ》は人との長い交流を経て些《いささ》か人間臭くなり過ぎてしまっているようだった。

近頃蛍子の様子がおかしいこともロレーヌの悩みの種の一つであった。黒兎は萎《しお》れた耳を掻《か》き分けて頭上を見上げた。今日だって、蛍子は屋上にやって来たかと思うと、誰もいないコンクリートのど真ん中にふんぞり返って笑い、やって来た同級生に激怒し、今は物憂《ものう》げな顔をしている。以前彼女はゴシップ誌の三文記事を読んで催眠状態に陥ったことがあったが、その時と同じような目をしているのだ。

こんなに感情の起伏が激しいのは……いつも通りか、と一瞬考えて兎は慌《あわ》てて頭を振った。蛍子が何かに悩み苦しんでいるのは十年来の付き合いであるロレーヌにはすぐに分かった。そもそも凜《りん》とした自分を演出している彼女がロレーヌを、兎のぬいぐるみを学校に持ち込むなんてことは普段なら絶対にあり得ないのだ。心の支えを必要としているのは明白なのである。

きっと先日の、体育祭後の大泣きが関係しているのだろうな、とロレーヌは回想した。あの夜、枕《まくら》代わりになって涙を吸収することしか出来なかったことをこのぬいぐるみはとても不甲斐《ふがい》なく感じていた。どうにかして主人を救ってやりたい。しかし方法が分からない。そもそも悩みの原因だって分からない。マリーも探さねばならない。何か事件に巻き込まれたに違いないのだ。しかもあの有能な検事長が消息を絶つとなると、とんでもない事件に違いない。家主のアーロの話を訊《き》きたくても彼は今海外出張中だ……。

ロレーヌは心配の種で頭が埋め尽くされ、綿がはみ出しそうになって再び頭を抱えた。

◇

午前十一時五十二分。屋上。

坂東蛍子は桐《きり》ケ谷《やまりか》茉莉花が嫌いだった。季節はもう梅雨を越え夏の太陽に向け走り出していたが、未《いま》だに蛍子はこの新しい学友のことを受け入れることが出来ずにいた。長い金髪の跳ねっ毛も、まつ毛の奥で煌《きら》めく鋭い眼光も、風貌《ふうぼう》の割に何でもそつなくこなす手際《てぎわ》の良さも気に食わなかった。こんな見た目をしているにも拘《かか》わらず素行は良く、悪い噂も過去の話ばかりで特に耳にしない。蛍子には茉莉花を構成する情報の一切が酷《ひど》くチグハグなパッチワークに見えた。どこを切り取ってもそれらしくなるが、しかし全体としては不格好で嘘《うそ》臭い。掴み所が無いが故《ゆえ》に常に漠然と不愉快な気分になるのだ。

畢竟《ひっきょう》するに、蛍子は茉莉花のことをよく分からないのだった。七月の日差しを浴びて立ちのぼる陽炎《かげろう》、それが蛍子にとっての桐ヶ谷茉莉花なのである。しかし蛍子はそれでいいと思っていた。よく分からなくても嫌っていいはずよ。だって、好きってことに理由がいらないように、嫌いってことにも理由はいらないはずだもの。

『嫌いなことにはちゃんと理由があるんだよ』

蛍子の脳内に先程去っていった同級生の捨て台詞《ぜりふ》が再生された。少女は不快感を露《あら》わにし、眉《まゆ》を顰《ひそ》める。

（ほんと、なんなのよ。ストーカーの分際で。さっさと頭の中から出て行きなさい）

「……」

（私がジャス子を嫌いな理由……）

坂東蛍子は催眠術にかかったように脳内で反響する台詞に徐々に心を酔わせていき、

思考を傾け始めた。私がジャス子を嫌いな理由。それを知るためには、私の主観からジャス子を一旦《いったん》解き放って、初めからあの女のことを見直さないといけない。そう思った蛍子は、茉莉花についての情報を一つ一つ手にとって検証し始めた。

桐ヶ谷茉莉花は不良転校生である。気の強い性格に呼応するように毛先が跳ね回る髪を金に染め、眉の先を尖《とが》らせ、鋭い眼光は周囲を萎縮《いしゅく》させる。そのため第一印象は「恐《こわ》い女」に違いないが、しかしよくよく観察していくと彼女が美人であることは誰しもが把握出来るはずだ。それこそ、美人だと断定できるぐらいには、茉莉花は美少女であった。前髪を掻き上げれば整った顔立ちが浮かび上がるし、柳眉《りゅうび》は見る者の目を捕らえ、瞳《ひとみ》は澄んでいる。肌も雪のようで、まつ毛もとても長かった。

彼女が人を惹《ひ》きつけたのは容姿だけではなかった。むしろ容姿は最も気付かれ難い部分であり、逆に最も目に留まり易《やす》かったのは彼女の身体能力の高さである。一人で複数の男相手に余裕の立ち回りを見せる桐ヶ谷茉莉花は、当然のように運動機能が優れ、女の身で男と対峙《たいじ》せねばならないプレッシャーの中で培《つちか》われた野性の勘のようなものも相《あい》俟《ま》って、単純な運動ならすぐに恐ろしい結果を体育教師の手元にもたらした。短距離走もその一つである。勉強に関しては優秀とは言い難かったが、しかし決して頭が悪いわけではなく、単に勉強する気がないというだけのようであった。よく頭が回ることはそつのない学校生活を見ていてもよく分かる。

そういった派手な結果を示す人間は注目を集め易い。茉莉花は第一印象が攻撃的であったために、暫くの間級友たちの目をくらませていたが、しかし普段は気の抜けた顔で窓の外を眺めたり学食へ間食の買出しに行ったりしている少女の有様を見て、クラスメイトは次第に彼女の本質を目撃し、障害を取り去っていった。そして少女は、体育祭で実行委員を務めた際見事にクラスメイトの期待に応《こた》え、彼らの視線を完全に好意的なものに変えたのだった。挙句坂東蛍子に打ち勝った桐ヶ谷茉莉花の存在を知らない者は今や校内には一人としていないことだろう。

そうは言っても金髪のつり目を相手に生徒たちが一歩踏み出すのには本当に時間がかかった。彼女が第一印象を払拭《ふっしょく》し、現在クラスに馴染《なじ》むことが出来ているのは、蛍子の片思いの相手、松任谷理一《まっとうやりいち》の功績がとても大きい。理一は茉莉花が転入してきた当初から彼女を陰で支え、人に助けを求めない茉莉花に何も言わずにただ寄り添った。理一といる時、茉莉花は幸せそうであった。少なくとも蛍子にはそう見えた。

氷肌玉骨《ひょうきぎょっこつ》の優れた容姿を持ち、獣のようと称される程の人外の才能を見せ、級友の好意的な視線を集め、同じ男を見ている。深く考え、例を挙げる程、蛍子の中に茉莉花に対する一つの結論が根拠を伴って形成されていった。そうか、と蛍子は腑《ふ》に落ちる。桐ヶ谷茉莉花という人間は、私の人生において私に唯一《ゆいいつ》対抗し得る存在なのだ。何がなんだかよく分からない蜃気楼《しんきろう》の向こうの相手は、しかし少女が考えている以上に少女に近しい器量のある傑物だったのである。

ひとまず仇敵《きゅうてき》の真実の身長を量り終えた蛍子は、再び嫌いな理由を定義し始めた。私がジャス子を嫌いなのは、つまりアイツが私に肉薄しているからで、その距離感が腹立たしいということだ、と蛍子は思った。自分と同じ高さで物事を見てくる茉莉花は、もはや蛍子を見上げてはおらず、横に並び立っている。蛍子は、プライドの高い自分はそのことが許せないのだ、と分析した。

（……いいえ。それだけじゃない）

蛍子は茉莉花が最も接近してきた「短距離走」について思いを馳《は》せ、頭を振った。横に並び立つ。蛍子にとって、それは今まで親友にのみ許された特権であった。幼馴染である結城満《ゆうきみちる》に幼少期に短距離走で敗北し、そこから二人だけの沢山の諍《いさか》いと秘密を築き上げてようやく実現した立ち位置、それが「並び立つ」という位置であり、それ故に蛍子にとっては二人だけの大切な絆《きずな》でもあるのだった。茉莉花はそこに突如横槍《よこやり》として乱入してきたのだ。そんな茉莉花を蛍子は到底受け入れられず、異物としてしか認識出来ないのだった。自分はどうやらそのことが何より許せないのだ、と蛍子は怒りの拳《こぶし》を握って歯を食いしばった。私は何より、私と満だけの場所に割って入るあの女の存在が許せないんだ。一瞬で距離を詰め、満との歴史を脅《おびや》かすあの女を私は許すことが出来ない。

よく分からないがために嫌っていたのではなく、自分の大切なものを守るために嫌いにならざるを得なかった。その結論に辿《たど》り着いて、坂東蛍子は不敵な笑みを浮かべた。それなら何も問題はない、と蛍子は思った。叩きのめせば全ての悩みが解消される。私がここのところ抱えていた悩みは、なんてシンプルだったんだろう。

『嫌いなことにはちゃんと理由があるんだよ』

少女の脳内で再び言葉が反復され、思考を止めようと顔を上げた彼女を無理やり渦へと引き戻した。彼女は天才的な頭脳を有してしまっているために、論証も内省も何処《どこ》までも突き詰めることが出来る。恐らく彼女が真面目《まじめ》に思考をし続ければ世界の真理を七つ八つと言い当てて、科学の進歩を二百年は早めたことだろう。しかしそれを行うには人間の心はあまりに脆《もろ》く、蛍子は本能的にそのことを理解していたため、わざと深い思慮を避け、自己への懐疑を捨てて、サバサバとした態度で物事を判断するようになったのである。しかし今、蛍子のそういった自己制御は正しく機能しなくなっていた。

(私がジャス子を嫌いな理由。それは本当にこれでお終《しま》いでいいのか。例えば……)

例えば、横に並び立たれるというのは、自分と力関係が近いからということで間違いないのだろうか。

「やめて……」

滾《たぎ》る夏の日差しを一手に引き受けながら、坂東蛍子は頭を抱え、苦しそうに呻《うめ》いた。

「嫌いなものは、嫌いでいいでしょう……」

◇

午前十一時五十分。一階生徒会室前。

流律子《ながれりつこ》の昼休みは公務で終わる。午前の授業を終えるとすぐに生徒会へ向かう鉄の少女を生徒会の仲間たちは信頼していたが、それ以上に心配していた。そのため、決して外部からの介入に影響を受けなかった彼女が、最近雑念に邪魔されて時折作業の手を止めるようになったことを、彼らはむしろ好意的に捉《とら》えていた。

生徒会室への道中、職員室で受け取った資料の部数を確かめていた律子は雑念に惑わされふと足を止めた。廊下を走る生徒の数が普段よりも多かったため、そちらに気が向いたのだ。漏れてくる生徒たちの会話を総合するに、どうやら不良少女の桐ヶ谷茉莉花がまた何かやらかしたようである。手紙、という単語がよく台詞に混じっている。流律子は溜息をついて再び歩き出し、すれ違う色めき立った顔を眺めた。噂《さえず》りを交わしながら学校という舞台を忙《せわ》しなく駆け回る彼女たちを見て、少女はミュージカルを連想した。

(どうかしら。オペレッタの方が近いかもしれないわね)

体育祭で坂東蛍子に勝利して以降、桐ヶ谷茉莉花の名はこの学校に急速に馴染み始めた。一部では蛍子より茉莉花の能力を高く見る者まで現れた。律子はそのことが気に食わなかった。彼女は坂東蛍子に対して、一年の時から強いコンプレックスを抱いており、それ故に彼女との力の差や、彼女の才能の深淵《しんえん》を人一倍に理解していた。だからこそ、一度勝ったぐらいで坂東蛍子より桐ヶ谷茉莉花がひき立つことや、その評価が罷《まか》り通ることが我慢ならないのである。決して友人を貶《おとし》められて腹を立てているわけではない。断じて違う。

他人の与太話《よたばなし》に一々目くじら立てるなんて、と律子は眉間《みけん》に皺《しわ》を寄せた。私らしくない。そんなのは馬鹿《ばか》な人間がすることよ。優秀な人間なら、毎度腹を立てている時間で何か有意義なことを一つ終わらせるはず。律子は仕切り直すべく背筋を伸ばし、次の授業で発表する「走れメロス」について復習し始め、その足でセリヌンティウスの待つ生徒会室へと急いだ。

「これはもうさぁ、坂東さんもちょっと危ないかもねぇ」

メロスは激怒した。

◇

午前十一時四十六分。屋上。

「なによ、ミントじゃない」

深々と息を吐く蛍子に対峙し、川内和馬《せんだいかずま》は逆に発言をするべく息を吸った。彼は今朝から続く一連の出来事を正しく読み取って、坂東蛍子に決闘を止《や》めるよう呼びかけるべくやって来たのだ。勿論、ここのところ烈《はげ》しさを増す蛍子と茉莉花の関係も和馬はよく理解していた。何故《なぜ》なら彼は坂東蛍子親衛隊隊長だからである。

「で、ストーカーがなんの用？」

あるいはストーカーだからである。和馬が蛍子を追いかけることになったのはある誤解が原因であったが、その過程で彼は徐々に坂東蛍子という少女に絆《ほだ》され、また無欠の天才にも人間的な葛藤《かっとう》や可愛《かわい》らしさがあることを知り、愈々《いよいよ》彼女の虜《とりこ》になっていった。川内和馬は確かに蛍子を陰ながら見守るという趣味を持っていたが、それ以前に同級生に恋する一人の少年であった。

「坂東さん……桐ヶ谷さんを待ってるんだよね」

蛍子は待ち人を言い当てられて仰《の》け反《ぞ》った。

「だ……だったら？」

「いやぁ、その……」

和馬は蛍子と茉莉花の問題について何処まで切り込んで良いのか分からず、言い淀《よど》んだ。あまりに詳しすぎると引かれてしまうだろうなと思ったからだ。それに蛍子が自身の対抗心についてどれぐらいの考えを持っているのかも量りかねていた。

「君の足は、桐ケ谷さんと争うためにあるんじゃないだろ？」

この一言で、蛍子は和馬がこの場にやって来た意図を全て把握したようであった。和馬は蛍子のこういう所に痺《しび》れてしまうのだ。

「何？　つまりあんたは私の足が短距離で負けるためにあるって言いたいの？」

「違うよ！　そうじゃなくてさ……」

和馬は二人の喧嘩《けんか》を止めなければならない使命感に駆られていた。彼は以前、学校で嫌なことがあった帰り道に蛍子が道路標識を蹴《け》り飛ばすのを目撃したことがある。後で近づいて確認してみると、ほんの僅《わず》かながら標識のポールがへこんでいることに気付いた。その夜和馬は人間の蹴りが金属の棒をへこませられるかについて朝までインターネットで探し回り、何とか数件のハリウッド映画を発見するに至った。あるいはコンビニの駐車場にたむろし、足下にガムを吐き捨てた男のにやけ面《づら》に、蛍子が一突き入れて昏《こん》倒《とう》させた場面も目撃した。珍しいトンボを追って三メートル近く跳躍したところにも立ち会った。そんな少女が屋上で本気の殴り合いなんて始めたら、とんでもない騒ぎになることは間違いないのだ、と和馬は止まらぬ汗を拭《ぬぐ》う。負傷者が大勢出るだろう。いや、そんなことよりもっと問題なのは場所が屋上だということだ。彼女なら古びた柵《さく》なんて簡単に破壊しかねないし、周りが見えず勢いあまって屋上外に飛び出すなんてことになったら——そう考えると、和馬はいてもたってもいられなくなって、屋上に居るであろう蛍子の下へ足を向けたのだった。

「そもそも、なんでこんな……喧嘩なんかしなくちゃならないのさ」

少年は少し切り口を変えて言葉を投げた。和馬は使命感に駆られていた。しかし特に計画があるわけではなかった。むしろ蛍子に嫌われているであろう自分の声が彼女の心に響くとは到底思えなかったが、それでもとにかくじっとしてはいられなかった。

「気に食わないから」

蛍子の即答に和馬は納得しない。

「坂東さんは気に食わないからってクラスメイトを殴るような人じゃないだろ？　何か理由がないとこんなことはしない。じゃあその理由って何？」

「何って……嫌いなものは、嫌いなものでしょ。そこに理由なんてない」

「落ち着いて考えてみてよ――」

「うるさい！　それ以上喋《しゃべ》ったら視力を奪うわよ！」

「え？」

それはメロメロにするという意味だろうか、と和馬は一瞬たじろいだ。

「帰って！」

「……」

蛍子の剣幕に、これ以上は自分ではどうしようもないと悟った和馬は、肩を落として屋上を後にしようと歩き出した。やはり親衛隊隊長に出来ることには限界がある。むしろ感情を逆撫《さかな》でしかねない。もっと坂東さんに近しい人じゃないと、きっと彼女は聞く耳を持ってはくれないだろう。ドアの前まで来て少年はもう一度だけ少女の方を振り返る。

「……坂東さん、これだけは確かだ。嫌いなことにはちゃんと理由があるんだよ」

◇

午前十一時四十二分。二年B組。

桐ケ谷茉莉花は鞄の上に覆《おお》い被《かぶ》さるように机上に突っ伏した。周りを囲む女子生徒たちに中を無理矢理検閲されかねないと思ったためである。

「いいじゃん、桐ヶ谷さん、照れないでさ」

「照れてんじゃねぇよ」

級友の長浜《ながはま》千里《ちさと》が茉莉花が気だるげに膨らませた頬をつつき、不良少女は口から空気を漏らした。

桐ケ谷茉莉花はすっかりクラスに溶け込んでいた。三ヶ月前に教室に足を踏み入れた時には考えられない光景が現在彼女の周りに広がっている。子供の時から棘《とげ》を生やして身を守り、周囲の手を遠ざけてきた桐ヶ谷茉莉花は、今自分が置かれている状況にはどうにも違和感を覚えてならないのであった。

「別に名前なんかを全部教えてって言ってるわけじゃないんだよ？　そんな下品な人間じゃないもん」

茉莉花を囲んで会話が続く。

「そうそう。学年とかクラスとか、どういうところを気に入られたのかとか、我々はそういうことを知りたいわけさ。女子の嗜《たしな》みとして」

「私にそんな嗜みはないから無理だ」と茉莉花がぼやいた。

「桐ヶ谷氏はそのままでいいの！　そこに魅力が宿っているのだから！」

茉莉花は今ちょっとした窮地に立たされていた。今朝方学校に辿り着いた彼女は、下《げ》駄箱《たばこ》に一通の上品な洋封筒が入っているのを発見した。こういった手合いのものに不慣れだった彼女は、警戒を解いて鞄にしまうまでにそれなりの時間を要してしまい、結果多くの生徒に目撃されることになってしまった。その出来事は〝現在時の人である茉莉花がラブレターを受け取った〟という形で瞬《また》く間に流布《るふ》され、授業が終わるたびに引っ切り無しに生徒からの詰問《きつもん》に晒《さら》される羽目になってしまったのである。茉莉花は人に囲まれるのは得意ではなかったため（つい不意打ちを警戒してしまう）、まだ昼休みにも拘わらず神経を張り過ぎてくたびれていた。

手紙の差出人は坂東蛍子だった。中身も既に確認済みである。にも拘わらず茉莉花がラブレターの誤解を解こうとしないのは、蛍子の体面を考えてのことだった。校内で絶大な人気を誇り、本人もその人気に見合うだけの人格を演じ続けようとする蛍子の努力に対し茉莉花は敬服していた。自分には絶対に出来ない努力だからだ。坂東蛍子は人前では屏風絵《びょうぶえ》のように凛としている。そんな人物が実際は、煽《あお》り文句と共に、今日の昼に殴り合いをしましょうという旨《むね》の果たし状を書いて、わざわざ朝一番に学校に来て下駄箱に投函しているなんてことは、そして今現在夏の炎天下の下で実際に待機しているだろうことは、いくら敵対する茉莉花といえども暴露する気にはなれないのであった。

坂東蛍子が実際はとても奔放で幼い人格を持っていることを茉莉花は知っていた。だからなおさら、彼女がよく淑女の仮面を保っていられるなと感心するのである。

「じゃあさ、もう男か女かだけでいいから！　それだけ教えて！」

「そこからかよ！」

茉莉花は思わず顔を上げた。

「だって桐ケ谷さん女の子にも人気あるじゃん。ていうか、どっちかっていうと……」

茉莉花は鬱陶《うっとう》しい後輩の顔を思い浮かべた。そして「どっちかっていうと」は余計だ、と眉を顰めた。

「ねぇ、実は本当に女子からだったりする？」

「ノーコメントだ」

「怪しい！　怪しいぞ皆の衆！」

水槽に水が追加され、さらに勢いを増して跳ね回るめだか達に辟易《へきえき》し、茉莉花は鞄を持って立ち上がると廊下に向かう。

「どこ行くの？　買出し？」

「準備運動だ」

金髪柳眉は意味ありげな流し目を残し教室を後にした。

◇

快晴である。この日を祝福する高らかな青空に見守られながら、まるでそこが世界の中心であるかのように胸を張って仁王立ちをする生徒が一人、学校の屋上に陣取っていた。鞄を落として腕を組み、口元のきなこを拭い、鼻を鳴らすと、空の彼方《かなた》に何かを確信したようにニヤリと笑みを浮かべる。

午前十一時四十分。坂東蛍子威風堂々、屋上にて仇敵を待つ。

# 三章　テロリスト学校銃撃占拠事件

## 坂東蛍子に敗北は無し

梅雨と入れ替わりでやってきた夏の日差しは、レゾン・デートルを遺憾なく発揮して人間社会を焼き尽くしていた。結城満《ゆうきみちる》の通う公立高校には曲がりなりにも冷暖房の設備はあったし、チャンネル制限付きとはいえ各教室にテレビも備えられており、他校と並べて見劣りする環境では決してなかったが、しかしそれでも今日のように夏の非道を肌で感じてしまうと、どうしても潤沢な資金と設備のある私立高校を羨《うらや》んでしまうのだった。満の場合、坂東蛍子という身近な人物の通う学校を知っているため尚更《なおさら》であった。

結城満は自慢の髪を切ってショートヘアーになった。周りには夏に合わせたと言い張ったが、実際の所は、本人はこの髪型にリスタートの意味を込めていた。

友人と輪を作って弁当箱を開けると、慌《あわただ》しい様子で教室に入ってくる級友数名が視界を掠《かす》め、満は母渾身《こんしん》の梅じゃこカニさん弁当よりもそちらに意識を向けた。彼女たちはテレビの近くにやって来るとリモコンを引っ張り出してスイッチを入れ、ニュース番組にチャンネルを合わせた。普段は見向きもされない形だけのテレビを弄《いじ》るクラスメイトを、他の生徒たちも興味深げに観察している。

「うわ、マジで丈宮《タケミヤ》じゃん！」

満は聞き慣れた私立校の名前を聞いて意識を更に傾け画面を注視した。大きく表示されたテロップには「国際犯が学校占拠」と書かれていた。

「音量上げて!!」

満の剣幕にビクリと肩を震わせ、リモコン担当が急いでボリュームを上げる。

『以上の犯行声明を受け、政府はこの後午後零時三十分から緊急会見を開くことを発表しました。なお、現在校内には教師や生徒が人質となって――』

そこまで聞くと、結城満は体操着を片手に机を飛び越え、二階の教室の窓から飛び出して、体操着をパラシュートに見立てて目前の金木犀《きんもくせい》に引っ掛け、ガサガサと物凄《ものすご》い音を立てて学友の視界から消えた。級友一同は誰しもが真っ青になって息を飲み、すぐに聞こえ出した校庭を駆ける足音を聞いて心底安堵《あんど》した。

◆

「情報統制ガタガタかよ……」

剣臓《けんぞう》は米国内中央情報局の自席で、ラジオの音を拾いながら資料整理に努めていた。

「日本らしいっちゃらしいが……」

剣臓は現職のCIA職員である。名前は「肝の据わった人物になるように」と父によってつけられたが、実際は肝臓が弱く一昨日《おととい》も医者に酒を控えるよう注意されている。四十を過ぎたところでようやく恋に焦《あせ》り出した彼は、現在婚約相手を募集中であり、フェイスブック・ページには自己PRの一環としてカーボンナノチューブで作ったオリジナルプラモデルの写真が多数掲載されている。毎日多くの閲覧者で賑《にぎ》わっているが、しかし全員男である。

「……ん、あぁそうか、そういや通信機ぶっ壊れたって言ってたな」

剣臓は一度電話を切り、緊急回線を使って再接続を試みた。今は故《ゆえ》あってたまたま本部に帰還し、始末書の山を片付ける日々を送っている彼だったが、普段は日本の首都を任務地としているため東京周辺の問題は集中的に回ってくる。今回のテロ事案も同様であり、剣臓は米国側の対策本部とは別にフットワークの軽い別働チームの一つとして任じられ、パートナーと共に個別に案件に対処する手筈《てはず》に相成っていた。

〝こちらタクミ。剣臓、始末書の進捗《しんちょく》はどうですか〟

「最悪だ。事務作業のし過ぎで肩が上がらん。これじゃキリストになれねぇ」

〝四十肩用の十字架を開発しましょう〟

さぞ需要があるだろうな、と剣臓がにやけた。何が可笑《おか》しいって、このロボットは冗談が言えないため本気でこういう提案をしているのだ。

「本題だ。勿論《もちろん》テロの話は知ってるよな」

電波の向こうでタクミが同意した。ノイズが酷《ひど》く剣臓は顔を顰《しか》める。

「チームを派遣するにも海を越えなきゃならん。俺らの中ですぐに動けるのはお前だけだ。俺もオペレーターやるが現場では独自に判断しろ。今資料をまとめて送る」

〝一部装甲が剥《は》がれているので行動力が低下しています〟

「それも含め色々タイミング悪《わり》ぃぜ。外を出歩いてるってことは、顔は張り直してるんだよな？　なら合成樹脂やらスキャンホログラフやらは生きてんのか」

タクミが剣臓の言葉を肯定する。それを受け、剣臓が先日近所に引っ越してきた中年銀行員のホロデータを専用のクラウドに送信した。

「とりあえず今送った顔で偽装し直しとけ。お前のことだ、既に派手なうっかりやらかしまくってて、相手にその顔もマークされてる可能性あるからな」

偽装とは即席で作る人顔マスクのことだ。彼は生きた人間と見分けがつかないマスクを自在に生成する技術を持っていた。その最たる例がタクミである。

「さぁて……第一の問題は学校への潜入方法なわけだが……」

〝それならご安心ください。彼らからピザの予約を受けています〟

今コイツは生まれて初めてのジョークを言ったのか？　と剣臓は本気で頭を悩ませた。

◆

二年B組三十四番、大城川原《だいじょうがわら》クマは自身がギリギリの分岐点に立たされているのを感じていた。男は教壇に一人、ドア側に一人だ。教壇側の男は教卓に抑え込んだ松任谷理《まっとうやり》一《いち》の指を、突き立てたナイフで今にも切り落とさんとしていた。彼らは生徒たちに机を全《すべ》て後ろに移動するように要求している。恐らくこの指示は命令の内容云々《うんぬん》というより、自分達に従わせることを目的としているのだ、とクマは感心した。一度要求を呑《の》んでしまうと人間は逆らい辛《づら》くなる。ましてや戦争経験のない子供達だ、ここで反抗できなければ二度と逆らえまい。

二人組の手際《てぎわ》の良さはそれだけではなかった。教室突入時から、銃を理解させるために視覚的にも聴覚的にも威圧し易《やす》い窓ガラスへの発砲と破壊、その後ですぐに手近な生徒を乱暴に引き摺《ず》り出して拘束し、教卓の上に広げた手の指の間に全力でナイフを振り下ろすという派手なパフォーマンス。これは殺されるという感覚が分からなくとも、痛い思いをするということを認識させようという意図だろう。また、もし不意の反撃があっても拘束した生徒を人質として使うことが出来る。他教室の物音から考えて、突入のタイミングも綺麗《きれい》に合わせているようだった。よく訓練されている兵士たちだ、とクマは教室の真ん中で唸《うな》った。伴銀河大マゼラン雲第四惑星の尖兵《せんぺい》として地球に派遣された彼女だからこそ、彼らの練度はよく理解出来た。

大城川原クマは宇宙人である。彼女は母星を救うという重大な任務を終え、色々な建前はあったが、実質的には軍役の余暇として地球の生活を楽しんでいた。

教室内には混乱が広がりつつあったが、生徒たちの様子は未《いま》だ状況を飲み込めないといった様子で、誰かが叫び出すまでの事態には至っていない。勢いでなら巻き返せないこともないが、とクマは頭を捻《ひね》った。しかし級友たちが冷静になったところで大した戦力にはならないだろう。私が熱線銃を撃てば相手をドロドロに溶かすことが出来るが、一人を撃った後にもう一人から反撃を受けずに済むかは分からないし、何よりそんな光景を見せたら学友に引かれてしまうのは間違いない。私の活躍自体があまり好ましくない。しかし私以外で使えそうな人材は、一人は敵の手中で、二人はこの場にはいない。

十秒経《た》ってもまだ指示に従わない生徒たちを、銃口で威嚇《いかく》しながらも発砲しないところを見ると、男たちはどうやら殺すことを避けているようだった。結局、殺される心配がないならば素直に従った方が学友のためかもしれないな、とクマは結論づけ、机に背を預ける。恐らくこれが地球人の言う運命というやつなのだろうな、とクマは思った。

正義の味方を気取る快男児松任谷理一が初手で捕まったのもそうだが、私の自決用メガネを叩《たた》き割った桐ヶ谷茉莉花《きりやまりか》と、私の熱線銃を跳ね返した坂東蛍子がこの場にいないのもあまりにタイミングが揃《そろ》い過ぎている。運が悪すぎるのだ。クマは現状に神の力を感じざるを得なかった。仕方ない。ここは素直に従って、機会が訪れるまでせいぜい命乞《いのちご》いをしようじゃないか。超脳波通信で母船と連絡が取れ次第ドロドロにしてやればいい。

（あ、そういえば……）

桐ヶ谷茉莉花と坂東蛍子と言えば、とクマは電球を浮かべる。

「思い出した」

「だ、大ちゃん、喋《しゃべ》っちゃ……」と隣にいた女子が声を潜める。男はこちらを向き、他言語で何やら声を荒げている。愈々《いよいよ》萎縮《いしゅく》が臨界に達し動転が爆発しそうな教室の中心で、クマは喉《のど》の小骨がとれたようにスッキリとした顔で言った。

「アンタら、茉莉花っちの手紙の相手探してたじゃん？　あれ蛍子っちだぜ？」

「えぇ!?」

クラスメイトたちは爆発した。しかしその爆発は先程まで起こりかけていた爆発とは全く別の爆発であった。彼らが何故《なぜ》二人組の指示に即座に従えず、頭を空白で埋め尽くしていたのか。それは男たちが突入する前に既に脳が混乱していたためである。彼らは時の人、桐ヶ谷茉莉花の尾ひれのついた恋文談によって既に極度の興奮状態にあり、そこに更なる問題が飛び込んだことで頭で処理できるピークを超えてしまったのだ。そのためどちらの混乱を優先すべきかよく分からなくなっていたのである。それが今、大城川原クマの暴露が新たに飛び込んだことで、秤《はかり》が一気にラブレターへと傾いたのだった。

「ば、坂東さん⁉　それってどういうこと⁉　そういうこと⁉」

「千里、女子とのアレコレって、これそれどころじゃないわよ！」

「おい！　俺らの坂東さんを変な目で見てんじゃねぇぞ！」

「どういう経緯で⁉　体育祭の一件で、逆に惚《ほ》れ直した的な⁉」

突如教室を満たした狂乱に二人組の男たちは思わず虚を突かれて動きを止めた。松任谷理一がその隙《すき》を見逃すはずはなかった。

◆

茉莉花は個室のドアに内側からもたれ掛かり、ようやく手紙から目を離した。この少女は一人になりたい時トイレに籠《こも》る習性があった。

桐ヶ谷茉莉花は坂東蛍子が嫌いだった。嫌いというより、苦手で遠ざけたい相手であり、最近では彼女の難癖も慣れた要領で回避するようになっていた。しかし今回ばかりは付き合ってやらねばな、と茉莉花は思った。何せ私が蒔《ま》いた種だ。詳しくは知らないが、坂東にとって短距離走は何かしらの特別な意味があったらしい。そこに踏み入ったのだから、一つぐらい言うことを聞いてやるのが筋のように思える。茉莉花は金に染まった毛先を指で弄りながら、取りとめもない思考をまとめ終えると、決意の息を吐いて個室のドアを開けた。手紙はその場で細かく破いてゴミ箱に捨てた。

「もし見つかっても責任はとれよ」

眼光で鏡の向こうを射ながら、茉莉花は蛍子の名前が書かれていた手紙に声をかける。

「自己責任だ。男だろうが女だろうが、やるからには行動に最後まで責任もってやれ」

少女はこれから行われるであろう血みどろの闘いのことを思った。正直なところ、彼女はたとえ喧嘩《けんか》の場であっても女を殴るのは気が進まなかった。

「……まぁでも、お前の無茶も分かるぜ。ここで引いたら死んでも死にきれねぇんだろ」

それだけ大事なものに私が触れちまったんだろ。そういう感覚は私だって知らないでもないんだぜ。桐ヶ谷茉莉花は死んだ母のことを思い、自嘲《じちょう》気味に少し笑うと、すぐに顔を引き締め、邪魔な鞄《かばん》を化粧台に放りドアノブを回した。

「よし、行くか」

茉莉花はトイレを出るとすぐに屋上へ向かうつもりだったが、しかしその計画はあえなく見直しを余儀なくされた。ミリタリールックの精悍《せいかん》な外国人が二人、自分を目掛けて走ってきたからだ。男たちは手にハンドガンを構え、茉莉花に動くなと要求した。匆論要求を呑む茉莉花ではない。今日の時間割を目の裏で再現し、自衛隊の講演やサバゲー部のパフォーマンスがなかったことを確かめながら、少女は男たちから逃げるために三階の廊下を屋上の階段がある方とは逆方向へと走った。女子高生の予想以上の速度に驚きつつも、外国人は銃を構えて二、三英語を話し、その後に茉莉花目掛け発砲した。

「な、なんだこりゃあ」

廊下に出来た着弾の痕《あと》を見て茉莉花は思わず立ち止まった。彼女は銃に詳しいわけでは無かったが、エアガンやBB弾のことなら小学生並みの知識は持っていたため、すぐに床の痕跡《こんせき》が冗談ではないことを悟った。

何が起きてるのか頭が追いつかんが、少なくともこいつらが持ってる銃は本物か、かなり強力に改造された玩具《おもちゃ》だ。茉莉花はアメリカで起きた銃乱射事件を想起し、唾《つば》を飲んで男を睨《にら》んだ。二人組は足を止めることなく接近しており、銃で狙《ねら》いを定めている。少女は銃口の向きを見て、どうやら足を狙うつもりらしいな、と相手の思考を分析し始めた。私をどうしても逃がしたくないらしいが、殺したくもないらしい。一人は短気だが、もう一人は余裕があり、女子供に銃を構えるのは一人で充分だと考えているようだ。それなら立ち回りようもある。桐ヶ谷茉莉花は狼《おおかみ》のような嗅覚《きゅうかく》で危険の影を逃さぬように身構えながら、長い金の鬣《たてがみ》を揺らし、男たちに近づかれないよう後ずさった。業《ごう》を煮やした男が再び指先を動かしたのを見て少女は勢いよく後ろに飛びのく。銃痕は足があったところを通過し、銃弾を躱《かわ》されたことで気が動転した二人組の隙を突き、茉莉花は廊下を突っ切って、角の階段へ左折した。そこで階段を下りず、急旋回すると、足音に合わせて蹴《け》りを放つ。ちょうど飛び込んできた発砲男は自分の勢いを上乗せされた蹴りを腿《もも》に食らい、苦しそうによろめいた。足で重心を支えられなくなった男の顔面を鷲摑《わしづか》みにして、彼女はそのまま間髪いれず飛び込んできたもう一人目掛けて突進する。男は銃を抜いていたためロクな受身も取れず、茉莉花と仲間の二人分の体重を乗せられて壁に吹っ飛び、頭を強く打って気絶した。

「ふぅ……っと、マジかよ」

腿を蹴られた発砲男が呻《うめ》きながらスカートの下で立ち上がろうと足掻《あが》いているのを見て、茉莉花はマウントを取り直し、何発か殴りつけて気絶させる。

「頭を狙えば大体の奴《やつ》はすぐ落ちるんだが……やっぱコイツら一般人じゃねぇな」

手の甲についた血を払いながら立ち上がった茉莉花は、対角にある三年教室から騒ぎを聞いて出てきた外国人に気がつきすぐに下り階段に足を向けた。しかし階段からも仲間が上ってきており、仕方なく引き返し再び遮蔽《しゃへい》物のない廊下に躍り出る。桐ヶ谷茉莉花は手近なドアに手をかけ、鍵《かぎ》がかかっていることを確認して嘆息し、思案の結果、両手を上げて降伏を示すことにした。挟み撃ちとなると反撃するにしろ油断を誘う必要がある。そう判断したのだ。茉莉花が駆けてきた三階教室側からやって来る白人と、階段を上ってやって来た褐色肌の男を交互に見て、少女は付け入る間隙《かんげき》を窺《うかが》ったが、しかし仲間が二人床に伸びて血を流しているこの状況下で男たちに隙が生じる筈も無かった。

その少女は何の前触れもなくやって来た。茉莉花のすぐ近くの、開かれた窓の前に男がやって来ると、窓の縁を掴み外から勢い良く飛び込んできて男の頭を蹴り飛ばした。遠心力の乗った不意打ちの蹴りを横っ面《つら》に食らって、男はそのまま対面のドアの小窓に頭を突っ込み動かなくなった。茉莉花は残った外国人と一緒に口を開いて呆《ほう》けそうになるのを堪《こら》え、チャンスを逃すまいと、油断した褐色肌の懐《ふところ》に入り銃を構えた両腕を左腕で締め上げて、顎《あご》に真下から拳《こぶし》を入れる。フラついている男の頭を回し蹴りで薙《な》いだ。

「し、死んじゃったんじゃない？」

天からの謎《なぞ》の訪問者が心配そうに茉莉花に声をかける。

「これぐらいやらないとコイツらはすぐ起き上がる」

「詳しいのねぇ、専門家？　格闘のプロ的な？」

「……お前こそ専門家か何かか？」

髪を首の辺りで揃えた女は「何が？」とキョトンとした顔で聞き返した。他校の制服を着ている。少し灰がかった緑色の、不思議な瞳《ひとみ》をした少女だった。

「ここ、三階だぞ」

「あぁ、慣れよ、こういうのは」

壁のぼりに慣れる私生活とはいったいどのようなものなんだ、と茉莉花は頭を痛めた。

「あ、ていうか、あなた……」

何かを思い出そうと難しい顔をしている女が明るい声色で再び発声する。

「そう！　ジャス子でしょ！」

「あァ？」

腹を立て顎を上げた茉莉花を見て、結城満はケタケタと笑った。

◆

鈴《すず》は外の喧騒から逃げるようにして三階のトイレに飛び込み、隅に蹲《うずくま》って震えていた。人を脅かす側の存在なのにこんなにも簡単に脅かされてしまうなんて、本当情けない、と幽霊は目尻《めじり》に涙を溜《た》めた。馬鹿《ばか》は死んでも治らないと言うけど、それは何にだって当て嵌《は》まるのね。自分が自分であることは死んでも変え難いぐらい確かなことなんだ。

一人で蹲っていると余計に恐ろしくなることに気付いた鈴は、近くの個室に入っている少女の所に向かい、彼女に寄り添うことにした。その少女はよくトイレに難しい顔をしてやって来て、個室に入ると扉にもたれ掛かって石のようになるため、鈴は密《ひそ》かに彼女のことを真の花子さんと呼んで慕っていた。姿が見えないのを良いことに時折話しかけたりしていたため、一方的ではあったがつい最近までは校内で最も心を許している相手だった。今は別の人物が鈴の心を支えている。

「蛍子ちゃん……！」

鈴は金髪の花子さんが熱心に読んでいる手紙を盗み見て、その差出人の名前に驚愕《きょうがく》した。色つきのボールペンで書いたとは思えない流麗な筆致の執筆者は、先日夜の学校で知り合った坂東蛍子だった。内容を総合すると、どうやら彼女はこの花子さんと知り合いであり、彼女と一騒動起こすために屋上で待っているようであった。蛍子ちゃんは今学校で起きていることを知らないのかも、と鈴は思った。だとしたら知らせないと。

（でも幽霊である私は、影のない太陽の下になんて出られないし、もし出られたとしてもきっと今の蛍子ちゃんには見えないだろうな……）

幽霊のような実体のない存在はその存在に意識を向けていないと視認することが出来ないのである。夜ならまだしも、晴れやかな夏の空の下で私のことなんか考えるわけがない。それはこの花子さんも同じだ。助けを求めようにも気付いてくれやしないわ。

鈴は、何かないものかと周りをキョロキョロ見回し、自身のこともくまなく見つめ直して、身体《からだ》の震えが止まっていることに気付いた。蛍子のことを慮《おもんぱか》ることでいつの間にか恐怖を忘れていたのだ。なら、これで正しいんだ、と鈴は思った。幽霊として目覚めてから恐怖しか知らなかった私が恐怖以外のものを見ているなら、それは正しい成長のはずよ。長い間浮浪して段々と人間的な感情が死んでいき、人形のようになりかけていた少女にとって、新しい感覚の萌芽《ほうが》は天に昇るに等しい救いだった。鈴は近頃鏡の中の自分に十年は見なかった笑顔が戻っていることに気付き、まるで死者から生者に戻れたような、そのような気さえしていた。

そんな、恐怖以外の感情を与えてくれたのが坂東蛍子であり、与えさせてくれたのも坂東蛍子なのだ。鈴は一人闇《やみ》に震える自分を見つけ出して、手を繫《つな》いでくれた蛍子を何がなんでも守りたかった。それこそ、日向《ひなた》に飛び出し体が掻き消えてしまってもである。

鈴は金髪の目つきの悪い花子さんについて個室を後にし、手紙を破る彼女の隣で強く決意を固めていた。噂《うわさ》が立とうが、騒ぎになろうが、自分がなくなってしまおうが、そんなの知ったことではない。幽霊である前に友達でありたい。それが鈴の出した人生の結論だった。

「もし見つかっても責任はとれよ」

花子さんの言葉に鈴はドキリとした。この人は実は私のことが見えていたのかしら、と目を丸くした。

「自己責任だ。男だろうが女だろうが、やるからには行動に最後まで責任もってやれ」

男か女か分からないということは、見えてはいないけど気配を感じてるってことなのかな。そこまで考えて彼女は首を振った。鈴には見えているかどうかなんてどうでもよかった。話しかけられているように思える、それだけで少女は充分勇気付けられていた。

「……………うん」

花子さんの言葉に鈴は頷《うなず》く。まだ何も思いつかないけど、何かやるにしてもそれは私が責任をとる。何が起きても、私のためにやることは全部私のせいでいい。

「……まぁでも、お前の無茶も分かるぜ。ここで引いたら死んでも死にきれねぇんだろ」

「……うん」

幽霊は再び首肯した。ここで引いたら死んでも死にきれない。私は自分が何の未練があって幽霊になってしまったのか分からないけど、幽霊はこの世に未練があるから存在しているんだ。なのに、ようやく見つけた新しい未練まで簡単に手放せるようなら、幽霊として落ち延びている本当の理由すらも実は大したものじゃなかったかのように思えてきちゃうじゃないか。鈴は生前の自分自身のためにも大切なものには未練がましく執着していたいと思った。もしかしたら未練や執着こそが人間らしさというものなのかもしれないな、とも思った。

「よし、行くか」

「うん！」

二人の花子さんは共に勇ましく一歩目を前に出し、女子トイレを後にした。

◆

誰も居ない別校舎奥の図書室で、本校舎の喧騒を聞きながら、藤谷《ふじたに》ましろは震える手で椅子《いす》を引いた。持ってきた広辞苑《こうじえん》やら大辞泉やら一通りの辞書を机に置いて、一冊目の頁《ページ》を繰る。そして「友達」と題された項を指でなぞり、心で読み上げた。

（友達：親しく交わっている人。とも。……違う……）

すぐに辞書を脇《わき》にやり、次のものを手繰り寄せる。現在米国から逃げて来たテロリストたちに制圧されかけている学校で、一見ましろの行動はとても不可解なものに映る。しかしながら藤谷ましろは至って真面目《まじめ》であった。真面目どころか、ここ数年で最も真剣だったし、焦ってもいた。

藤谷ましろは善良な図書委員である。彼女は生まれて十二年目で起きた友人関係の破綻《はたん》をきっかけに自分のことを嫌いになり、すっかり信じられなくなってしまった。しかし人間は自分を信じられなくなると、どうやっても自分の人生を守れなくなってしまう。その事態を回避するためにも、ましろは「防御の出来ない自分に代わって自分を守ってくれる相手」を無意識に探し求めた。彼女は長い間それを本に見出《みいだ》したが、今は友人に見出している。そして、ましろにとっての友人とは坂東蛍子がその八割を表していた。

少女にとって友達とは一般に用いられるそれではなく、本と同じで、希望に近い概念だった。坂東蛍子という希望である。何があっても私を信用してくれるし、いつだって駆けつけてくれる、それが友達に違いない。ましろは漠然とそのような理解を持っていた。彼女が定義を曖昧《あいまい》なまま放置していたのは、もし明確にしたことで自分の考えている「友達」が「友達」でないことが分かってしまったら、今度こそ縋《すが》りつくものがなくなってしまうからだった。自分を守れない彼女にとってそれは一つの死を意味していた。

だから、彼女の中の友達はあくまで経験上の観念であり、言ってしまえば坂東蛍子そのものなのである。本の山に埋もれた自分を見つけ出して手を繋いでくれた、財産であり、英雄なのだ。彼女のその認識が揺らいだのはつい先程、図書室で恐怖に身を縮め蛍子の名を心中で呼び続けていた幾度目かのことだった。

ましろは自分の考えに疑問を持った。友達の定義の違和感を拭《ぬぐ》えなくなった。されども藤谷ましろは自分で結論を出すことが出来ない。自分が導いた結論を信じようとすると途端に胸の内が不安で塗り潰《つぶ》され、怖くて息も出来なくなってしまうのだ。

「……あった……これだ……！」

少女はとうとう求めていた答えを辞書に見つけ、存在を確かめるように指をあてた。

（友達：互いに心を許し合って、対等に交わっている人。やっぱり……やっぱりそうなんだ……！）

図書委員は自分を救うために友達を利用している現状に心の隅では罪悪感を覚えていた。友達が自分を救ってくれるように、自分だって友達に何かしてあげたいという思いは持っていたのである。この少女は脆《もろ》く弱かったが、弱いなりに強くありたいと願い続けていたのであった。しかし彼女は自分の考えをどうやっても自分では肯定することが出来ないため、罪悪感を処理する方法を今日まで持てずにいた。

（友達は、対等でないと……！）

彼女が友を助けるためには、今自分の中にある友人の概念を覆《くつがえ》さなければならなかった。それが少女にとって如何《いか》に大変な行為かは既に述べた通りである。そんな彼女が踏み出す決意をした理由は、やはり坂東蛍子にあった。ましろは自分を救ってくれと願う中で、蛍子の現状を想像して身を竦《すく》めた。昼休みだ、坂東さんはもちろん本校舎にいるに違いない。本校舎といったら騒ぎの渦中《かちゆう》じゃないか。そんな所にいる坂東さんが私を救えるわけがない。それどころか、救いを求める立場にいるのは坂東さんじゃないのか。

私が坂東さんを助けないといけないんじゃないのかな、と藤谷ましろは考えた。それが友達というものなんじゃないのかな。ましろは徐々に内で膨れ上がる感情をどうしても無に帰したくなかった。だから、祈りを込めて見つかる限りの辞典を引っ張り出し、頁を捲《めく》って、自己を正当化し背を押してくれる言葉を見つけようとしたのだ。

（友達は対等でないといけないんだ。私には友達を助ける義務があるんだ。だから……

だから、助けてもいいんだ。私なんかでも、友達を助けていい)
「助けに行かないと」
不器用な図書委員は辞典を閉じると、両手で抱えて立ち上がった。彼女は少し前から図書室に向かって廊下を歩いてくる足音を認識していた。今度は私が坂東さんを助けるんだ。そのためにも、今向かってきてる人は私が倒さないといけないんだ。大丈夫、私にはこの人類の叡智《えいち》の結晶がある。藤谷ましろは国語辞典を大仰に頭上高く掲げると、ドアの前に立ち、心臓を忙《せわ》しなくさせながら扉が開かれるのを待った。

◆

川内和馬《せんだいかずま》は至って平凡な男子高校生である。背は少し低めで、栗色《くりいろ》の短髪を溌剌《はつらつ》と天に立てている。マーマレード・ジャムを一家全員で愛しており、弟の玲檬《れもん》と妹の美柑《みかん》もその愛故に命名された。では何故和馬だけ名付けの由来が違うのか。彼は大学三年の師走《しわす》に里帰りし、大掃除の最中に偶然発見した祖母の日記を元にその謎を繙《ひもと》いていくことになる。そのことを省けば、さして特筆することのないありふれた高校二年生だ。

何事も人並みである和馬だったが、そんな彼にも一つだけ特技と言えるものがあった。それは忍び足である。隣のクラスの坂東蛍子と関わる内にいつの間にか上達していった隠密《おんみつ》能力を生かし、現在和馬は常時一人は銃を持ったテロリストが巡回している一般的私立校の廊下を悠々と歩き回っていた。警備の目に見つかりはしない和馬だったが、しかし心中は決して穏やかではなかった。屋上で坂東蛍子と別れた彼は、美術部の部室を整理しながら思春期特有の黄昏《たそがれ》た表情を浮かべて時間を潰していたのだが、気を取り直して部室から出てきた時には既に校内の状況が一変していたのである。和馬は現状を把握出来ていなかったため、今は何でもいいから正しい情報をくれる相手を求めていた。そのような経緯があるため、少年が彼にとって最も正しさに近いところにいる友人、松任谷理一を探して二年の教室に舞い戻ってきたのは必然だったのである。

川内和馬は自身の本拠である二年A組を覗《のぞ》き見ながら通り越し、理一の居ると思われる二年B組のドアに背をつけた。無政府状態を思い浮かべて嫌な予感と共にドアの小窓から覗き込んだ和馬だったが、彼の予想に反して教室の中は至って秩序だっており、声を抑えつつも噂話に花を咲かせる普段通りの昼休みの光景が広がっていた。普段と違うのは教壇付近に縛られている二人の外国人だけである。

「和馬！　どうやってここまで来たんだ！」

理一が和馬を発見し目を見開いた。言葉を濁しながら和馬は教室に踏み込む。

「なぁ理一、ウチの学校はいったい全体どうなっちまったんだよ。今何が起きてんだ」

「俺も巻き込まれた側だ。詳しくは分からんが……」

理一が立ち上がり、割れた窓ガラスを見る。

「こいつらを捕まえた後、皆にも手伝ってもらってネットやら俺の実家のツテやらで調べられるだけの情報は調べた。それによると、どうやらこいつらはテロリストとして国際指名手配されてる連中らしいな」

「なんだそりゃ……」

「先週ニューヨークで地下鉄爆破未遂があっただろ。その犯人グループみたいだな。コキュートスと名乗っている東欧系の過激派組織らしいが、リーダーはフランス国籍だし、組織自体に目立った前歴も見つからなかった。恐らく新参の組織で、先進国でテロを起こすことで注目を得ようとしたんだろう。アメリカで失敗したので逃亡を余儀なくされたが、アジアに渡る際に日本をリベンジの場として利用出来ると考えたんじゃないのか」

迷惑な話だ、と和馬は目を細くした。和馬の考えを読み取り、理一も頷く。

「こいつらはマスコミ各社に犯行声明を送っていて、既に全国に放送されている。国家予算並みの身代金《みのしろきん》と逃走の安全の保証を求めていたよ」

「それテロじゃなくねぇか？」

「だが次のテロの活動資金にはなる。本当に寄り道での金稼ぎのつもりなのかもな。それに、資金を受け取ったからといってこの学校が無事に解放されるかは分からん」

川内和馬は改めて自分たちが立たされている窮地を認識した。そして、本当に国際事件の人質になっているんだな、と非現実感から来る一種の感動を覚えた。

「この教室も直に巡回員が確認しに来るだろう」と理一が言う。

「じゃ、じゃあどうすんだよ」

「俺達は自由に動ける。そして自由を愛している。なら俺達の出番だ。そうだろ、和馬」

理一が小学生の頃に放送していた特撮ヒーローの決め台詞《ぜりふ》を投げた。和馬はこういう少年漫画的な演出が大好きで、中学時代はよく二人でこのような冗談を言い合っていた。

「……だな。仕方ない。あれを使うか」

「お前なら頷いてくれると思ったぞ」

和馬は悩ましく額に手を当てる素振りを見せ、鼻を鳴らした。

「じゃあそいつらの無線頼む」

「え？」

「連絡があったら上手《うま》く応《こた》えてくれ。怪しまれるからな」

和馬は慌《あわ》てて、事も無げにドアの方へ歩いていく理一を引き止めた。

「お、お前はどうすんだよ」

「先手を打つ。まずはこの階の他クラスを解放しに行く」

川内和馬は大切な事実を失念していたことを思い出す。この男は正義の味方ごっこを卒業し、今警視正の息子として本当に正義の味方をやっているのだった。

「ま、待て理一！」

ドアに手をかけた理一が振り向いた。

「坂東さんがたぶん今屋上にいるんだ。もしかしたら学校が占拠されてること、知らないかも……助けないと……」

「ふむ……」

松任谷理一は少し考えるように床を見て、顔を上げた。

「いや、坂東には屋上にいてもらった方が良いだろう。犯行グループは報道でヘリの接近を禁じていた。まだ校内の制圧が不安定である現在、上空の警戒が必要ないと判断されている限りは、屋上は恐らく学校で最も安全だ」

「そ、そうか……」

「なるべく早く助けに行こう」

和馬は深く頷いた。そして、理一がドアの向こうに去った後で、無線の操作方法を教えてもらっていないことに気がついた。

◆

仲間の戦線離脱報告を受けてもアシュトンの平常心は乱されなかった。逸《はや》る部下の興奮を鎮《しず》め、一階の人員を三階に回すように的確に指示を出す。実行部隊二十五名というと数字上では随分多いように思えるが、実際は外の監視に常時五人は出さねばならないため、巡回員を各階二名ずつ置き職員室に二人割くと、全教室の制圧を十人と少しで保たねばならないことになる。ここが幾ら日本と言えど、一つのミスが命取りになる状況では一概に分が良いとは言えないのだ。だからこそ彼は今回万全の心構えで臨んでいた。

彼は想定外の事態に晒《さら》されることで、作戦開始時よりもあらゆる感覚が研ぎ澄まされているのを感じ取り、戦場で諜報《ちょうほう》活動に従事していた昔を思い出した。アシュトンの肝の据わり方は若輩時代から飛び抜けており、どんな困難にも揺るがない彼を戦友たちはアイアン・アシュトンと呼び讃《たた》えた。部隊を指揮する側に回って以後アシュトンが行った「アルファベット・オペレーション」は今でも民兵たちの間で語り草となっている。

そんなアシュトンであったが、背後のドアが開いた時には流石《さすが》に僅《わず》かに腰を浮かせた。日本の特殊部隊がここを突き止めたのではという疑念がよぎったが、扉の前に立っていたのが制服姿の女子だったためすぐに体勢を立て直す。

（ん……この女……）

アシュトンは目の前で立ち尽くしている女子生徒の顔を改めて見た。女は予想だにしなかった遭遇に驚いているようで、伸びたニット帽のように表情が暈《ぼ》けていたが、そんな呆け顔ですら恐ろしく美しかった。アシュトンはアジア系の人間の顔を殆《ほとん》ど見分けられなかったが、目の前に立っている少女だけはいつ出会っても判別出来る確信があった。それ程までに少女は容姿端麗だったのである。すらっと伸びる細い足や、日本文化の美しさを引き立てるような黒髪も架空の物語を読んでいるような錯覚をアシュトンに覚えさせた。こんなアジア人がいるのか、とアイアン・アシュトンは唾を飲み込んだ。遭遇したのが俺でなかったら部隊の指揮は確実に乱れていたに違いない。

その時アシュトンはある閃《ひらめ》きに全身を焦《こ》がした。今回の突入作戦については綿密な計画を立てた彼だったが、その後の部下達のケアについては保留状態であり、任務を乗り越えた彼らをいたわるためのアイデアをずっと求めていたのだった。戦場で男の労をねぎらうもの、そんなものは一つしかないではないか、と男は頷いて立ち上がり、あくまで冷静に自分のアイデアを吟味し、次に少女の価値を吟味すべく一歩前進した。

◆

坂東蛍子は太陽の下で、昼休みが着々と流れ行くのをその身で感じながら少しずつ両頬を膨張させ、とうとう噤《つぐ》んだ口元から溜まった空気を爆発させた。首を振って汗を飛ばし、肩を怒らせながら屋上のドアへと向かう。

（いったいジャス子は何やってるのよ！　正午に集合って書いたじゃない！）

蛍子が扉を力強く開くと、階段に腰掛けていた不審な外国人と目が合い、一瞬体を硬直させた。その後、近づいてきた男を乳様突起《にゅうようとつき》を一突きして昏倒《こんとう》させると、直下の階段を二つ下りた先にある二階の自動販売機へと向かう。階段を下りる間も、自動販売機でアップルサイダーを買う間も、茉莉花への愚痴は止《と》め処《ど》なく少女の口から漏れ出《い》でた。

自動販売機前のベンチに座った蛍子は、汗で張り付くシャツの隙間に指を入れて体から剝がし、はためかせて風を呼び込んだ。蛍子は暑さと渇きで極めて気分を害していた。父に直々に伝授された護身術を一通り演舞し終えてもまだ現れない大遅刻の仇敵《きゅうてき》にも非常に立腹していた。とにかく今はもう何も考えたくない、と少女はペットボトルを仰ぐ。

『嫌いなことにはちゃんと理由が――』

パン！

両頬を手で打つ音が不自然に静かな廊下に響く。蛍子はそのままの姿勢で宙を睨んだ。

「覚えてなさいよ、ツンツン頭……」

ベンチが音を立てて振動し始めたことで、坂東蛍子はその場でぴょんと飛び上がり、慌てて自分の携帯電話を手に取った。そして液晶に映った名前を見て更に高くジャンプした。着信の主は松任谷理一だった。坂東蛍子はそれまで抱えていた怒りや懊悩《おうのう》を一瞬の内に吹き飛ばし、代わりに台頭してきた心臓の鼓動に苛《さいな》まれながら、理一が自分に電話をかけてくるポジティブな十の理由を頭の中で瞬時に思い浮かべた後、少し満足したような笑みを作り、小刻みに頭を振ってようやく電話に応答した。

「もしもし、坂東です……」

〝……〟

蛍子は埃《ほこり》の舞う音も聞き逃すまいと電話に耳を押し当てて暫《しば》く待ったが、しかし想《おも》い人の声はいつまで経っても聞こえてこない。

「あ、あの、理一君……？」

少し間を置いて、通話は何の前触れもなく切断された。蛍子は通話終了の文字を見つめて暫く放心を続けた。

◆

黒丈門《こくじようもん》ざらめは静かな場所を探して、別校舎を奥へ奥へと進んでいった。とうとう突き当たりまでやって来ると、頭上にぶら下がった図書室の名札を見て扉に手をかける。図書室といえば、この国でも屈指の静寂が保障された場所である。普段は図書室に対しては楽園を仰ぎ見るような面持ちであった。少女が背丈の低さをつま先で補いながら、「燃やしたら壮観そうだ」ぐらいの思いしか湧《わ》かないざらめだったが、今この時に限ってはドアに手をかけて横にスライドさせると、ドアの向こうで待機していた女子高生が目を閉じたまま一歩踏み込み、分厚い辞典をざらめ目掛けて振り下ろしてきた。黒丈門ざらめは赤茶色の瞳を光らせると慣れた手つきで懐からナイフを取り出し、頭上の辞典をその刃で貫く。紙の束がバリバリと破ける異様な音に気がついた女子高生が、目を開き、ナイフを見てその場にへたり込んだ。

「あぁぁ……人類の叡智がぁ……」

「なんなんだ貴様は。殺されたいのか」

穴の開いた国語辞典を見て泣きべそをかいている少女を残し、ざらめは図書室の中へと踏み入った。手近な椅子に座ると、机に積んである辞典を床に払いのけ、肘《ひじ》をつく。

「あぁ、みんな〜……」

「さっきからうるさいぞ！　静かにしろ！　ここは図書室だろうが！」

ざらめの言葉で眼鏡の少女は雷に撃たれたようにビクリと跳ね、口を噤んだ。どうやら少しは正気を取り戻したようだった。まったく、私よりお姉さんなのに図書館のルールも知らないとは、とざらめは頬杖《ほおづえ》をつき嘆息した。私が図書委員なら、こんな女は鞭《むち》でしばき倒すところだぞ。

ざらめはナイフを懐にしまうと、今度は代わりに携帯電話を取り出し、中の電話帳を閲覧し始めた。彼女は学校占拠の報を受けると、兄を助けるために我先にと中学校を飛び出し、黒丈門のみが知る道を使って単身学校に乗り込んできた。乗り込んだはいいが、特に血の流れていない清閑な別校舎の廊下を眺めている内に、少女は段々と気が抜けて、気を抜きすぎて心寂しくなり、そんな自分が情けなく思えてきて、今すぐ出来る何かをポケットの中に探し始めた。そうして探し当てたのが、先日兄の家に遊びに行った際に手に入れた彼の携帯電話であった。

誤解のないようにしなければならない。ざらめが兄の携帯電話を奪取するのは一種の愛情表現である。彼女はその清らかな身に宿った善良な愛の精神に則《のっと》って、兄をたぶらかそうとする悪《あ》しき情動を事前に察知し、排除しようと献身的な奉仕をしているのである。決して窃盗ではない。

「あ、あの……何をしてるんですか……？」

ましろがざらめに接近し、おずおずと口を開く。ざらめは返答しなかった。

「小学生かな……」

「しょ!?　中三だ!!　もう黙らないと殺すぞ!!」

「は、はいぃ……」

少女が赤錆色《あかさびいろ》の目を細め、慣れた手つきで電話帳をスクロールし、見覚えのない番号がないか一件一件チェックしていった。最近は松任谷理一もざらめの愛情表現に慣れ始め、既存の連絡先に電話番号を被《かぶ》せたりして対策を講じていたため、ざらめはその辺りも抜かりなく確かめていく。

「む…この番号は知らんな…」

黒丈門ざらめは早速記憶にない電話番号を見つけ、躊躇《ちゅうちょ》なく発信する。沈黙を続ける図書室にコール音が響いた。

〝もしもし、坂東です……〟

電話は、発信音が鳴り始めてからかなりの時間を経てようやく繋がった。電話口のスピーカーから広がり、静寂の中に漏れ出でた囁《ささや》き声を聴いて藤谷ましろははっと口を押さえる。坂東さんだ、とましろは歓喜した。よかった、無事だったんだ。

「……」

ざらめはいきなり当たりを引いたことで、一驚の後に血管を浮かべ、最後にとてつもなく悪い顔をした。振る舞いに似合わず分かり易《やす》い子だな、とましろは慄《おのの》いた。

〝あ、あの、理一君……？〟

忌々《いまいま》しげに顔を歪《ゆが》め、ざらめは通話を切断した。

(兄さんを下の名前で呼びおって……坂東……ただで済むと思うな……)

ざらめは携帯を置くと、今度は懐から手帳を取り出し何やら書き込み始めた。この手帳は通称ざらめ帳と呼ばれており、名前を書き込まれた人間には近い将来必ず不幸が訪れるという呪《のろ》いのアイテムであった。勿論不幸は至極人為的に、物理的に起こる。

「あ、あの、今理一さんって……」

「貴様、名前は」

「え？　えぇと、藤谷です……」

ざらめは新たに名前と罪状を追記した。

「もしかして、松任谷さんのことでしょうか？」

「松任谷理一は私の義兄だ」

「じゃあ、その携帯電話は……」

「兄さんのだ。あ！　そうだ！　兄さん！」

少女は食事を待つ犬のように背筋を伸ばし、当初の目的を電撃的に思い出した。

「貴様のせいで道草を食ってしまった！　行くぞ！」

ざらめは椅子の上から飛び上がり、図書室の外を目指して歩き出した。

「え、え、私も行くんですか？」

「貴様が道案内しなくてどうやって兄さんの下に辿《たど》り着けというのだ」

「は、はぁ……」

藤谷ましろは少女の態度に圧倒され、反論も出来ずに後をついていった。ざらめと同様に、この図書委員も自身の本懐を思い出していた。教室に戻れば坂東さんもいるはずだ。電話はかけられる状態みたいだけど、安全を確かめに行かないと。

ざらめに道案内を促され、先頭に立って廊下を進みながら、ましろはクラスメイトの松任谷理一について知り得る限りの情報を整理した。ましろは理一が、しょっちゅう警察に表彰され新聞に載るような善行の人だということや、気立てと容姿の良さから校内でも人気が高い男子であることや、坂東蛍子の意中の相手であることを知っていた。しかし彼女が何でもかんでも知っているかと言うとそういうわけでもない。ましろは理一がキャラ作りに苦労していることも、蛍子を既にフっていることも、そのすぐ後に好きな人がいると言い放ったことも知らないのだ。人は知らないことについては本当に何も知らない。それだけは知っておかなければならない。

◆

「おい、理一、待てよ！」

五個目の無線を教室に投げ込んだ理一を、和馬が小声で呼び止めようとする。

〝ん、どうしたフォックス〞

「あぁ、いや、んんっ、何でもないんだ。さっき無線を落としてから調子が悪くてな」

〝それでか。普段より声が高いなと思っていたんだ〞

「困ったものだぁ」

和馬は出来得る限りの低音の濁声《だみごえ》を出した。

川内和馬は極めて模範的な男子高校生である。栗色の髪はイタリア系アメリカ人の母の赤毛が混じったものだ。そんな血縁の都合もあってか英語は比較的得意であり、五月の中間テストでは八十八点を取って、家族でお祝いに焼肉屋に行った。彼は家族の一員であることを信じて疑わなかったが、大学三年のある出来事をきっかけにそのことに疑問を覚え、一人探求の旅に出ることになる。大学を半年間休学して京都の天ヶ瀬吊《つ》り橋の先に辿り着いた彼は山中の洞穴へ足を踏み入れることになるのだが、少なくとも今この時点では普通の高校二年生だ。

現在和馬は理一が次々に持ち込んでくる無線への対応を一手に引き受け、てんてこ舞いになっていた。彼は英語が出来ると言っても母以外の外国人とまともに話したことはなかったし、それもせいぜい日常会話程度である。それに話せたとしても模範的日本学生である和馬にテロリストに混じって猥談《わいだん》をするような度胸はないのである。和馬は出来ることならこんな役などすぐにでも下りたかったが、しかし理一に「代わりがいるか」と問われると上手く返答出来なかったし、「なら、自由を愛するお前の出番だ」と言われるとそうなのかなぁ、そうなのかもなぁ、と思ってしまうのだった。彼は学生としても模範的だったし、押しに弱いという点で日本人としても模範的人物だった。

テロリストたちの間には徐々に焦《あせ》りが広がっているようだった。元々あったストレスの塊が、この任務での緊張状態を経て顕在化したようである。無線での会話では制圧に大きな影響はないように思われたが、しかし三階で四人の同胞が倒された事実や、その犯人が捕まったという報告が未だなされていないこと、さらに、全《すべ》ての指揮権を有しているリーダーからの連絡が暫く途絶えていることが不安と不審を増幅させ、彼らの平静を少しずつ蝕《むしば》んでいった。その上、ピザ屋が消えただの、黒いカーテンが宙を舞っているだの、よく分からない情報までもが飛び交い始め、テロリストたちの感情を悪い方へと逆撫《さかな》でしていた。そんな人間たちを相手に和馬はコミュニケーションをとっているのである。最も参っているのは川内和馬であることだけは間違いない。

和馬は無線で会話中、別の無線が応答を求めてきたため、慌てて話を切った。

〝どうしたリマ、なんだか暗いぜ。陽気で鬱陶《うっとう》しいお前もさすがに旅行疲れか？〟

和馬は陽気な気分になるために頭の中で出来る限り陽気なものを思い浮かべた。脳内を猿の玩具や、ペンペン草や、干したての布団《ふとん》などで埋め尽くす。

「馬鹿言えやい、頭の中じゃ猿がペンペンしてスヤスヤだぜ」

〝……本当に大丈夫か……スペイン訛《なま》りもすっかりとれちまって……〟

「あ、あぁ、いや、悪い……たしかに疲れてるみたいだ……」

無線の相手は報告を終えると、最後に「無理するなよ」と優しい声をかけ、和馬の涙《るい》腺《せん》に訴えかけた。理一が六個目の無線を持ってきたことで彼の涙腺は更に緩んだ。

〝おい、いきなり切りやがって！〟

「すまなかったぁ」

和馬は低い濁声を絞り出しながら、傷を増やしながらも着々と制圧を完了させていく松任谷理一という友人について考えた。今の状況はまるで出来の悪い高校生の妄想そのものだった。学校で過ごしていると、突如見ず知らずの脅威に襲われ、主人公が覚醒《かくせい》した力でそれらを掃討していく。学校は救われ、女の子にはモテる（そして新たな敵が校舎の外で笑みを浮かべる）――和馬もよく授業中に思い浮かべているありふれた妄想の一幕である。しかし現実は想像のように上手くはいかない。和馬は実際に現れた屈強な大人の男たちに為《な》す術《すべ》もなかった。ヒーローになるどころか、奇跡的に監督に拾われて電話交換手として友情出演しているような有様である。これでヒーローがいないというなら現実を受け入れようがあるが、実際には漫画の主人公のような友人が一人で飛び回り、本当に漫画の主人公のようなことをやってのけているというのが世知辛い。人間は誰しもが人生の主役だ、と歌っているポップソングを和馬は最近よく聴いていた。しかしそれは嘘《うそ》だということを彼は今痛感し嚙《か》み締めている。

物語の主人公は本質的には一人なのだ。俺はそうはなれなかった。少年は自分の出した結論に嘲笑を送り、無線との会話を続けた。この頃には和馬はテロリストたちの要求する声色を自在に出せるようになっており、ここで習得した芸当は「七色の声」と呼ばれ、十年後にイタリア南部で起きたマフィア抗争において敵陣深くに潜り込み敵の幹部を討ち取った主因となり、和馬の名を闇の世界に知らしめるきっかけとなることを彼はまだ知らない。物語において主人公は本質的に一人だが、物語は一つではないのである。

◆

流律子《ながれりつこ》は努力の人だった。小さい頃から生真面目で、正しくあることとしか出来ず、それ故《ゆえ》に堅物として疎《うと》まれがちだった律子は、いつからか自分のあり方を努力に見出すようになった。努力は大なり小なり必ず形になって自分に見返りをくれるし、経験は自信や力を齎《もたら》してくれる。そのような実感を得てからというもの、律子は当人が驚くぐらい勉学に熱心に励み、怠惰に強い抵抗を持つようになっていった。本人は一時の安心を得たが、しかし周囲の視線は優しくはならず、それを受けて彼女の中の安心感も減衰していった。疎外感《そがいかん》に自覚的になってから、律子は自身の努力の理由が安心感にあることに思い至った。彼女は生真面目な自分という人間を周りの子供にも受け入れてもらいたかったのである。しかし子供心に努力というのは鬱陶しく映り、彼女は更にクラスで浮くようになってしまった。律子は努力以外の方法を知らなかったため、自分の居場所を求めて、ひたすら勉学と自己鍛錬を続けていった。

そんな少女がようやく辿り着いた在《あ》り処《か》、それがこの高校の生徒会だったのである。

流律子は生徒会に属している自分に誇りを持っていた。高校の生徒会は、中学時代とは違い、律子の羨望《せんぼう》した規範と理念の世界をしっかりと体現する組織だった。生徒会長は誠実で度量が広い人物だったし、学生や教職員も生徒会に敬意を払い、正しいあり方を乞《こ》い求めてきた。十七歳になっても世界は未《いま》だに割り切れないことや腹立たしいことで満ちていたが、この生徒会室だけは正しい人と、正しいあり方で溢《あふ》れている。律子はそのことがとても嬉《うれ》しかった。やっと自分の存在を認めてもらえた気がしたのだった。

だからこそ、流律子は坂東蛍子のことが許せなかった。

文武両道、才色兼備の坂東蛍子は校内でも飛び切りの有名人だった。入学当時から三学年を席巻《せっけん》した蛍子の勇名は、二年になっても一向に衰えることなく、一つの権力のように形を持って校舎の隅々に染《し》み込んでいた。彼女がいれば皆が振り返ったし、手を差し出せば何だって手に入った。そしてそれは生徒会も例外では無かった。

坂東蛍子は人を惹《ひ》きつけるだけでなく、人を統《す》べる才能をも持っている人間だった。教師達からの受けも良かったし、生徒会長からの信頼もすぐに獲得した。また、そのような承認を得たことで、いつからか校内には一つの暗黙の了解が蔓延《まんえん》していった。〝次期生徒会長は坂東蛍子を置いて他にいない〟という了解である。律子はそのことにどうしても納得することが出来なかった。一年時から所属している自分や他のメンバーの努力を否定されたような気持ちになったからだ。いや、そんなことは建前で、本心ではようやく見つけた自分の唯一《ゆいいつ》の居場所を略奪されたような気分になったからであった。律子は坂東蛍子の魔の手から自身の安息を守るため、彼女に果敢に挑戦した。しかし身体能力は勿論《もちろん》のこと、人生を費やして努力してきた学業においても蛍子には掠《かす》り傷一つ負わせることが出来ず、流律子は完敗し続けたのだった。律子は蛍子との秘めたる戦いにおいて誰の理解も感じることが出来ず、次第に高校以前の孤独な世界に自分の心が追いやられつつあるのを感じていった。

あの頃の自分を思うと、律子はとても恥ずかしくなる。何より恥ずかしいのは、そんな律子を孤独感から救い上げたのが坂東蛍子その人であるということだ。律子は蛍子への思いを頭を振って追い出し、生徒会室のドアノブを捻《ひね》って廊下に出た。

生徒会室は本校舎一階の角にある。一年教室とは対の位置にあり、突き当たりの窓を覗けば別校舎の外来受付が見える。別校舎に移るためには二階の渡り廊下を使わなければならないため、行動する上で不自由するこの立地にテロリストはあまり巡回の手を回さず、そのため律子は比較的自由に行動することが出来ていた。今彼女は二つやるべきことを見出していた。一つは暗幕探し、もう一つは人探しで、前者は順調だったが、後者は全く見通しが立っていない。何せ見えない相手である。見通しが立つわけもない。

「鈴さん……何処《どこ》にいるの……」

律子は無人の廊下に小声で呼びかけたが、勿論鈴の返答はなかった。先程から彼女は思いつく限りの策を弄《ろう》して、幽霊の友人との接触を試みていた。幽霊の居そうな廊下の曲がり角や、近場のトイレや、事務机の下をドキドキしながら覗き込んだり、生徒会室を暗幕で囲い、暗闇の中でそれらしい呪文《じゅもん》を唱えて頬を赤くしたりなどしていたが、しかしどれも成果を上げるには至らなかった。こんなことなら勉強ばかりせずにオカルト雑誌を購読していれば良かった、と生徒会書記は生真面目な発想を浮かべ溜息をついた。

別校舎はあまり奴《やつ》らがいないみたいだし、次は別校舎を探してみるか、と律子は突き当たりの壁を疲れた顔で眺める。すると壁からぬるりと白い何かが湧き上がり、体を為して廊下に入ってきた。肩を落としてやって来た幽霊は紛れもなく鈴だった。

「鈴さん！」

律子の声を受けて鈴はビクリと全身を跳ねさせる。顔を上げたおかっぱの少女は目を丸くしてまじまじと律子を見返した。

「な、流さん……？」

「良かった！　探してたのよ！」

律子は心底安堵《あんど》して、嬉しそうに鈴の元へ駆け寄る。

「え？　探して……あれ、ていうか、見えるの？」

「え？」

「あ！　ううん！　何でもない！　あ、暑いねぇ！　汗かいちゃうよぉ」

何かを取り繕うように鈴が笑い、陶器のような肌を手でぱたぱた仰いだ。

「あ、あの今ね、階段下りてきたんだぁ、走って下りてきたからいきなり現れたみたいに見えたかも、あはは……」

律子は得心した。どうやらこの子は自分が幽霊であることを隠そうとしているようだ。そりゃそうよね。たとえ幽霊じゃなくたって、誰だって自分の正体を知られたくないものだもの。流律子は鈴の恐怖に同調しながら、同時に少しの喜びを覚えていた。何故《なぜ》なら自分の本質を悟られたくないという衝動は、相手に自分のことを好きでいてもらいたいという心の作用に他ならないからだ。律子は鈴に好意を抱いてもらえていることが嬉しかった。そしてそんな相手を今から傷つけようとしている自分の残酷さを恥じた。

「鈴さん、いいんだよ」

「え……？」

鈴が小さな手を腹の辺りで組み、上目遣いで聞き返してくる。彼女の表情を目の当《ま》た《あ》りにしても律子の義務感が曇ることはない。

「私、知ってるから。鈴さんが幽霊だってこと」

鈴は少しの間枯れ木のように背景に溶け込んだ後、残念そうに笑んだ。

「そ、そうなんだ。やっぱり。肝試しの時からそんな気はしてたんだ」

「うん……ごめんなさい」

「な、なんで謝るの？」

「だってその、嫌だったんでしょ、知られるの。そうだと分かってて……でもどうしても言わなきゃならなかったのよ」

「ううん。いいの」鈴は穏やかに首を振った。

「幽霊にも役に立てることがあるってわかったから」

赤いスカートの少女は、心なしか晴れやかな面持ちだった。

「それに、今は落ち込んでる場合じゃないものね。でしょ？」

鈴が見透かしたように問いを投げ、その言葉に促されるように律子は口を開いた。

「皆を助けるために、鈴さんに協力して欲しいの」

「それも、幽霊じゃないと出来ない協力」

「うん。こんな私のお願いでも、聞いてもらえるかしら」

「もちろん」

即答した鈴に、律子は感謝の言葉を述べて頭を下げた。彼女は本当に頭が下がる思いだった。私が努力を向けるべきだったのはきっとこういう振る舞いに対してなんだろうな、と痛感した。

「それで、私は何をすればいいのかな」

「暗幕を掻《か》き集めてきて欲しいの」

暗幕？　と鈴が訊《き》き返す。

「そう。二学期初めの文化祭用に生徒会準備室にかなりの量を集めておいてあったんだけど、出来ればもっと欲しいわ。体育館と視聴覚室、理科室と演劇部の部室にもあるはずだけど、私じゃ見つかっちゃうかもしれないから――」

そこまで言って律子は台詞を区切った。

「あ……もしかして、幽霊って日光を浴びるのは問題があったりするのかしら」

鈴が少し困った顔をする。

「うーん、ずっと浴びてると消えちゃうみたいなんだけど、でも少しの間だけなら問題ないみたいだから、大丈夫。取りに行く時に浴びても帰りは暗幕被ってくればいいよね」

「ありがとね……ふふ」

律子は鈴の想定した状況を脳内に思い浮かべて微笑した。

「それって、そのままポルターガイストよね」

「そうかも。絵本に書かれてるお化けっぽいね」

「あぁ、そう言えば、あの肝試しの夜は図書室のポルターガイストの代わりにサカサ女が出てきたけど、あのサカサ女も鈴さんなのよね」

鈴が頷く。

「どうして図書室でサカサ女だったの？　ポルターガイストじゃなくて」

「あぁ、あれはね……」

鈴は照れ臭そうに顔を伏せて言った。

「間違えちゃっただけ、えへへ」

◆

夜目の利《き》くアンダルサイトの瞳《ひとみ》を駆使しながら、ロレーヌ・ケルアイユ・ヴィスコンティ・ジュニアは天井裏の狭い空間を腹這《はらば》いで移動していた。鞄《かばん》を置いたまま屋上を出て行く蛍子を見送った後、ロレーヌは脱兎《だっと》の如《ごと》く鞄から飛び出すと、手近な空調管に飛び込んだ。彼は今日一日を鞄の中で思考に費やしたことである可能性に思い至っていた。最近俄《にわ》かに湧き立っている学校での幽霊談はマリーを目撃してのことだったのではないかという可能性だ。日本人の幽霊は何故か白い服を着ていることが多いらしい。ならば純白の布で包まれているマリーを遠目に見て、恐怖のあまり霊と誤解してしまった可能性も、大いにあるのではないか。この兎《うさぎ》の紳士はその閃きを得るとすぐに校内を探索することを決めたのだった。しかしロレーヌは肝心なことを忘れていた。それはどうやってこの広大な学校の構造を兎のぬいぐるみが把握するのかということである。

端的に述べると、ロレーヌは今迷子だった。

「まったく、どうして人間はこう何でもかんでも大きくしたがるのだ……ヴェルサイユの頃から何も進歩しておらん……」

ロレーヌが体に纏《まと》わりついた埃やよく分からない物体を払っていると、足下に接近してくる足音を聞き取った。黒兎は人間の会話や行動から地形を読み取るべく、天井板の隙間《すきま》に顔を近づけて覗き込んだ。やって来たのは蛍子の親友、結城満と、蛍子の仇敵、桐ヶ谷茉莉花だった。また妙な取り合わせの二人組が来たな、と兎は宝石の目を煌《きらめ》かせる。

「んー、ハズレか。ここから蛍子の気配がしたんだけど」と満が頭を掻く。

「気配って何だよ」と茉莉花が呆《あき》れた。「あんた妖怪《ようかい》か何かなのか」

ロレーヌの足下はどうやら自動販売機が設置された休憩所のようだった。学生生活はそれ自体が休憩時間みたいなものだろうに、贅沢《ぜいたく》な話だ、と兎は顔布を歪ませる。

「素直に屋上目指せばよかったんだって」

「やだよ。なんか負けた気がするし」

「私ら競ってるわけじゃねぇだろ」

（……というか、何故満は蛍子の学校にいるのだ）

「そもそも、どうして蛍子は屋上なんかにいるの？」

「……私と喧嘩《けんか》したいんだとよ」

結城満は一度目を丸くした後、何かを理解したような顔をした。その顔を見てロレーヌもある程度の事情を察した。なるほど、蛍子のここ暫くの懊悩はジャス子に対してのものだったのだな。しかも二人の口ぶりからして恐らく問題は停滞ではなく解決の方向へ向かっている。蛍子はちゃんと自分で模索しているし、ジャス子も応える気があるようだ。それなら私の出る幕もあるまい。ロレーヌは深刻な心配事が一つ解消されたことで肩の荷が下りた心持であった。これでマリーの捜索に集中出来る、と綿を引き締める。

「そういうことなら、さっさと屋上行きなさいよ。私は一人でも何とかなるから」

結城満が腰に手を当て、やれやれと息を吐く。

「何とかなるわけねぇだろ」

今度は茉莉花が呆れる番だった。

「別に行く気がないわけじゃねぇが、この状況で行くことはさすがに出来ねぇよ」

黒兎はこの学校が現在戦場と化していることを探索の中で把握していたため、茉莉花の反応は当然だと頷《うなず》いたが、同様に満がその当然に反論するだろうことも予期していた。

「はぁ？　何言ってんの？」

予想外の反応を受け茉莉花が驚く。

「あんな連中より蛍子に応えるのが筋ってもんでしょうが！　蛍子の方が先約でしょ！」

「あ、あぁ？　いや、そういう話じゃないだろ」

「そういう話よ。相手を待たせる人間は余程の大物か、さもなくば屑《くず》よ」

茉莉花が皺《しわ》の寄った眉間《みけん》を指でつまんだ。

「大物だろうが屑だろうが身を守るし人も助けるっつうの。なんなんだお前は」

「あんたの敵よ」

結城満は普段は視野も度量も広く、歳《とし》のわりに頼りになる少女だったが、こと蛍子のこととなると途端に過保護になり、周りが見えなくなって、幾つものトラブルを起こしてきた。ロレーヌは主人を支えてくれる満の存在には感謝していたが、時折何も言う気が起きなくなり、経済書でも読み耽《ふけ》りたくなる時がある。

満は「蛍子の味方である」と言いたいのだ、とロレーヌは思った。この少女は蛍子にとっての全面的な味方だと言いたいのである。それは今年の春に起きた事件を経ての、結城満なりの決意の表明でもあるのだろう。少女の中にあったそういった思いが、今蛍子が敵視している相手と対峙《たいじ》したことで顕在化し、はっきりと自覚を伴ったのだ。それは茉莉花も同じだった。突然得体の知れない敵意にあてられて拳《こぶし》を握りこんでいる自分に気付き、自分のこれまでの人生と、そこで培《つちか》った自分というものを再確認していた。

人は誰しも他者を見ることで自身を省みる。それは親友だったり仇敵だったり、恋人だったりするかもしれないが、いずれにしろ人はそういった相手を通すことで自分の立場を理解したり、自分の個性——弱さや強さを思い知るのである。蛍子もそうなのかもしれないな、とロレーヌは思った。彼女も今、ジャス子に煩悶《はんもん》することで自分自身を省みているのかもしれない。プライドの高い蛍子のような人物にとって、見たくないものを視野に入れるのはとても難しく、故に実現出来れば貴重な人生の糧《かて》となるに違いない。

ロレーヌはそういった人間の心の動きが羨《うらや》ましかった。それはぬいぐるみにはない革新への可能性を秘めているからだ。人の振り見て我が振り直せとはよく言ったもので、この金言の肝は「人」に対象が絞られているということにあるのだ。人間だけが自分を変革することが出来る。ぬいぐるみは長い人生を正気のまま全うするために、自我に色々な制約が設けられている。しかし人間は短い人生であるが故に、進化も退化も意のままだ。それはぬいぐるみにとっては叶《かな》わぬ夢であり、遠くの星なのである。ロレーヌ・ケルアイユ・ヴィスコンティ・ジュニアは綺麗《きれい》なものを眺めるような目で二人の丁々発止の押し問答をもう一度確認すると、顔を上げて狭い天井裏を前進し始めた。私も私なりのぬいぐるみの生を謳歌《おうか》しよう。マリーを探し、この手で救い出すのだ。

◆

「こうして、こうして……こう！　そして……こう！」

「……」

「こう、腕全体を使って……りりりリッ!?　いやこれはその！」

蛍子は昨夜事前学習用に見た映画で繰り広げられた中国拳法《けんぽう》を真似《まね》ての、大真面目《おおまじめ》な予行演習を即座に止《や》め、屋上のドアに寄りかかっている律子へ取り繕った笑顔を浮かべた。坂東蛍子は友人の前では格好つけていたい願望を持っていた。

「しつこいツン毛を頭の中から追い出そうと……」

「いいのよ。続けて」

「……いじわる。もういいの」

蛍子は頬に紅をさし、口を尖《とが》らせた。

「で、どうしたの？　昼休みが終わるのにまだ屋上にいる生徒に、生徒会役員のお説教？」

「いいえ、昼休みは暫く終わらないわ」

律子の言葉に蛍子は首を傾《かし》げた。

「下のドンパチはまだ収まりそうにないからね」

「ドンパチ？」

「気にしないで。台風休校みたいなものよ」

それは嬉しい、と蛍子は思った。流律子は、自分の中で神格化していた坂東蛍子が意外に隙の多い人間であることを知った時それなりに気を落ち込ませたが、今は彼女の扱い易さをあまり嫌ってはいなかった。むしろ好きなぐらいである。何せ余計な説明の手間が省けるし、友人を危険なことに巻き込まずにも済む。

「せっかく時間が出来たんだから、文化祭の企画の予行演習でもしておこうと思ってね」

律子のその場の出任せに、蛍子は興味津々《しんしん》といった様子で食いつく。

「へぇー、なになに」

「今年の文化祭はね、昼時に全校舎をお化け屋敷にしようって話になってるのよ。ほら、怪談話が盛り上がってるじゃない？　その辺りの影響を受けての、生徒会主導の企画」

「へ、へぇ」

蛍子はキュビスムのように口を曲げて笑った。

「それで、大量に繋《つな》ぎ合わせた暗幕を屋上から垂らして、校舎を覆《おお》ってしまおうっていう算段なの。今から実際にやってみて、暗幕の必要枚数とか確認したいから蛍子も暇なら手伝ってくれない？」

「最高の企画じゃない」

嘘を言うと心が痛むというが、蛍子は全く心痛を感じなかった。奥歯を鳴らすので忙しかったからかもしれない。

「何すればいいの？」

「今も少し持ってきたけど、これから生徒会室にある暗幕を全部持ってくるから、蛍子はここで暗幕を結びつけて」

「一人で運べる？」

「大丈夫。鈴さんもいるから」

「お鈴ちゃんもいるの⁉」

蛍子は前のめりになり思わず爪先《つまさき》立ちした。

「あの夜以来だね！　会いたいなぁ」

「……すぐ会えるわ」律子は目を伏せて言った。

「あ、そうだ」

蛍子が足下の鞄をゴソゴソとやりだし、中から小さな鈴のついた巾着《きんちゃく》袋を取り出した。

「これ、お鈴ちゃんにあげようと思って持ち歩いてたんだ。前にね、持ち運びやすい巾着袋が欲しいって話をしてたから」

「そう……私が渡しておこうか？」

「え、なんで？　自分で渡すよ」

「……そうよね」と律子が微笑《ほほえ》んだ。「でも、今は仕事に集中すること」

「うん！」

屋上の扉の向こうから暗幕を引っ張り出し、蛍子に作業の手順を説明しながら、律子は目を輝かせている友の顔を眺めていた。流律子は坂東蛍子が何故屋上にいるのか、事情を知っていた鈴から大まかな話を聞いていた。蛍子は桐ヶ谷茉莉花を待っているのだ。

律子にとっての茉莉花は、転入当初はただの問題児でしかなかった。風紀を乱す不届き者で、生徒会の敵。その程度の認識であり、努力という律子の本質を才能という凶器で陵辱し、否定し続ける蛍子と比べれば、大海に時折現れる嫌な波程度の存在だった。

そんな茉莉花への評価を改めたのは、蛍子と友人関係になり、その実感が伴い始めた頃からであった。他人であった頃の蛍子は傍《はた》から見ていて完全無欠であり、他を圧倒して寄せ付けず、周囲の人間に手を差し伸べはすれど心からの関心など払ってはいないように思えたが、実際の坂東蛍子と話していると、驚くべきことに彼女の中にも対抗意識を感じることがあったのだった。後にその対抗意識の相手が桐ヶ谷茉莉花であることを知り、律子は経験したことのない類《たぐい》の痛みが体内に走るのを感じた。それは嫉妬《しっと》でもあり、喪失感でもあった。自分の憧《あこが》れであった人智《じんち》を超えた坂東蛍子が、誰かを同格と認めていることへの衝撃であり、何より同格と認められている桐ヶ谷茉莉花への強い妬《ねた》みと、羨望の気持ちだったのである。

律子は茉莉花のことがとても羨ましかった。

「あれ！　タクミじゃない！」

蛍子は僅かに開いた扉の隙間から屋上階段に佇《たたず》む人物を判別し、手を振りつつ声をかけた。一緒にいたおさげの女子生徒を置いて促されるままに男が陽の下に出てくる。

「何？　なんでこんなとこにいんの？」

「配達のアルバイトです」

「あんた本当何でもやってるわよね。そのマントもバイトの小道具？　暑くない？」

「冷え性ですから……あの、ホタルコ、ワタシもアナタへ質問が――」

「そうだ、タクミも手伝ってよ！」

男は無表情だったが、しかし困惑と諦念《ていねん》が節々から滲《にじ》み出ていた。律子は自分に厄介な話を振られない内にこの場を後にするべく、屋上階段の方へ歩き出した。

「じゃあ追加の暗幕、持ってくるわね」

「うん、待ってる！」

無邪気に笑みを浮かべる蛍子に手を振って、律子はドアを開く。

(私は貴方《あなた》の隣には立てない)

律子は心中で呟《つぶや》いた。

(それでも私は、貴方に見つけてもらえて、友達と言ってもらえて幸せよ)

鈴はそっと暗幕を置き、扉のところに近づいて、屋上で会話を弾ませている友人たちを隙間から静かに見つめていた。日向《ひなた》に出られない鈴は、時折影に避難しながら扉越しに彼女たちを見つめるのが精一杯だった。ふと戸にかけている手を空に透かしてみる。掌《てのひら》は硝子《ガラス》球のように白く歪み、微《かす》かに青色を帯びていた。鈴は自分が幽霊であることを実感し、友人たちとの間に長大な距離を感じていた。特に幽霊を認知していない坂東蛍子との距離は計り知れないものだった。

何せ幽霊なんていているわけがないんだものね、と鈴は俯《うつむ》く。彼女の中に幽霊は存在しない。私の中に彼女がいるだけだ。

鈴は腰を上げる律子に気付き、少し扉から離れた。そしてその位置から再び扉の向こうの、明るく輝く景色と宝物のような生命を眺め、眩《まぶ》しそうに目を細めるのだった。


「……よし！　準備ＯＫ！　いつでもいいわよ！」

最後の暗幕を手摺《てすり》に結び終わり、蛍子は手を上げて北角にいる律子に報告した。律子も手を上げ、了解を示す。西と南を長い紐《ひも》で一手に担《にな》うタクミも頷いた。

「じゃあ皆、構えて！」

坂東蛍子は万歳をし、合図と共に暗幕の端に繋がれた沢山の紐を手放した。三人の手を離れた布が一斉に本校舎の壁を駆け下り、一階を通り越して更に一枚分の布で地面を埋めた。東京の中心に突如として現れた黒い箱は、宗教めいた威容で太陽の下に佇み、異物感を飛び越え、神秘的ですらあった。

「凄《すご》い！　本当に埋まってる！　こんなに暗幕あったんだね！」

身を乗り出してはしゃぐ蛍子を、タクミと律子は落ちないかヒヤヒヤしつつ見守った。

「あれ？　外国の人が何人かいるわね」

「あぁ、配達仲間なんです」

いったい何を運んで来たんだろう、と蛍子は首を傾げた。

「皆が待っているので私は行きますが、蛍子は下など覗《のぞ》いてないで、自分のことに集中してください。やるべきことをやるのです」

タクミの言葉に蛍子は一瞬顔を曇らせた。タクミは時折「やるべきことをやれ」「為すべきことを為せ」と説法めいたことを言うことがあった。蛍子はこの台詞《せりふ》があまり好きではない。やるべきことをやれるなら、人は悩みなどしないと感じるからだ。

「……まぁいいわ。今日だけはちゃんとやってあげる」

坂東蛍子は髪を風に靡《なび》かせて柵《さく》から離れ、再び屋上中央を支配した。そして、黒い布に仕切られてリングのようになった屋上の光景を見て、悪くないわ、と不遜《ふそん》な笑みを浮かべる。遠くで一発鳴ったクラッカーのような破裂音が、静寂を取り戻した屋上に響き、蛍子はそれを自身への祝砲と受け取った。勿論この銃声は蛍子への祝砲などではない。一人の男子生徒の命を奪うために撃たれた、凶弾の知らせである。

◆

　松任谷理一はボロボロになりながらも本校舎二階にある職員室の解放を完了した直後、発砲音を聞いて、逸《はや》る気を押さえつけながら廊下へ顔を覗かせた。本来なら慎重を期さないといけない場面だったが、銃声が二年教室の方から聞こえた以上そうも言っていられなかった。手土産の八つ目の無線を置いて祈りを胸に廊下を進み始める。

　レストスペースは校舎の構造上唯一の十字路になっている。直進すれば教室、背後に職員室、右手に自動販売機とベンチ、そして左手に移動教室と部室棟への通路だ。理一はこの十字路を使って三人の兵隊を倒していた。相手にとっても自身にとっても、隙の生まれ易い死角を孕《はら》んだ場所なのだ。

　その十字路を曲がった先に理一は話し声を聞き取っていた。壁に背をつけて十字路の向こうを慎重に覗き込むと、案の定テロリストの一人が廊下を徘徊《はいかい》していたらしい生徒二人に銃を向けている。幸いなことにテロリストが理一の方に背中を向ける配置になっており、理一は勝算を見出して疲れた体を鼓舞した。

（……ざらめ？）

　理一は国際犯と対峙している生徒の内の一人の顔を見て驚愕《きようがく》した。小さな体を目一杯張って踏ん反り返るその少女は、理一の従妹《いとこ》にあたる黒丈門ざらめだった。現在中学三年生であるざらめは当然この高校の生徒ではない。理一は、何故ざらめがここに、だの嫌な予感がする、だの一通り頭を悩ませた後で、これは好都合かもしれない、と思い直した。とりあえずざらめの件は後で本人に訊けばいい。今は銃を向けられている彼女たちの安全が最優先だ。少年はそう結論し、二人の生徒を驚かせないように柱の陰から上半身をゆっくりと覗かせ、相手の視認を待った。初めに反応したのはざらめだった。眼鏡の女子生徒を後ろに追いやり、研ぎ澄まされた蛇の眼光で赤毛のテロリストを射殺《いころ》さんとしていたざらめだったが、従兄《いとこ》の顔を確認した途端に背景に花を飛び散らせて笑顔になった。彼女の反応を見て理一は早足で前進し始める。誤魔化す気のないざらめの表情から、時間をかけるとすぐにでもテロリストが振り返ってしまうと判断したからだ。理一は忍び歩きしながら駄目元でざらめに相手の注意を引き付けるようジェスチャーする。ざらめは従兄の意図をすぐに理解したが、少しだけ考えるようにすまし顔で硬直した後、悪知恵を思いついた笑みを僅《わず》かに零《こぼ》した。理一は慌《あわ》てて更に進行速度を速めた。

「嗚呼《ああ》、兄さん、助けてぇ」

ざらめは突如外国人の方に手を伸ばすと、時代劇の姫君のようにたおやかに膝《ひざ》をおり、はんなりと廊下に倒れこんだ。いじらしく爪《つめ》を噛み、こちらを見ている。

「怖くて立てませんわ……」

テロリストがざらめの視線が自分の向こう側に向いていることに気付き、急いで振り返る。この頃には全速力で走っていた理一だったが、それでも敵の背に手を伸ばすには至らなかった。理一は銃口に対し降伏の意を示すために両手を上げ、膝立ちになった。

「傷だらけの兄さんも素敵です」

「ざらめ、後で話がある」

「まぁ、嬉しい」

(まったく、教育係は何をやっているんだ)

赤毛の男の銃口に促され、三人の学生服は廊下を塞《ふさ》ぐように横並びに跪《ひざまず》かされた。この男は現在の状況に重苦しい閉塞感《へいそくかん》を感じていた。作戦が円滑に進まないことに苛立《いらだ》っていたし、三階で親友が意識不明状態であることにも不安を溜《た》めていた。米国を出る時に十年来の恋人と別れ、同時に両親が離婚した。そしてこれが最も肝心であるが、彼は戦場で多くの死を目の当たりにしたことで、命を奪うことが嫌いではなくなっていた。

赤毛は先程殺した男子生徒の最後の表情を思い浮かべた。栗毛《くりげ》の生徒は必死に英語で命乞いをしていたが、彼の言葉はむしろこの男の殺人願望を高めるだけであった。男の放った弾は一発目で男子高校生の左心房を綺麗に捉《とら》えたが、しかし即死した生徒のあまりに手応《てごた》えのない最期《さいご》に、彼は満足感どころか欲求不満を感じたのだった。そんな時廊下から女声の口論が聞こえたことは、彼にとって真の僥倖《ぎょうこう》に思えたことであろう。

男が理一たちを横一列に並べたのには理由がある。撃ち易くするためだ。

鈴は暗幕を全て運び終え、律子に別れを告げて校内に戻ってきた。少し無理をして日を浴び、また暗幕を運ぶために霊気を——人間でいうところの体温や空腹感のようなものだ。ないと力が出なくなる——かなり消耗してしまったため、彼女は体を休ませられるとびきりの日陰を探して校舎を徘徊していた。律儀《りちぎ》に階段を下りながら、鈴は律子の立てたお化け屋敷作戦は本当に上手《うま》くいくだろうかと胸に手を当てて案じた。お化け屋敷作戦——つまり校内をお化け屋敷に見立てて、幽霊担当の私が外国人を驚かせ、混乱させるという作戦だったが、果たしてこの人たちに人並みの感覚があるのだろうか。つい先刻だって、学校にある最も価値のありそうな宝物を詰め込んで、言葉と認識を共有出来る不思議な外国人に袋ごと差し出したが、未だに立《た》ち退《の》きが行われる気配はない。そんな冷たい人たちが私を見てちゃんと驚いてくれるのだろうか。鈴はそう感じて暗い溜息を吐《つ》き、落ち込む気分を奮い立たせるために今度は思い切り息を吸った。

「ケホコホ」

二階に辿りついた鈴は、咽《むせ》て曲がった体を起こし、廊下の光景を目で捉え息を呑《の》んだ。

「藤谷さん！」

三人の生徒を跪かせている男は怒り狂い、今にも銃の引き金を引きそうな勢いであった。鈴は持てる力を振り絞り、全速力で飛んだ。廊下を走る途中、何か摑《つか》めないかと手当たり次第に手を伸ばしたが、白い掌には塵《ちり》一つ残らない。ほんの僅かでも養生しないと一度失った霊気は戻ってはこないのだ。どうしよう、と鈴は思った。今の私じゃあ、姿を見せて驚かせることも、物を投げつけることも、銃弾に触れて軌道を変えるようなことも出来ない。何も出来ないのに、私はどうしようというの。

男が演説を止め、銃をフラフラと右に左に向けた後、藤谷ましろの額に銃口を定めた。絶句するましろと銃の間に鈴は体をねじ込ませ、両手を広げる。

「やめて!」

鈴は誰にも聞こえない声で叫んだ。

「撃たないで!　この子はまだ死なせちゃ駄目よ!」

赤毛の男は表情を変えない。ましろは何も喋《しゃべ》ることが出来ず、目を見開いていた。トリガーにかかった男の指に力が込められるのを見て、松任谷理一は鈴がやっているように二人の合間に飛び込もうと体を揺らし、兄の意図を察知したざらめが理一の体に抱きついて彼を制止した。

「お願いだから!　指を止めて!　私のお友達を殺さないで!　やめてぇ!!」

鈴は涙を零しながら銃を摑もうと無我夢中で腕を振ったが、ただただ空を切るばかりだった。ざらめが懐《ふところ》に手を入れ何やら取り出そうとしていたが、ナイフにしろ銃にしろ、相手の指の動きより早く取り出すことは出来ないだろう。

鈴は自分の無力さに絶望していた。友達に何かしてあげようと、自分にも何か出来ることがあるはずだと、そう思って夜から飛び出したのに、肝心な時に何の役にも立たない自分を呪《のろ》った。未練がましく我儘《わがまま》を言ってこの世界に残っても、結局ただ見ていることしか出来ない、何も叶えられない幽霊の現実を恨んだ。死んでいることが怨《うら》めしくて仕方なかった。

どうして私死んじゃってるの。ねぇ神様、どうして私は今生きてはいられなかったの。

「あぁ……神様……」

神様、助けて。

その時突如世界が暗転し、視界が真っ暗になった。一瞬自分が霊の身でありながら気絶したのではと勘繰った鈴だったが、取っ組み合う音や苦し紛れの一発の発砲音や、目の端にちらつく非常灯の仄明《ほのあ》かりに気付き、意識の確かさを実感する。私の目が閉じたのではない。学校自体が暗闇《くらやみ》に包まれたのだ。

鈴は闇に神を見ていた。

藤谷ましろは理一が組み伏せた男の状態を見て自身の命をようやく確信し、それまで止めていた分の呼吸を取り戻そうとするかのように激しく息をした。そして、真っ暗な廊下の真ん中に目を凝らし、微かに青い火が揺れ出すのを発見した。

「な、何！　何コレ！」

結城満は暗転した視界を慌てて掻き、茉莉花の髪に指を引っ掛けて怒られた。

「し、私立校特有の冷房機能？」

「私も新参だからな。面白おかしく否定してやることも出来ん」

満と茉莉花は一階昇降口前に立ち尽くした。二階での不毛な議論の末、結局互いに少しずつ譲歩することで――茉莉花が満を校舎の外まで送り届けたら茉莉花は屋上に向かう、という話で合意し、階下へ足を向けた（勿論満は蛍子を残して帰る気など更々なかった。校舎を出たらすぐに壁を登り屋上へと向かうつもりだった）。ところが、スイッチが切られたように突如校内が真っ暗になるという予想外の展開に見舞われ、肝の据わった二人の少女も些《いささ》かの動揺を隠せずにいた。茉莉花同様、満も暗闇は得意ではなかった。

◆

傍から見たら仲良くじゃれ合っているように見える二人の女子高生を外の光が照らした。昇降口の向こうで何者かが暗幕を掻き分けたのである。男は幕を下ろすと昇降口のドアを開けて校内に侵入し、何かを噛み締めるようにゆっくりりと歩いて、二人の方へと近づいてきた。闇の中でよく確認出来なかったが、片足を引き摺り、腕を力なく垂らしているそのシルエットが不気味に思えた満は、自分の中の懸念《けねん》を払拭《ふっしょく》するために携帯電話を取り出し、ライトを男の顔に向けた。男の顔面は皮膚が捲《めく》れ上がり、痛々しく剥《は》がれ落ちて、その向こうの肉には穿《ほじく》り返したような無数の穴が開いていた。ゾンビだ、と満は思った。完全にゾンビだ、と茉莉花は思った。満と茉莉花は叫ぶことも出来ずに目を剝《む》き互いの体に縋《すが》り付いて、全身で恐怖をアピールしたが、ゾンビは彼女たちの懇願を無視し、迷いなく接近してくる。満の手中で震えるライトが地獄の死者の全身を少しずつ明らかにした。ゾンビはボロボロのマント一枚という出《い》で立《た》ちだった。顔同様、体も上から下まで皮膚がただれ、垂れ下がっており、中身が露出している。そして肉の奥にはライトの光を反射して歯車が鈍く煌き、不吉な暗示を匂《にお》わせながら回転していた。

（……歯車？）

「ミチル、どうしてここにいルんですか」

ゾンビが満の顔を覗きこんだ。茉莉花が足をバタバタさせ声にならない叫びを上げる。

「……タクミ？」

タクミは満の疑問に首肯で答えた。

「な、何その格好！　え？　どうなってんの!?」

「ダ大丈夫です。ワタシロボットでスので」

壊れかけたスピーカーから合成音声を出しながら、タクミは笑顔を作ろうと唇のなくなった口元で歯を見せた。歯は三分の一程消失していた。

「いやそういうことじゃなくてさ！」

「何？　ロボなのコイツ」

少しずつ落ち着きを取り戻してきた桐ヶ谷茉莉花が、顔面の剝がれたタクミを指さして尋ねた。タクミと茉莉花は面識があったが、これ以上事態が拗《こじ》れることを危惧《きぐ》してタクミは挨拶《あいさつ》を省くことにした。曲りなりにも彼は極秘開発された身であった。

「すげぇな、ロボかよ」

「もう！　次その登場の仕方したら本気で蹴《け》るからね！」

満がそう言ってタクミの太ももを三度蹴り飛ばした。揺すられたロボットの肋骨《ろっこつ》の辺りから立方体が零れ落ちる。リボンの端が焦《こ》げている所以外は実に綺麗な包装の箱だ。

「何これ」

「あぁ、ちょうどイい」

タクミは箱を拾い上げると満に差し出した。

「ミチル、もうすぐ誕生日でしタよね。これはアーロから預かったプレゼントです」

タクミが祖父のプレゼントを間接的に渡してきたことに疑問を覚えた満だったが、その疑問はすぐに回想によって解消された。そういえばお祖父《じい》ちゃん、今中国に出張中なんだった。何処かでタクミに預けておいたのね。

「お祖父ちゃんったら。わざわざ届けてくれてありがとね」

「そしてこれはワタシから」

　ロボットは腹の辺りから自分自身が中身を把握していない袋を取り出す。持て余す手荷物はプレゼントと称して誰かに渡すと安全に処理できる。開発者の入れ知恵である。

「え？　ホント？」

　満が信じられないという顔をした。ロボットからプレゼントなんて言葉が出てくるとは思っていなかったからだ。箱を受け取ると、段々と嬉しい気持ちが湧《わ》き上がり、満は長いこと緊張していた体をようやく解《ほぐ》し、相好を崩した。

「サンキュー、タクミ」

「あー、よく分からんが、とりあえず無事送り届けたわけだし、今度は私が約束守る番だな。行くよ」

　茉莉花が頭を掻いて満に背を向ける。

「……ねぇジャス子！」

「……んだよ」

　金髪柳眉《りゅうび》が威嚇《いかく》混じりに顔を向ける。

「手加減しないでよね。全力出して」

「……あんた、坂東の友達だよな」

当然といった様子で満が眉《まゆ》を上げた。

「……ハナからそのつもりだ。慰めの言葉考えとけよ」

「言ってなさい」

桐ヶ谷茉莉花は来た道を引き返し、階段の向こうに消えていった。

◆

『嫌いなことにはちゃんと理由があるんだよ』

「……」

蛍子はこの設問への拘《こだわ》りを未《いま》だ捨てられずにいた。自分が何故茉莉花を嫌いなのか。それは彼女にとって奇妙に胸に蟠《わだかま》りを覚える問いであったし、そういった気持ち悪さには答えを出して晴らさねば気が済まないのが坂東蛍子という少女だった。たとえそれが更なる蟠りを齎《もたら》したとしてもである。

坂東蛍子は桐ヶ谷茉莉花が嫌いだった。そしてそれは、茉莉花が自分と近しい立場におり、図々《ずうずう》しくも同じ高さに並び立って物事を見てくるため、その距離感に腹が立つのだと蛍子は結論づけた。容貌《ようぼう》、才気、人気、恋、あらゆる点で自分に接近し得る存在であることを認め、その上で更に幼馴染《おさななじみ》の結城満の専用席に割り込んでくる転校生のことが許し難く、何とか自分の近くから引き剝がし、ふるい落としたい。そう理解したのである。一度はこの結論に納得した蛍子だったが、しかし時が経《た》つほどにじわじわと疑問の欠片《かけら》が堆積《たいせき》し、次第に再びこの件について考えざるを得ないような心持になっていった。そうして蛍子はすぐに別の「茉莉花が嫌いな理由」の可能性に思い至ったのだった。

それは、茉莉花が自分と似ているから、という可能性だ。

今まで私は、横に並び立たれるということを力関係の話だと捉えていたけれど、もしかしたらその前提は間違ってるんじゃないかしら。自分に近く感じるということは「自分と似た立場」ではなく「自分に似た存在」ということなんじゃ——。

（ジャス子は私と似ている？）

そう考え始めると、途端に蛍子の頭の中は次々に浮かんでくる茉莉花との相似点ばかりで埋め尽くされた。社会では仮面を被《かぶ》って自分を演出し、妥協が出来ず相手と衝突し、近寄る他人を遠ざけながらも見捨てられない。感情的だが、何かを左右するような結論が苦手で、その判断を避けるように日々を賢く生きている。本当に似ている、と蛍子は思った。私とジャス子は似ているんだ。

（自分と似てるあの女のことが嫌いってことは、つまり私は同族嫌悪《けんお》してるってこと？）

蛍子は自分の考えに呆然《ぼうぜん》とした。考察は続く。

（いや、同族嫌悪というより、同族ということならば、私はジャス子に自己を投影することで自己嫌悪をしていただけなんじゃないの？）

私は、私のことが嫌いなんじゃないの？

そんなはずはない、と蛍子は首を振った。私は自分のことが大好きなはずだ。だって私は何だって出来るし、皆に見られている。可愛《かわい》いし、愛されているし、評価されている。これ以上の人間なんてこの世界に存在しないと思ってる。それなのに自分のことが嫌いなわけがない。坂東蛍子は自身から同族でありつつ嫌悪の対象である茉莉花を追い出すために、自分と茉莉花との相違点を思い浮かべることにした。相似点ではなく、違ったところを比較することで、ひとまず自分を肯定しようと考えたのだ。

（……私は）

思索の結果、蛍子には茉莉花の個性が全《すべ》て良いものに感じられた。評価されるべき素晴らしいものに思えた。我が強そうに見えるが、実際は無私の人間で、自分が認めたものならば相手の時間を優先して一歩後ろに下がることが出来る。同様に、何かに固執したりせず無欲に物を差し出したり、罪を被ったりすることも多い。社会に向けて身につけた金髪の仮面は、しかし蛍子とは全く逆の用途で、壁を作るのではなく破壊するために求められたものであり、一見近づきがたくとも真に裏表のない人間として堂々と生活している。冷静で慎重で、ここぞという時こそクールだ。自分にない彼女のあり方を積み重ねていくと、まさに皆を束ねる信頼できるリーダーといった人物像が浮かび上がってくる。それは蛍子が理一に抱く理想でもあり、密《ひそ》かに目指している憧憬《どうけい》でもあった。

（私は、私のことが嫌いなのかもしれない）

それに比べて自分はどうだろう。プライドが高くて、見栄《みえ》っ張《ぱ》りで、自分をよく見せようといつも格好つけている。自分の人気を過信してすぐ慢心するし、その人気が失われるのが時折凄く怖くてビクビクしながら夜を過ごすこともある。自分を守るために人を傷つけることだってある。守って欲しいから自分が傷つくこともある。茉莉花だったらそんなことはしない。茉莉花はいつも自然体で、素の自分で悪びれもせず胸を張って生きている。私と似ていない部分は、私より劣っている部分ではなく、私より優れている魅力だった。だからあれだけ孤立した状況にあっても人を惹《ひ》きつけられたんだ。

途端に蛍子は自分がどうしようもなく独りぼっちに感じた。自分が守ろうとしているものや、周囲の自分への評価がとても薄っぺらいものに思えたのだ。今まで自分が生きてきて見つけてきたものは本当は何の意味も無いものだったのかもしれない、と蛍子は思った。何かを得ているという感覚は自分の一方的な思い込みでしか無いのかもしれない。私は私の作った立派な金色の像を面前に出しているだけで、私自身は金色に輝いているわけではない。吹けば飛ぶような何も持っていないただの女子なんだ。皆が見ているのは立派な像の方で、本当は誰も私のことを知らないし、見ていないのかもしれない。誰も私を知らないし、見ていない。

その思いは蛍子をどんどん孤独の森の奥深くへと追いやり、心を止まない雨でずぶ濡《ぬ》れにした。冷えた体を抱きしめながら、坂東蛍子は確信した。私は茉莉花と似ているけど、茉莉花とは違う。茉莉花は人に自分の姿を曝《さら》け出して、皆に見られて生きている。そして今皆にその姿のまま受け入れられつつある。対して私は、本当の私を世間には教えていないし、教えることも出来ない。だから誰も本当の私を見ていない。私は誰にも知られていないし、誰にも認められていない。こんな自分のことを好きなわけがなかったのだ。私は自分のことが嫌いだ。私は桐ヶ谷茉莉花に投影した部分の自分も嫌いだし、桐ヶ谷茉莉花に投影していない、彼女とは違う部分の自分も嫌いだ。

私は自分のことが大嫌いだ。

「うう……」

坂東蛍子は立ち尽くしながら、苦しそうな呻《うめ》き声を漏らした。脱力していく体の中で両の握り拳だけが何かに耐えるように強く握り込められていた。

「私は……私は……」

とにかく今はやってくる茉莉花と対抗するしかない、と蛍子は思った。たしかに私は私のことが嫌いかもしれない。全部全部大嫌いなのかも。でも、もしそうなら尚更《なおさら》茉莉花に打ち勝って、自分の正しさを少しでも手に入れたい。自分を肯定してくれる事実を勝ち取って、自分がこれでいいのだということを証明したい。でないと、私は私を二度と認められなくなるに違いない。

今彼女の体を支えているのは意地だけだった。茉莉花との約束だけが彼女のプライドにひびが延びるのを押さえつける唯一《ゆいいつ》のものだった。

「私は、負けないわ……」

◆

人気のない理科室の真ん中に男の影があった。この男は今、とてつもなく欲求不満であった。彼は人前に出て身体的特徴を公開することを生き甲斐《がい》にしていたが、先日その至高の時間を同業者に横から掠《かす》め取られてしまい、情動を弾《はじ》けさせる機を失してしまったのだ。職業柄、男は昼間は身動きが出来ない。そのため彼は夜が来るのを待っていた。そして再び少年少女と相見《あいまみ》えるのを切望した。そういった彼の欲望が、暗幕によって閉鎖されたこの校舎の中で今まさに爆発しようとしているのであった。男は理科室の窓の外に人影を見つけ、とうとう理性のタガを外してしまった。もうどうなってもいい、と男は考えた。これで処分が決定しても私は本望だ。私は見せびらかすために生まれてきたのだ。存在理由を抑圧してまでここにいても仕方がないじゃないか。男は今まで抑えてきたものを解き放ったことで得も言われぬ開放感に包まれながら、窓に突っ込み、割れた窓ガラスを衣装のように纏いながら廊下に飛び出した。男は全裸であった。

「どうだろうか！　私の体は！」

テロリストのキロは、理科室から突如飛び出してきた人体模型に驚いて全身をビクリと跳ねさせ、その後模型が元気良く言葉を発したことで白目を剝いた。


「うわあああああ！」

「やめろ！　やめないか！　物を投げるな！」

ロレーヌは混沌《こんとん》の教室を突っ切り廊下を目指した。つい先程まで黒兎は進展のないまま黙々と天井裏を行軍していたが、脆《もろ》くなっていた一角を踏み抜いてしまいそのまま下に落ちてしまった。運の悪いことに彼が落下した部屋は生徒が緊張状態を抱えて立ち尽くす二年A組の教室だった。そう、体育祭にて団結力に定評を得た彼《か》の二年A組である。

「喋った！　鼠《ねずみ》じゃねぇ！」

「なんか飛ばしてくるぞ！　男子は女子を庇《かば》え！」

ロレーヌは天井裏を這いずり回り、すっかり汚れに塗《まみ》れていた。体中に粘性の液体が絡《から》み、そこにカビやら埃《ほこり》やら、形容し難い有機物やらがごっそりこびり付いており、たとえ正体を知っていたとしても身を翻《ひるがえ》し逃げ出す程の恐ろしい状態になっていた。生徒達が怯《おび》えるのも無理のない話なのである。逃げ惑う生徒の一人が、ロレーヌの体から跳ねた汚濁液を手の甲に受けてパニック状態になった。

「うわあああ！　溶けるううう！」

「溶けるか馬鹿者《ばかもの》！」

紳士に向かって何たる言い草か、とロレーヌは腹を立てた。

「やっぱ喋った！　化けもんだ！」

「なんで電気点《つ》かないのよ！」

「窓も開かねぇぞ！」

「いやーっ！」

ヘドロ兎はほうほうのていで教室を出ると廊下を疾走した。後ろを振り返るが、生徒たちはこぞって教室から顔を出すだけで追ってくる気配はない。ここまで衆目に晒《さら》されてしまったのだ、天井裏で纏ったこの衣や、校内の闇も私の正体を隠してくれているようだし、今更隠れる必要もないだろう。ロレーヌはそう観念し、吹っ切れて、廊下の中央を黒い足跡を残しながら堂々と疾駆した。

エコーは灰色の目を見開いて、図書室に広がる光景に銃を落とした。宙を舞う鳥の羽と古書、旋回する二周りも大柄な鳩、そして暗幕から漏れる光を背にこちらを静かに眺めている猫。エコーは子供の頃から日本に憧れており、豊富な学校行事に恋焦がれて日本に留学する程に理解があり、造詣《ぞうけい》も深かった。そのためこの極東の国に色々なよくない生き物が住んでいることも、アニメや漫画からしっかり知識を得ていた。

「ば、化け猫ー!!」

テロリストは取り出した数珠《じゅず》を掲げながら逃走した。轟《とどろき》はそれを胡乱《うろん》げな目で見送る。

「褒められていないことだけは伝わったぞ」

猫の轟は友人である意思を持った鳩、ヒラと共に学校の図書室を訪れていた。二人は普段はカーブミラーの前で雑談に花を咲かせる仲であったが、いつも哲学書を差し入れしてくるヒラに、いったい何処《どこ》で品物を入手しているのかと轟が尋ねたことがきっかけとなって、ヒラ行きつけの私立校へと足を伸ばすことになったのである。ヒラの話ではこの時間は人間たちは勉学に励んでおり、本のある倉は無人になるとのことだったが、残念ながら人類は子供も大人も校内を縦横無尽に走り回っており、十分待っても轟の前に知性の欠片一つ落としはしなかった。轟は溜息をついた。

「それにしても、ここは霊体が妙に多いな」と猫が辺りを見回す。

「旦那《だんな》ぁ！　ありやしたぜ！」

ヒラが一冊の本を鉤爪《かぎづめ》に挟み飛んできた。

「おぉ、エンゲルス！　会いたかったぞ！」

幽霊は意識を向けることで視認が可能となる。これは幽霊に限った法則ではなく、生物非生物問わず何にでも当《あ》て嵌《は》まるものだ。ぬいぐるみだって動いている姿を見たことがない内は動かないものと判断するだろうし、神も信じなければ見出《みいだ》すことはない。想《おも》い人がよく視界にちらついたり、すぐ目が合ったりするのも、相手に意識を向けているからに他ならない。幽霊も、そこに居ると思ったらちゃんとそこに居てくれるのである。

また、この法則はもう少し広い範囲でも定義付けることが出来る。すなわち、〝場〟についても当て嵌まる作用なのだ。一定の人間が狭い範囲で同じことに意識を向けると、意識を向けられた対象が形を成すことがある。宗教の聖地とされているところで耳にする神秘体験や、災害地帯で俄《にわ》かに湧き立つデマ騒動などがそうで、身近なところだとお化け屋敷などが条件と合致する。怖がりが一所に集まって狭い空間で恐怖に悶《もだ》えるのだから、そこを住まいにしている幽霊と本当に目が合ってもおかしくないということだ。実際にお化け屋敷や肝試しで恐怖する人間は、三割が本物の幽霊を見ているという研究結果が霊界監修のとあるレジャー雑誌に収められている。

現在、校舎内は恐怖で満ち満ちていた。突如学校を襲撃したテロリストたちによって、生徒は日常において絶対に感じることのない生命の危機に身を震わせていた。またテロリストはテロリストで、作戦の遅延や司令塔との連絡途絶により、胸の内で広がりつつある恐怖を精神力で押し殺していた。そのようにして醸造された優良な恐怖の山は、しかし各々《おのおの》の指向性がバラバラだったために烏合《うごう》の衆の如《ごと》く混沌としており、そのままでは役に立たないものだった。ところが先程学校を暗幕が覆い、校内が闇に包まれた瞬間、日頃から語り継がれ生徒の心に刷り込まれた学校の怪談という良質の目標と結びつき、学生たちの恐怖が一斉に「心霊現象」へと向いたことで、校舎という場自体が〝意識の法則〟の適応範囲となったのだ。つまり今この学校は、校舎内に限ってはホラー映画同様の「幽霊の見える世界」として規定されている状態なのである。場に満ちた意識のベクトルの強制固定は、当然生徒に留まらず教員やテロリストにも影響し、うっかり兎《うさぎ》や哲学書強盗の猫の活躍も相俟《あいま》って、全ての人間の心理を心霊体験と密接に結びつけた。今や校内は魑魅魍魎《ちみもうりょう》が所狭しと跋扈《ばっこ》し、生きとし生ける者を恐怖のどん底に陥《おとしい》れている。

要するに、学校の怪談が始まったのである。

鈴は廊下を歩き回る幽霊達に啞然《あぜん》としていた。開いた口をずっとぽっかりさせていた。少女は覚醒《かくせい》してからずっとこの学校にいる幽霊が自分一人だと思い込んでいた。そう、思い込んでいたのである。彼女もまた、意識を霊に向けない側の立場にいたのだ。

「はは……なぁんだ……」

教室をまたにかけて剣戟《けんげき》を交し合う二人の侍に、廊下を練り歩く生首、その後ろをついて行く鳥の形をした和菓子、窓に手形をつけて回る腰の曲がった一つ目の生き物。ヘドロを飛ばして走り去る奇妙な黒い小人。通りがかったサカサ女にウィンクされて、鈴は脱力して笑った。

「こんなに沢山、仲間がいたんだ……私何も知らなかった」

校内は悲鳴で満たされていた。外国人が天井や窓に向けて発砲する音も相俟って、何だかとても幸福なことがあり、それを祝っているように鈴には感じられた。沢山の歓声と祝砲の音が自分の住処《すみか》を満たしている。鈴は胸の内が暖かくなるのを感じた。

「なんだか、ばかみたいだね。意識を向けなきゃ気付けないって、私はよく知ってるはずなのに。死んでも全然学習しないんだ、私」

「お鈴さん……」

藤谷ましろが隣で鈴を心配そうに見る。

「いっぱいいっぱい仲間がいたのに、ひとりぼっちの気になって……ううん、自分で勝手にひとりぼっちになってたんだ。皆私を見て不思議に思っただろうね」

ふふ、と鈴が笑った。

「お鈴さんだけじゃないよ。私もお鈴さんがお化けだって気付かなかったし。皆だって全然、何も分かってないはずだよ」

ましろは鈴がぼんやりと視界に登場し、形を持って、自分を抱き締めた折、彼女について一通りのことを教わっていた。鈴が幽霊だと知っても不思議とましろは恐ろしくなかった。もしかしたらあまりに突拍子もなさ過ぎて、恐怖心が状況について来れてないのかもしれないな、とましろは思った。突然舌の長い老人が目の前に現れて汚れたメガネのレンズを綺麗《きれい》に舐《な》めとって去っていったとして、果たしてどれだけの人が現実を正しく理解出来るっていうんだろう。沢山のことがいっぺんに起こると人間はよく分からなくなっちゃうんだなぁ。そうましろは感心した。

「ちゃんと何かを分かってる人なんて殆《ほとん》どいないし、もし分かってたとしても、隣にある別のことについては何一つ知らない。皆思い込みで生きてる」

善良な図書委員は言葉を続ける。

「誰が好きとか、嫌われてるとか、勝手に自分で思い込んで……もちろんそれに支えられることもあるけど……私ね、ちゃんと知るってことも必要だと思った。知ってく内に大切なものが新しく見つかるかもって。私とお鈴さんが友達になれたみたいに」

「うん」

鈴は自分の声が震えていることに気付き、顔をごしごしと拭《ふ》いた後で息を大きく吸い込み、改めて言葉にした。

「ありがとう」

鈴の目の前を人体模型が全速力で駆けていく。あの人体模型も、夜毎《よごと》に私に体を持ち上げられて動かされて、迷惑してたんだろうなぁ、と少女は苦笑した。

「私ももっと自分のことを知ろうと思う。幽霊について、私は自分のことなのに全然知らないの。透けるとか、お腹空《なかす》かないとか、それぐらい」

座敷童《ざしきわらし》と間違われて生徒から逃げられ、腹を立ててナイフを抜き追いかけようとし、二年教室の状況確認から帰ってきた理一が慌てて制止した。

「だからね、幽霊についてもっとよく勉強して……皆に教えてもらって、それでね！　今度は銃の弾ぐらい簡単に止められるようになってみせるよ！　藤谷さんだけじゃなくて、流さんも、蛍子ちゃんも！　皆がピンチになったら察知出来るアンテナだってつけちゃうし、昼間だってすぐに駆けつけて、今度こそ守ってみせるんだから！」

「すごい……！」

鈴が言った適当な願望に、ましろが目を丸くして手を叩《たた》いた。

「幽霊って何でも出来るんだね！」

「まさか！　生きてる方がよっぽど、なんだって出来るのよ」

鈴がにっこり笑った。

「二人して、何の話？」

廊下の向こうからやって来た流律子が二人に歩み寄り、会話に混ざった。顔は笑っていたが、体の動きはレゴブロックの蝶番《ちょうばん》関節よりぎこちない。

「秘密の話」

ふふ、と鈴とましろが含みのある笑みを浮かべた。

「何よ、私知らないことがあると集中出来なくなるから嫌なんだけど」

「その意気です」

鈴の言葉に、律子は頭上のクエスチョンマークを増やした。藤谷ましろは友人と笑い合いながら、前途に関してこの上なく良い予感を覚えていた。彼女の良い予感は大抵当たるのである。何故《なぜ》なら生きていると良いことだって沢山起こるからだ。

「で、貴様は何の幽霊なのだ」

先程から周囲に殺意を振り撒《ま》いていたざらめが、一通り暴れまわって満足したのか鈴たちの近くに寄ってきた。理一は疲れた顔をしている。私に質問してるんだよね、と鈴は一旦《いったん》頭を整理し、どう答えるべきか悩んだ。

「トイレの花子さん、かな」

「ふん、なんだ、トイレとは品の欠片もない幽霊だな」

ざらめが鼻を鳴らして笑った。

「近寄るな」

(近寄ってきたのは貴方じゃない)

鈴は眉を顰《ひそ》めた。なんなのこの子。手本となる教育者はいないのかしら。鈴は不愉快な気持ちを払拭するように一つのアイデアを拾い上げた。

(覚えてなさい。これから幽霊の勉強するんだし、その内呪いも覚えて、トイレで苦しむことになる呪文《じゅもん》をかけにいってやる。その時になって後悔しても知らないんだから)

「すみません、うちの従妹が」

理一がざらめの頭の上に手を置き、無人の方向に頭を下げた。ぽかんとしている少女達に気付いて頬をかく。

「あぁ、ごめん。何処にいるのかな。俺は幽霊は見えないんだ」

理一は改めて頭を下げ直した。松任谷理一は霊を見ることが出来ない。テロリストですら霊を視認しているこの空間で法則の外にいるというのは、余程の理由を抱えていないと罷《まか》り通らないことであり、事実理一は余程の理由を抱えていた。

「たぶん俺の最大の弱点だと思う」

「どうして？」と律子が問う。

「だって、幽霊問題は全部お手上げってことじゃないか。何かあっても助けようがない」

「何も、全ての問題を兄さんが背負う必要はないのですよ」とざらめが心配そうに兄を見上げる。「もっと自分を大切にしてください」

「いや、背負ってるだなんて思ってないよ、俺は」

理一が少し驚いた顔をした後、ざらめの頭を撫《な》でて笑った。

「むしろ背負わせてもらってるんだ。何というか、俺は何かを背負ってないと駄目になるんだよ。だから自分のために図々しいおせっかいを焼いて回るんだ。全部自分のため」

少年は顔を上げて天井の向こう側を見やり、ふぅと息を吐いた。

「承認欲求みたいな、いや、もっと安っぽい保身のようなものなんだ。それがあるから自分を信じられる。その人がいるから自分は生きてられる。皆にもそういうのあるだろ」

理一の問いかけに、一同は揃《そろ》って頷《うなず》いた。

「！　桐ヶ谷！」

「うお！　だはっ！　クソ！」

妙な掛け声を上げながら廊下を駆けてくる女に理一が声をかけた。桐ヶ谷茉莉花であった。屯《たむろ》している理一たちに気付いた金髪の少女が、尚もしつこく頭上で揺らめいている霊体たちを手で払いのけながら足を止める。

「おお、松任谷てめぇ、この状況で女子はべらせて歓談たぁ、良い度胸してんな、おい……だぁクソが！」

「どこ行くんだ」

「気にすんな。野暮用だ」

茉莉花が表情を消し、理一の目の奥を射るように見つめた。理一も無言で見返す。

「……そうか」

理一が肩を竦《すく》める。アイコンタクトで何かを語り合った二人を見てざらめはこの上なく憤慨し、懐から手帳を取り出して何やら書き込み始めた。

「じゃあな。あんま調子乗ってるとその内刺されるぞ」

「人聞き悪いことを言うな」

軽口を叩き終えると、茉莉花は三階へ向けて階段を駆け上がった。

流律子は茉莉花の野暮用を知っていた。少女は口を結んで、去っていく茉莉花の背中を特別な眼差《まなざ》しで見送った。律子は今まで、何でもいいから一番になりたいと我武者羅《がむしゃら》に努力して生きてきた。運動の出来ない彼女はまず勉強で一番になろうとした。天才を目の当《まあ》たりにしてからは、生徒会の中で一番を目指そうとした。今は誰かにとっての一番になるのも悪くないかなと考えている。道程《みちのり》は険しそうだが、価値のある一番のはずだ。律子は小さく頷いて、茉莉花の消えた階段をいつまでも眺めていた。

時刻は午後一時十二分。夏の熱気は直に頂点を迎える。

◇

時を少し遡《さかのぼ》り、時刻は正午から四十八分。

タクミはピザ配達員として偽装マスクを着用し、赤と白のピザバッグを持って校門をくぐり別校舎端にある外来受付へとやって来た。事件発生から校内侵入まで合計でも四十分程度で済んだというのはかなり良いタイムなのではないか、と剣臓が満足げに唸《うな》る。

タクミは熱源反応の集中している本校舎を見た。窓ガラスは一部破損しているものの建物に目立った損傷もなく、静かだ。生徒たちの生存権はまだ保障されていそうである。

玄関口に入ると、筋肉質な事務員が足音に気づき、窓口を開けて顔を出す。

「やぁやぁ、ご苦労！　悪いな、物々しくてビビったろ、ガハハ」

タクミは校門に到着した際、見張りに案内されすんなりと外来に通されたことに懐疑を持っていたが、男の口ぶりからどうやら周知されていたようであることを察する。

「こういうのはなぁ、ハナからピザ頼みゃあ良いんだよ。犯行予告の前に頼んじまえば、誰も干渉出来ねぇんだからよぉ、なぁ、あんた、そうだろ？」

男がタクミに声をかける。言葉が通じると分かって少し饒舌《じょうぜつ》になっているようだった。

国籍を尋ねられ、タクミは試しにアシュトンと同じフランスを選択した。

「フランス！　フランス人には分かんねぇだろうなぁ……給食もどうせ小洒落《こじゃれ》たフレンチが出てくんだろ？　アメリカの給食知ってっか？　スナックと林檎《りんご》だぜ⁉　作戦じゃあ腹が減ったら学食で済ますって話だったんだが、俺は学校の飯に良い思い出がないからよ、日本の美味《うま》そうな食いもん見たら殺意湧いちまいそうでな……だからこのピザは作戦遂行のため止《や》むを得ない処置だったのだ、ガハハハ」

通用口の外から、男の言葉を聞いた仲間たちの笑い声が聞こえる。念のためにタクミを警戒していたようだったが、歓談を聞いて安心したようで各々持ち場に戻っていった。

この男は隊の士気高揚を司《つかさど》っているのかもしれないな、とタクミは考えた。口が軽いようだし、予定以上に利用出来るかもしれない。

「アナタの口ぶりだと、人質を殺さないよう指示があるように感じましたが……」

「ん、あぁ、そうなんだよ。今回は殺しはナシだそうだ。日本で人殺しをすると事が大きくなりすぎるからだとさ。逃げ辛《づら》くなったら本末転倒だと」

こういう人格を「ちょろい」と言うのだったな、とタクミは学習記録を上書きする。

「でもよぉ、俺にはよく分からんなぁ。だってよ、何処だろうが人の命は一緒だろ」

「……そうですね。命のあるものは、それだけで等しく尊い」

「だろ？」と男が気を良くしてタクミの肩を叩いた。

「仲間も大体そう思ってる。だから殺しちまうかもしれねぇなぁ」

「尊いのにですか?」とタクミが質問した。

「そうだ。価値があるから奪う。それが人間だろ」

「……なるほど」

「ただでさえ逃亡生活でストレス溜まってるからな、我慢にもそろそろ限界があるぜ」

「ピザを頼んでしまうかも」

受付のカウンター越しに大笑いしている男を横目に、タクミは内部スピーカーから剣臓のゴーサインを受け取った。左手の指を首の隙間《すきま》に滑り込ませながら、右手で男の肩を叩いて注意を向ける。ピザ男と目線がしっかり噛《か》み合ったことを確認して、タクミは装着していたマスクを首元から勢いよく剝がした。受付員はピザの配達員がいきなり顔をめくり上げたことにまず驚き、下から出てきた新しい顔を見て更に激しく仰天した。

「リ、リーダー……!」

マスクの下から出てきたのは彼らを束ねるリーダー、アシュトンの顔だった。タクミはピザ男の気持ちの良い仰天を確認して、問題なさそうですね、と剣臓に呼びかけた。

タクミの機体損壊により「光学迷彩による背景同化」という通常の潜入手段に満点の信頼を置けなくなってしまった二人にとって、ピザの配達員として校内に招き入れられたことは奇跡的な僥倖であった。タクミはこの僥倖をもう一捻《ひとひね》り加えて活用出来ないかと考えたのだ。それが「二重マスク作戦」である。アシュトンというリーダーの男は過去に逮捕歴もなく（彼のように組織を統制するタイプの重犯罪者は逮捕歴がないことが多い。一度捕まったら二度と出てこられないか、あるいは一度も捕まらないような工夫をしているからだ）前歴も曖昧《あいまい》で、傭兵時代のプロファイルは全て削除されてしまっていたため、ＣＩＡも低解像度の写真を数枚手に入れるのみに留まっていた。そのため、偽装マスクを作ろうにも効果に確信が持てずにおり、それどころか手元にある写真が本当にアシュトンのものなのかさえ判然としない状態だったのである。配達員のマスクの下にアシュトンのマスクを被っておくというこの「二重マスク作戦」は、それらの問題を潜入と同時に一挙に解決してしまおうという魂胆から生まれたものだった。

〝よし、作戦を継続しろ。色々教えてもらったんだ、優しくしてやれよ〟

男は困惑しており、テログループの精鋭実働隊とは思えぬほど隙だらけであった。タクミは右手の指の第一関節を開き、先端を男の首筋に素早くあてがった。この先端は強力なスタンガンになっており、男が眼球を動かすよりも早く彼の意識を削《そ》ぎ取った。タクミは何事も無かったかのように淡々とした調子で受付の扉を開いて中に入り、縛った外国人から使えそうな火器や防弾チョッキを回収して、八秒の後に再び廊下に戻った。

〝あー、じゃあ改めて作戦を確認するぞ。当面の最優先事項は敵リーダーの発見だ〟

壊れかけのスピーカーから剣臓の酒焼け声が響く。

〝まず受付にて第三者としてテロリストに接触、彼らの思想を収集する。その後アシュトンの顔を見せることで本当にこちらの所持するアシュトンの写真が正しいのか判断する。正しい場合、予定通りアシュトンを発見すべく校内を探索する。確保は状況による〟

「その間、機体損壊を考慮しつつ光学迷彩を使い出来るだけ接敵し、彼らの会話から最新の状況を収集する。得た情報から事態を把握し、逐次作戦の優先順位を判断する。敵の心理状態がグリーンと判断される場合、アシュトンの確保・無力化に踏み切る」

タクミが剣臓の言葉を引き継ぎ、剣臓が同意した。

〝優先されるべきは人質の安全確保であって、最悪テロリスト共は逃げられちまっても仕方ないと俺は考えてる。ただアシュトンの顔データだけは入手しておきたいんだよ。それさえありゃあ、連中が逃げたとしても偽装で難なく釣り上げられるだろ。実行部隊以外の、逃亡手段の確保をしてるような連中もな。今のデータじゃ正確性を欠く〟

「……出来るだけ全員逃がさないようにしましょう。私は髭《ひげ》は嫌です」

タクミがアシュトンのマスクを剝がし、素顔に戻って言った。アシュトンの容姿は教会にあるようなイエス・キリスト像を幾分か劣化させ、髭を増量したようなものだった。長髪で、髭で、老いているくせに健康的であるというのはこのロボットの最も嫌いなタイプであった。ロボットにだって好き嫌《い》いぐらいあるのだ。

〝アンドロイドのクセに選り好みたぁ良い度胸だな。どっちにしろ全員しょっぴくまではそのフレンチ・イエス顔で過ごすんだ。今から覚悟しとけよ〟

「……人間は不便だ」

剣臓が無精髭を撫でながら豪快に笑った後、急に声のトーンを落とした。

〝ていうかお前、間接的に俺のこと嫌いっつってねぇか〟

タクミはテロリストが密集していると目される本校舎へと踏み入るべく、光学迷彩を起動しようとし、直前でその手を止めた。目の前に少女が立っていたからである。タクミは、突如前触れもなく現れた少女が学校指定制服を着ていないことに気がつき、迷子から宇宙人まで可能性を検討して生体構造をスキャンした。おかっぱの少女は宇宙人ではなく、生物ですらなかった。

「これが目的なんでしょう……！」

少女は両腕に抱え込んだ袋を差し出し、タクミに渡す。麻袋のような無骨なデザインで、水を張れば秋刀魚《さんま》を一本直立で保管できそうな大きさである。どうやら中に幾つか小箱が入っているようだ、とタクミは内部をスキャンして安全性を確かめた。一つ、妙に精巧な小型のオルゴールがあるが、仕込み銃の類《たぐ》いではないようである――この時もしタクミのデータリンク機能に国際的な、いや、ロシアの、それもロマノフ朝で生まれた卵形の盗難品のリストだけでも紐《ひも》付けされていれば、今後起こるであろう余計な混乱を未然に防げたのかもしれないが、しかし防げなかった結果として将来一人の女子高生が危機を逃れるわけであるから、この情報不足は寧《むし》ろ称賛されるべきなのかもしれない。

〝なぁ、こっちのモニターからじゃあ袋が宙に浮いてるように見えるんだが〟

「運べるもので、良さそうなのを詰めてきたの。だからそれ持って、帰ってください」

タクミは沈黙を続ける。

「お願い……お願いします……！」

少女は頭を深く下げ、苦しそうな声を出して懇願した。少女の意図が読めず流されるままに事態を静観していたタクミは、彼女の態度から認識の齟齬《そご》を感じたが、しかしこの場に長居するのは好ましくないと判断し、とりあえず少女の言葉に同意を示した。少女は救われたような顔で感謝の言葉を口にした。

〝おい！　ポンコツ！　何が起きてんだよ！〟

「……見失いました」

〝あぁ!?〟

磁気感知センサーで周囲を見渡したが、目の前にいたはずの少女の姿は既に何処にもなかった。袋に焦点を合わせた一瞬の間隙《かんげき》に彼女はこの場を後にしてしまったようだ。

タクミは剣臓に今まで自分が対面していた相手とそのやりとりの顚末《てんまつ》を説明し、肋骨にあたる部分を開いて渡された袋を収納した。彼は先日見舞われた落雷で左半身の機能をほぼ破壊されており、軽量化と事故防止のために幾つかのパーツを取り去っていたため、ちょうど体内に物を置くスペースがあったのである。取り去ったパーツは、その殆どが危険物のため、落雷当夜手当をサポートしてくれた知人の人形師に預けてある。出来ることならその時に素体修復を行えたら良かったのだが、さすがにベテランの職人といえど人工皮膚の再現は出来ず、タクミは応急処置の後、偽装により顔だけを直し、ここ数日を備品の光学補助マントを被って身を隠し過ごしていた。

ちなみに袋を入れた箇所には普段はつまみを温める剣臓用小型レンジが収まっている。

幽霊少女の行方と意図は気になったが、ひとまずタクミと剣臓は作戦に集中することにした。外の見張りが戻ってくるのを警戒し、一階の廊下は使わず受付前の階段を上り別校舎二階から本校舎を目指す。階段を上っている最中、タクミは熱感知センサーで二階廊下を並び歩く二つの熱源を探知した。サイズからして二人とも生徒のようである。指示を仰がれ、判断に少し迷ったオペレーターだったが、とりあえず光学迷彩を使って二人の会話から情報を得られないか試してみることにした。

〃いいか、補助マントで光学迷彩は機能するが完全じゃない。幾ら透過・ホロ・反射と三層重なるっつっても顔面はどうしても違和感が残る。相手の視界に入らないようにな〃

了解、とタクミがマントのフードを被り、瞬時に全身を背景と同化させた。

「藤谷とか言ったな」

女子生徒たちは時折立ち止まったり、教室に寄り道したりしながら廊下をゆっくり本校舎へと向かっていた。タクミは彼女たちの背後に影のように張り付く。接近してから分かったことだったが、タクミと剣臓はこの少女たちの顔のどちらにも見覚えがあった。名前を呼ばれ頷いた眼鏡の生徒に、小学生と目される他校の生徒が質問を投げた。

「貴様、ばんどうとかいう女を知っているか？」

小学生の言葉に、女学生が明らかな動揺を見せながら首を思い切り横に振った。

「い、いいえ！　全然知らない人ですよ！」

「ふむ、そうか……兄さんを名前呼びするような女だ、余程悪名高い性悪女に違いないと思ったのだが……」

眼鏡の生徒は小学生と目をそらすように壁の方を見やり、掲示されている校内新聞の見出しと写真を目撃し、慌《あわ》てて壁から剝《は》がしてくしゃくしゃにした。同行者の突然の奇行に、小さな少女は不審そうに首を傾《かし》げる。

「な、なんでもないです！　急に新聞丸めたくなっただけ！」

「き、貴様、結構危ない奴《やつ》だな」

〝んー、こりゃ大した情報は得られそうにねぇな。進行も遅ぇし、追い越すか〞

「剣臓、おかしいです。眼鏡女史はホタルコの友人のはずだ。頭を打ったのかもしれません。失念しているようなので、そのことを彼女に教えてあげるべきでは」

〝タクミよぉ、そりゃ「おせっかい」っつうバッド・コミュニケーションの一つだ〟

覚えとけ、と剣臓がぼやき、タクミが渋々伸ばした手を引っ込めた。


タクミは二階教室を覗《のぞ》き見て驚愕《きょうがく》した。一階同様、教室を占拠していると思われたテロリストたちは既に何者かの手によって拘束されていたからだ。剣臓へ報告しつつ二年A組を過ぎ、二年B組に到着すると、今度は無線を六つも抱えた少年が声色を使い分けて会話に応答しているという状況と遭遇してさらに驚きを深めた。その男子高校生はタクミを見て飛び跳ねるほど慌てふためき、教室内もどよめいたが、こちらの事情を腕を取り外すなどしながら説明すると冷静さを取り戻そうと各自努めてくれた。

話によると、教室の状況を作り出した張本人は松任谷理一のようだった。彼は現在この階の教室の解放を終え、職員室に向かっているようである。どうして俺らに連絡取ろうとしないんだ、と無謀な高校生の蛮勇に剣臓は頭を掻《か》いた。一人でやりたがりめ。

「現状この階で最も危険なのはこの少年でしょう」

〝だな。正義小僧は放っといても何とかなるだろ。こいつには手を貸してやれ〟

「あの、誰と話しているんですか？」

無線男子がタクミに尋ね、ロボットは返答の代わりにピザ男から入手し装着していた防弾チョッキを脱ぎ、それを差し出した。

「これを制服の、いえ、Tシャツの下に装備してください。制服は透過性が高いので、装備後は日陰にいるように。敵に勘付かれる」

敵、という言葉を聞いて無線少年は顔を青くした。自分が発見されるとどうなるか、タクミとの会話で漸《ようや》く思い至ったらしい。そして彼の想像は実際に現実のものとなる可能性が高い。無線に囲まれて仲間に指示を送っている生徒を見つけたら、敵は怒りを禁じ得ないことだろう。タクミの経験上、そうなった戦士は十中八九相手を撃つ。

「敵と鉢合わせたら、仰《の》け反《ぞ》って胸を突き出すように怯えて下さい。相手の狙《ねら》う場所を意識的に限定させるのです」

恐怖混じりに頷く少年を残し、これは少しでも早い制圧が望まれる、とタクミは足早に教室を後にした。どんな手段をとるにしろ、まずはリーダーの発見が最優先だ。テロリストたちや無線少年の情報から、二人はアシュトンが屋上にいるのではないかという仮定を立てていた。現在校内でそこが最も安全で安定した場所だと考えられたからだ。

ロボットはとうとう三階に辿《たど》り着いた。途中、黒兎のぬいぐるみを天井裏に発見し、タクミは「天井裏に不審な点は無いか」、ロレーヌは「白兎を見なかったか」とそれぞれ質問を投げ、それぞれが首を横に振って実りの無いままにその場を後にした。

「屋上付近にホタルコの反応があります」

屋上階段前に着いたタクミが上方の生命反応を既存データと照合し、結果を伝える。

〝何？　なんで蛍子ちゃんが屋上にいんだよ〟

剣臓は嫌な予感を覚えながら屋上への慎重な進行を命じた。アンドロイドが全身を背景に溶かして忍び足で踊り場を回り、銃器を構えながら最上の十二段目を目指す。

「……」

二人の予想通り、アシュトンは屋上にいた。既に意識はなく、何者かの手によって昏《こん》倒《とう》させられ、最上段の壁に寄りかかるように項垂《うなだ》れている。僅《わず》かに開いた扉の向こうでは蛍子が友人と何やら作業をしていた。

〝……どう見る？〟

「ホタルコでしょう」

〝まぁ、そうだろうな。まったく、兵士の筋肉をなんだと思ってんだろうな〟

アシュトンの身体《からだ》を観察したが外傷と言えるようなものは一つもない。一悶着《ひともんちゃく》とすら言えない、一瞬の出来事だったのだろう、とタクミは推察した。

「あれ、いつぞやのロケットパンチじゃないっすか」

タクミがひとまず捕獲用の縄でぐったりした男を縛り上げていると、階下から上ってきた大城川原クマに声をかけられた。このロボットと宇宙人は以前只《ただ》ならぬ出会いをし、人類史に残る挨拶《あいさつ》を交わしていた。

「あぁ、ミス・ダイジョウガワラ」

タクミが日本のマナーに則《のっと》ってぺこりと頭を下げた。クマも地球のマナーに則ってお辞儀を返した。近くに幽霊少女もいたが、屋上に夢中でこちらに背を向けたままだった。

「何故ここに?」

「いやぁ、母船に応援要請でもしようかと思ったんすよ。屋上は電波がいいんで」

クマが同じ質問を返し、タクミが事情を説明した。宇宙人は興味深げに何度か頷くと懐《ふところ》から携帯を取り出し、今の思いの丈を百四十字にしたためて世界に発信しようとする。一般には知られていないことだが、ネットにて炎上しているのは大多数が宇宙人である。行動原理をよくよく考えてみると地球人のそれではないことがわかることだろう。

「そうだ、ミス、一つ頼まれてもらえませんか」

クマが伊達《だて》眼鏡の向こうで短くまばたきした。

「どうやらホタルコはここで一仕事あるようです」とタクミが少しだけ開いているドアの隙間を指す。夏の日差しの下で、坂東蛍子が暗幕を弄《いじ》っている不可思議な光景を目撃したクマは、やはり蛍子は自分と同じ地球外生命なのでは、と懐疑に頭を悩ませる。

「屋上は電波がいいっすからね……」

「ここは彼らにとっては進入経路として警戒したい場所のはず。部下がいずれ確認にやって来るでしょう。もしかしたらもう来ているのかもしれませんが……とにかく、アナタにはここに残って、やって来たテロリストたちからホタルコを守って欲しいのです」

「まぁ、蛍子っちに死んで欲しくないということに関しては同意っすけど……」

でも蛍子っちにそういうの必要あんのかな、とクマは足下に転がる外国人を見下ろして言った。彼女も、この男が醜態を晒すまでの顚末を正しく察しているようだった。

〃なぁ、俺ギャルちゃんに興味本位の質問あんだけど〃

タクミがクマに剣臓の質問を伝えた。剣臓は興味本位と言ったが、宇宙人の生態を調査すること自体は彼らの職務の一つでもあったため、タクミも特に小言を挟まなかった。

「あー、や、蛍子っちはなんかの武道の心得があるっぽいから良い線いくとは思う」

「しかし、武術と殺し合いが違うように、武術と喧嘩《けんか》もまた違うでしょう」とタクミが柔らかく反駁《はんばく》する。質問の内容は、ズバリ「蛍子と闘って勝てる自信があるか」である。

〃蛍子ちゃんのあれは、武術っつうより暗殺術だろ。一発で決まるってのは怖いぞ〃

ロボットが同意を示した。彼も以前蛍子に人体の急所を何ヶ所も突かれたことがある。

「逆に、蛍子っちが一発で決める気がない時どうなんのかは、ウチもちょい気になるな」

〃なんだそりゃ。わざわざ殴り合いたい時ってことか？〃

「あれ！　タクミじゃない！」

タクミは振り返り、扉の隙間に見える蛍子を目視しようとして、うっかり目を合わせてしまった。蛍子が元気に手を振っている。しまった、とロボットは口を一文字に結ぶ。彼はこれから蛍子の手伝いをさせられる確率を算出した。算出結果は一〇〇パーセントだった。

「ちょうどいいじゃん。直接訊《き》いてくれれば。蛍子っちが殴り合い強いのかさ」

そんな質問に意味はない、とタクミは思った。何故なら女子高生は殴り合いなどしないからだ。

◆

茉莉花は今日のこの事態を無視出来る程肝の据わった人間ではない。満と別れた後、屋上で蛍子との問題に出来るだけ早く片をつけ、再び校舎に戻る腹積もりでいた。しかし目の前にいる少女は茉莉花のそんな計画を素直に許してくれそうにはなかった。坂東蛍子はまさに鬼気迫る様相で、美しい容姿から異様な冷気を漂わせながら屋上中央を支配している。少女の表情は、普段学校で愛されている凜《りん》とした高嶺《たかね》の花とも、公園で小学生と走り回っている無縫の天衣とも違っていた。見る者を凍《い》てつかせる能面と、それとは真逆に燃えるように業火《ごうか》の揺らいでいる瞳《ひとみ》が顔に張り付いている。誰も知らない坂東蛍子だ。恐らく今の彼女の耳には、すぐ足下で鳴り響く壮絶な喧騒も届いてはいないのだろう。桐ヶ谷茉莉花は頭を掻いた。

「よぉ」

茉莉花はゆっくり歩み寄りながら、ポケットからココアシガレットを取り出し、口に咥《くわ》える。蛍子の前までやって来ると一つ伸びをした。

「……遅かったじゃない」

蛍子がようやく口を開く。

「色々あってな」

「炎天下よ。殺す気？」

「死ぬたまじゃねぇだろ」と茉莉花が一笑する。

「で、やるんだろ。始めようぜ」

風が一陣吹き、二人の長い髪を巻き上げた。

「ええ」

「あぁそうだ。顔はナシにするか。腫《は》れちまったら色々大変だろ」

「あら。女らしいところあるじゃない」

「いやいや、私が禁止ってだけだよ。お前は別に殴っていいぞ」

蛍子が眉《まゆ》をピクリと動かした。この女、ハンデってわけ。とことんナメた真似《まね》してくれるじゃない。蛍子は無言でツカツカと歩み寄ると、茉莉花の顔目掛けて右の拳《こぶし》を躊躇《ちゅうちょ》なく叩き込んだ。

「……」

茉莉花は身じろぎせずに彼女の拳を額で受けた。眉間《みけん》の下に血が滲《にじ》んでいる。

「狙っていいって言ったのは貴方《あなた》よ」

「あぁ。でもな板東、一応忠告しとくが、殴り慣れてない奴は拳は使わねぇ方がいい。痛ぇぞ」

蛍子は痺《しび》れる右手を茉莉花の額から剝がし、自らに引き寄せた。関節の辺りの皮が剝《む》けて真っ赤になっている。茉莉花の顔を伝ったのは蛍子の血であった。

「……親切にどうも」

やっぱりコイツ、喧嘩慣れはしてないみたいだな、と茉莉花は思った。まぁ、そりゃそうか。喧嘩慣れしてる女子高生がポンポン現れちゃあこの国もお終《しま》いだ。

「なぁ、坂東。一応訊いておきたいんだけどよ。なんで喧嘩したいわけ?」

「決まってるでしょ」

坂東蛍子は血の滲む右手で髪を掻き上げ、顎《あご》を上げ、心底不快そうな表情で茉莉花を見下ろした。

「気に食わないからよ」

「そうかい」

茉莉花は笑い、シガレットを吹き捨て、流れのままに思い切り右腕を振り上げた。蛍子は相手が頭を狙えない以上、右ストレートが胸元にしか来ないことを把握していた。ある意味で茉莉花の人格を信じていたと言えるかもしれない。飛び込んできた右腕を左脇《わき》に抱え込むと、茉莉花の体をぐいと引き寄せ、自身も反り上げた上体を前に突き出して額同士を打ちつけた。重い物がぶつかり合うような鈍い音が脳内に響く。

「負けず嫌いも、大概にしとけよ……」

茉莉花はくらくらする頭を振りながら、一度蛍子と距離をとった。勢いのままに詰め寄ろうと突っ込んでくる蛍子を阻止しようとし、右足で蛍子の左肩を狙うが、屈《かが》み込まれてかわされる。

（あまり頭振らせんなっ）

そのまま回った茉莉花は今度は左足で、起き上がりかけている蛍子の同じ部位に蹴《け》りを放つ。蛍子は止むを得ず左腕全体でそれを受け、体を持ち上げるのを諦《あきら》めると、地面についた右手を軸に茉莉花の蹴りに圧《お》されるまま体を回転させ彼女の足を払おうとした。が、既に茉莉花は地上にはおらず、上方で丸めた足を伸ばし、特撮ヒーロー並みの派手な飛び蹴りで蛍子に突っ込んできた。左半身で受けた蛍子は勢いを殺しきれず後ろに吹き飛ばされる。

「やっぱ頭狙っていいいか？　この分だとどうせ全然当たんねぇしよ」

蛍子が立ち上がり、擦り傷を無視して制服についた靴跡を叩いた。

「あんたが勝手に決めたルールでしょ。私駄目なんて言ってないわ」

「ったく、お前ってやつは」

「何よ。何笑ってんのよ」

蛍子は茉莉花の口元が緩んでいることに気がつき、眉を顰めた。

「いやぁ、なんつうか……なぁ坂東、私らこの前ここで昼飯食ったよな。普段二人とも屋上なんて来ないのに、面合《つら》わせてさ」

「覚えてないわ」と蛍子が即答する。

「先週はボランティアでも会ったろ。まぁ私は罰として奉仕活動に参加させられてただけなんだけどよ。わざわざ草むしりで穴場探して、鉢合わせた」

「偶然でしょ」

「短距離も体育の記録じゃコンマまで同じタイムだろ。これは偶然じゃねぇ」

「ストップウォッチの故障ね」

「友達が少ない」

「喧嘩売ってんの？」

「私前々から思ってたことがあんだよ。つうか誰かさんに言われて気付いたんだけどな……それが今殴り合ってみて腑《ふ》に落ちたっつうか。お前も読めたろ」

「……」

蛍子は黙っていた。私の考えが読めたろ、茉莉花はそう言いたいのだ。私が何処を狙うか予想がついて、それが当たったろと。

「坂東、私ら実は〝似た者同士〟ってやつなんじゃねぇのか」

金髪の少女が三日月に口を割いた。嫌味のない笑みだった。蛍子はそれを見て再び拳を握り込む。

「……分かってるわよ……」

親の仇《かたき》のように茉莉花を睨《にら》み、蛍子が徐々に駆け出す。

「分かってるわよ、そんなこと……！」

茉莉花は蛍子が放ったハイキックを的確に見極め、両手でしっかり摑《つか》んだ。

（だから、お前が足跡つけ返しにくるってことも予想通りなんだよ！）

茉莉花は思い切り豪腕を振り、蛍子を反対側に投げ飛ばした。黒髪の少女は空中で器用に姿勢を制御し、両手をついてバック転の要領で着地する。

「負けず嫌いめ！」

「あんたに似てりゃ、そうなるでしょ！」

茉莉花のジャブを避けながら蛍子が答える。それもそうか、と茉莉花は笑った。茉莉花は蛍子との喧嘩が少しずつ愉快になってきていた。蛍子の固く重い表情は茉莉花の心にも嫌な滓《おり》を残したが、それ以上に久々に味わう喧嘩の感触を噛み締めていた。今や茉莉花にとって喧嘩は人生の一部となっていた。殆どいい思い出のない喧嘩だったが、いつだって真剣にならざるを得ないという点では茉莉花はこの時間に魅力を感じていた。自分が実りのない自堕落さを抱えていたからこそ、真剣になるということは平等に尊いことだと茉莉花は信じていたのだ。だから喧嘩を憎みきれなかったし、真剣さを具現化させたかのような坂東蛍子という人間のことも認めざるを得なかった。

茉莉花が深く右ストレートを放つ。一度そのパンチの速度を体感し目算していた蛍子は、ギリギリでかわし懐に潜り込み、右肩でラグビーのようにタックルした。茉莉花が呻《うめ》きながらも足を踏ん張って堪《こら》えると、それを待っていたかのように、間髪いれず右肘《ひじ》を突き出して二段目を腹に入れ、そのまま回転して茉莉花の手を阻《はば》み、左の掌底で真下から顎を突き上げる。今度は茉莉花が上空に吹き飛ぶ番だった。

「ゲホッガハッ」

よろよろと起き上がる茉莉花を横目で見ながら、蛍子は拳を開いたり閉じたりしていた。掌《てのひら》なら殴ってもあまり痛くない。なるほど、喧嘩ってこうやるのね。

「お前な、そりゃ素人《しろうと》の動きじゃねぇだろ。天才は何でもアリってか」

(そんなわけないでしょう)

坂東蛍子は桐ヶ谷茉莉花が嫌いだった。それは彼女への同族嫌悪《けんお》であり、同時に自己嫌悪でもあった。自分の嫌いなところを相手に見出《みいだ》して押し付けることで、溜飲《りゅういん》を下げていたのだ。蛍子はそう判断していた。今、蛍子は茉莉花に自分自身を重ね合わせ、茉莉花の影にもう一人の坂東蛍子を透かし見ていた。だからこそ蛍子は茉莉花の発言に違和感を持った。

（天才は何でも出来る？）

そんなわけない、と蛍子は思った。確かに私は天才だけど、始める前は何も出来ないのは皆と一緒だ。だから私は努力してきた。一番になるために陰で人一倍努力したし、一番であり続け、天才として認められ続けるために飽きずに努力を続けた。一番である自分が好きだったからだ。

（あれ？）

拳を振りながら蛍子は疑問を持った。今私は自分を好きと考えなかっただろうか。一番である自分が好き。それは好きなことと言ってしまっていいのだろうか。では、努力する自分はどうだろう、私は努力する自分が好きじゃないのか。

大好きだ。超かっこいいと思っている。だって、陰ながら努力するなんて漫画の主人公みたいじゃない。

自分のことをかっこいいと思うのは駄目なことなのか。恥ずべき思いなんだろうか。

そんなことはないはずだ、と蛍子は思った。そういった自尊心が、周りの皆が自分を褒めてくれる一番の要因となってきたことを蛍子はよく理解していた。皆は自信のある私が好きだし、私は皆に好かれてる自分が好きだ。

「ッラァ!」

茉莉花は蛍子のことをあまり傷つけたくはなかった。しかしそうも言っていられないだろうことを思い知っていた。少女は蛍子の懐に飛び込むと胴に腕を回し、蛍子を逃げられなくした。この体勢からまず足を潰《つぶ》して膝《ひざ》を折らせ、マウントをとって制圧する算段であった。しかし彼女の計画は蛍子の身体能力の前にあえなく破綻《はたん》することになる。

「なんじゃそりゃ……っ」

蛍子は超人的なバネを使って下半身を反り上げ、まるで本当に飛んでいるかのように宙に浮いた。体重の支えをなくしてよろめいた茉莉花の腕の中で体を前に倒し、逆に茉莉花の胴に背中側から腕を回し、振り子の要領で宙を舞う膝を茉莉花の腹に叩き込む。

茉莉花はたまらず膝を突いた。

(私、結構自分のこと好きなんじゃないのかな)

そういえば、と蛍子は思い出す。先程散々自分の嫌いな部分について考えたが、好きな部分については全くと言っていいほど考えが及ばなかった。どうしてそんなことに気付かなかったんだろう、と蛍子は首を捻りながら、膝立ちの茉莉花に左のキックを入れた。茉莉花はやって来た左足をしっかり抱え込むと、ふくらはぎに思い切り噛み付いた。

「きゃ!!」

蛍子は慌てて右手を伸ばすが、茉莉花はその腕を待っていたかのように掴み取り、彼女の左足と右腕を持って天へと投げ飛ばした。蛍子は大の字で宙に放られ、受身を取れずにコンクリートを転がり回る。

(どうして私は自分の好きなことへの考えに急に疎《うと》くなっていたんだろう)

蛍子は自分のことが嫌いであることに最早《もはや》異存はなかった。だから自分のことを好きでいる余地は一切残っていないものと思いこんでいた。しかしながら今、自分の中に好きな部分を改めて見出したことで、もしかしたら二つは共存し得るのかもしれない、と未知の可能性に思い至ったのだった。

「そういや別のガッコウの制服来たお前の友達に会ってさ、全力でやれって言われたよ」

蛍子は茉莉花の言っている相手が誰だかすぐに分かった。満だ。

「何言ってんだよと思ったけど、今は分かるぜ。こりゃあ全力出しても問題ないわな!」

坂東蛍子は切れた唇から流れた血を拭《ぬぐ》い、結城満のことを考えて、茉莉花と顔をつき合わせてから初めて表情を緩めた。流石《さすが》に満は私のことをよく分かってる。手を抜かれたら私はどんなことでも怒っただろう。何故なら私は妥協が出来ないからだ。蛍子は自分の頑迷さに密《ひそ》かに嫌悪感を抱いていたが、一方でそういった強情な意志を愛していた。

坂東蛍子は結城満のことが大好きだった。そして結城満が自分のことを大好きだということも知っていた。友人が自分を好きだと言ってくれる。自分を信じられなくなった時に、これ以上に信じられる言葉はない。だから蛍子は満が好きだと言ってくれる自分のことを心から好きでいられるのだった。

蛍子は詰め寄る茉莉花に背を向けて走り、屋上の手摺《てすり》に結んでいる暗幕の紐を幾つか外し、角まで行った。最後に解いた紐だけは握り締めている。

「逃げるたぁらしくねぇな！」

茉莉花が蛍子に飛びかかると、蛍子は屋上の柵《さく》を乗り越え、足場のない空に身一つで飛び込み、茉莉花の視界から消えた。

「お、おい！　嘘《うそ》だろ!!」

慌てて茉莉花は手摺の向こうを覗き込む。蛍子は暗幕の紐を摑み、半円を描きながら校舎の外壁を走って茉莉花の背後に回り込もうとしていた。

「忍者かお前は……ハハハ」

安心して気が抜けそうになる足を鼓舞し、茉莉花は蛍子が戻ってくる場所に当たりをつけて駆けた。蛍子が屋上に再び着地したのを確認し、すぐさま蹴りを入れる。蛍子は着地後も暗幕の端を離さず摑んでおり、両手で構えた暗幕で茉莉花の足を搦《から》め捕《と》り、思い切り捻りこんで転倒させた。仰向《あおむ》けになった茉莉花の上に飛び乗ろうとするが、金髪は屋上の柵を蹴って反対方向に転がることでそれを回避した。

（そうよ、私には満が、友達がいるじゃない）

一人だった蛍子の世界に少しずつスポットライトが当たり、暗闇《くらやみ》に丸い光の足場を作り出した。ライトの中央には、満の他にもそれぞれ見知った顔が並んでいる。ましろ、律子、鈴。皆、見栄《みえ》っ張《ぱ》りの性格のせいで孤立してしまう私を見つけ出して、手を繋《つな》いでくれた大切な友人たちだ。彼女達の顔を順に見て、蛍子はとても嬉《うれ》しくなった。自分は全然独りぼっちじゃないじゃないか。なんて失礼なことを考えていたんだろう。

（坂東、表情がほぐれてきたな）

二人は過剰な筋肉への負荷で徐々に行動や反応が鈍くなっていった。当たらないと思っていた蛍子の握り拳は茉莉花の頬にクリーンヒットし、駄目元で放った茉莉花のムーンサルトキックが蛍子の左肩を破壊した。茉莉花はこの争いの最中《さなか》蛍子を行動不能にして喧嘩の継続を諦めさせるため、左腕を意識的に狙い続けていた。骨に異常はなかったが、暫《しばら》くは使い物になりそうになかった。しかし蛍子は膝を折らない。

（リツ……フジヤマちゃん……）

蛍子は残った右腕を振り上げながら、友人たちの言葉を思い出していた。リツは私の不完全な部分を見て安心したと言ってくれた。フジヤマちゃんは私の完全な部分を見て安心したと言ってくれた。どちらの側面も友人は好きでいてくれている。友達が好きというのなら、じゃあつまり、これってどっちの私もなくてはならないってことなんじゃないのだろうか。優れた私も、駄目な私も、二人と友達になるためには大切だったたってことなんじゃないのか。

プライドが高くて強情で見栄っ張り。私の嫌いなところは好きなところでもあった。私の未熟なところも友人が好いてくれる愛すべき部分だった。嫌いな部分も好きを作る一部だったんだ。

嫌いと好きは同じだ、と蛍子は思った。今の私の気持ち次第でどうとでも変わるものだった。嫌いも好きも、ただの私じゃないか。

(なぁんだ、そっか)

それなら考えても仕方ないじゃないか、と蛍子は笑った。考えたって好きや嫌いを分けられるわけではないのだ。嫌いなところが好きだというなら、抱えて生きていくしかない。蛍子は瞳を煌《きらめ》かせた。嫌いな部分を裏返して、好きな側面を見て、好きなように生きていけばいいいんだ。

嫌いなところは嫌ったまま、好きなように生きてやる。

「ジャス子!!」

「あァ?」

「私、あんたのことが大嫌いよ‼」

知ってるよ、と茉莉花が前髪を掻き上げ、前衛芸術を見るように目を細める。

「そして、私のことが大好き‼」

蛍子は晴れやかな笑顔で宣誓した。茉莉花が呆《あき》れて笑った。

「それも知ってるよ」

たとえあんたが私だろうと、私はあんたを叩《たた》き潰す。坂東蛍子は今最高の気分だった。

体中傷だらけだったが、心の中は鮮やかに晴れ渡っていた。

嫌いな貴方は嫌いのままでいい。好きな私がここにいる。

◆

剣臓はコーヒーカップを片手に自分の席へ戻ってきた。怒号が飛び交い、設置された全《すべ》ての連絡回線が繋がりっ放し状態の局内で、中年の日本人は一人だけ悠々とコーヒーを啜《すす》る。事態を見守りながら、もうここまで来ると焦《あせ》っても仕方ないだろう、と剣臓は判断していた。タクミから入ってくる情報によると、既にテロリストはほぼ無力化されており、流れ弾だけが心配要因となっているようだったが、それも無数の霊体（剣臓は確認しようがないので突っ込まないことにした）が盾になっているので大きな問題ではないらしかった。剣臓は髭を擦《さす》りながら日本のテレビ放送を見られるように改造したモニターに目をやる。日本のチャンネルはどれも今回のテロリスト学校占拠事件の話題で持ちきりだった。政府公式の続報が流れず、まだ校内の生徒や教師の安否が分からないことに配慮してセンセーショナルな発言をする人間はいなかったが、それでも様々な憶測が憶測を呼び、ニュース番組は一様にエンターテイメント化していた。剣臓が最も気に入ったのは、暗幕で覆《おお》われた学校を指して、国際犯たちが黒魔術を信奉する狂信者であるとする説だった。逆に最も頭を痛めたのは、校庭でテロリストたちの一斉射撃を浴びながらも事も無げに反撃し敵を一掃した一人の謎《なぞ》の男を民間の望遠カメラが捉《とら》え、「千代田区のターミネーター」と名づけられて話題にされていたことだ。あのロボットには今度改めて極秘開発の何たるかを教え込まなきゃならんな、と剣臓は今日から再び積み上がるだろう始末書を想像して溜息《ためいき》をついた。口止め、謝罪、後始末。たとえテロリストを捕らえても、国家公務員に安息はないのである。

「ブフッ!!」

剣臓はヘリに搭乗した取材班が望遠で撮影しているという生中継映像を見てコーヒーを噴き出した。カメラは屋上で闘っている二人の人間を、四肢が判別出来るギリギリの距離で映し出している。ミニチュアサイズの映像だったが剣臓にはその二人が誰なのかはっきりと分かった。金髪の方が桐ヶ谷茉莉花で、黒髪の方が坂東蛍子だ。

『えー、二人は争っているように見えます！　私の見間違いでなければ、まるで映画のような、激しい格闘を繰り広げています！　スカートを穿《は》いているので恐らく学校の女子生徒ではないでしょうか！　あの二人は！　あの二人はいったい何者なのか！　今回学校で起きているテロと何か関係があることだけは間違いありません！　うわ、一回転した！　ムーンサルト!?　映したか今の！』

「な、何やってんだアイツら……」

『私が見るに、あの二人は無理矢理闘わされているのかもしれませんねぇ。テロリストたちが生徒の命を弄《もてあそ》んでいる可能性も否定出来ません』

『いやいや、生徒じゃないかもしれませんよ。だってあの動きでしょう？　訓練された兵士では？』

番組がＣＭに切り替わった後も、剣臓は口を開いたまま傾いたカップからコーヒーをズボンに注ぎ続けた。

◇

「ねぇ、ジャス子もいなくなったことだし、そろそろ説明してくれても良いんじゃない」

タクミは満にせがまれ、自分の皮膚が剝がれている理由を渋々語り聞かせた。このアンドロイドは屋上で蛍子の手伝いを終わらせた後、校庭で校外を警戒しているテロリストたちに蛍子が目撃されたことで作戦の優先度を幾つか変更した。彼らが屋上へアクションを起こす前に片をつけないとならない。そう判断したタクミは蛍子と律子の目を盗んで屋上から校庭へ飛び降り、そのまま国際犯たちとの戦闘に突入した。一対多の銃撃戦であったためタクミも装甲に相当なダメージを負うことになったが、何とか全員を戦闘不能にして昇降口から校内に凱旋《がいせん》してきたのであった。最近自分はよく素体を損傷している、とタクミは自己を顧みた。特に今回の弾痕《だんこん》は内部フレームをも破壊し、光学補助マントも大破しているため当分は外を出歩けないだろう。タクミは表情を変えぬまま僅かに肩を落とした。散歩はこのロボットにとってささやかな日々の楽しみだった。

結局満と行動を共にすることになったタクミは校内の状況把握任務に戻った。不可思議な幽霊可視化現象によって校内は混沌《こんとん》としていたが、テロリストたちはその騒ぎにより殆《ほとん》どが無力化されていた。怪我人《けがにん》も転んだりした際に負った軽傷が主で、気絶している多くの生徒も命に別状はなかった。つまり、既に校舎の中から実質的な危険は去り、後は逃げ惑うテロリストたちを確保するのみの状態にまで状況は好転していたのだ。タクミと剣臓は僅かに屋上に留まっている間に急変した事態に神の作意を感じながら、道中で残党を捕らえ、校内の安定化に手を貸して回り、とうとう校舎の端へと辿り着いた。

「その男を止めて！」

突き当たりの部屋から突如一人の外国人が飛び出し、こちらに駆けてきて、部屋の奥から制止を求める声がした。

「タクミ、やっておしまい」

「了解」

〝おい。俺に指示させろよ〟

偉そうに胸を張った満の指示にタクミが無抵抗に従った。故障した片足で男の間合いに瞬目《しゅんぼく》の内に飛び込み、鳩尾《みぞおち》に一撃入れ、膝を突いた男の腕を捻《ひね》って跪《ひざまず》かせる。歩み寄ってきた満がタクミを褒め、褒美《ほうび》と言わんばかりにのど飴《あめ》を肋骨《ろっこつ》の奥に押し込んだ。

「助かりました」

長身のスーツ姿の女性が廊下の先から駆け寄ってきて、タクミをしげしげと眺めた。

「か、彼は？」

「あぁ、文化祭の出し物なんです」と満が答えを返す。女は一応の納得を示した。

「警察の方ですか？」

「いえ、あぁいや……警察ではありませんが、警察側の人間です。そうですね、少しお互いの事情を知った方が良さそうだ」

瑪瑙《めのう》と名乗ったその女は、自分がテログループを確保するために独自に動かされた私兵であること、この学校には防空壕《ぼうくうごう》が残っており、その先が下水道と繋がっていることを知った犯人が逃走経路に使うだろうと予測し、網を張っていたことなどを二人に説明した。部下を〝開かずの間〟と呼ばれている防空壕入口の、下水道側に配備し、自分は数人を連れて逃走準備をしているだろう犯人の残党を校舎内側から追い詰めて挟撃《きょうげき》する作戦だったが、危うく一人取り逃すところだった、と瑪瑙は苦い顔をした。

「でも、どうしてテロリストが壊滅状態で残党が逃走すると分かったんですか？　外にはまだ情報が出回ってないはずですが」

「それはその……内部に協力者がいるんです」

そんなことあり得るのだろうか、と満は考えたが、彼女自身が内通者のような存在だったため納得せざるを得なかった。世の中には色々なことがある。ゾンビのようなロボットが実はＣＩＡ職員で校舎を徘徊《はいかい》しているというなら、校内に予《あらかじ》め警察の情報提供者がいても何らおかしくはない。

「じゃ、後はタクミよろしくね」

一通りの説明を聞いた結城満はにこやかに手を振って廊下を引き返していった。

〝俺らの事情説明が面倒くさくなりそうだから逃げやがったな……〟

剣臓のぼやきを聞きながら、タクミが瑪瑙に現時点で開示出来る情報を提供した。自らの所属は暈《ぼ》かしながらの説明だったが、瑪瑙が訝《いぶか》しがりながらも納得を見せてくれたのは、彼女自身が同じような所属に就いているからかもしれない。

「ワタシは任務がありますのでこれで失礼します。この男はお任せします」

お手柄ですね、とタクミが声をかけ、瑪瑙が首を傾げる。

「逃走経路を暴《あば》き、逃走犯を逃さず捕まえたのですから。表彰ものでしょう」

瑪瑙はタクミの言葉を聞いて、複雑な心境を表情にした。少し寂しそうな笑顔だった。

「表彰は……されないでしょうね。これからも機会はないでしょう」

瑪瑙は薄暗い世界で生きてきた。おおっぴらにはとても言えないようなことを沢山してきた。一芸を覚えても熊《くま》が熊であることに変わりが無いように、彼女は何処《どこ》まで行っても人の営みの外の獣であった。獣は善行をしても表彰台に立たせてはもらえない。

「では、ワタシと同じですね」

そしてそれはタクミも同じであった。人権の外、社会の外側で生きている彼もまた、日の目を見ることの無い立場にあった。そのためだろうか。タクミには瑪瑙の考えていることが何となく分かる気がした。少し間を置いた後で、ロボットが口を開く。

「しかし、ワタシは誰かの役に立つというのはそれ自体が価値あることだと思っています。思えばワタシの行動指針はここから始まっていましたし、様々な体験を経て、結局残った結論もこれでした。人間の役に立つことで、他者から賞賛されずとも、ワタシは何かを得ていることを確かに感じるのです。肝心なものは他者から齎《もたら》されるものではないのかもしれません。あくまでワタシの考えですが」

瑪瑙は男の言葉を吟味するように舌で転がし、父のように思っている主《あるじ》と、妹のように思っているその娘の顔を思い浮かべ、ゆっくり考えを飲み下して静かに頷《うなず》いた。

「私も、そう思います」

人生そう上手《うま》くいきはしない。タクミ自身、これから一年もの間、アシュトンの顔に付け替えし、髭《ひげ》に悩む不機嫌な日々を過ごすことになる。時には髭面を引っ提げたまま任務をこなし、宇宙船に乗ったり、爆破されたり、挙句軽率に手放した卵を探して極道に拷問《ごうもん》されかけたりする。人間は不便だ、とタクミは思った。不便で不合理で、だからこそ生きる甲斐《かい》があるのだ、とロボットは温かい息を吐いた。

◆

満は自分達の身分証明をタクミに任せて、廊下を引き返した。校内も絶頂時と比べると喧騒が和らいでおり、事態の収束を少女に実感させた。

「あ、そういえばこの袋」

満はタクミからもらったプレゼントに目を落とした。徐《おもむろ》に口を開くと、中に幾つかの小箱が入っていることを視認する。何これ、と満は首を捻った。タクミは誕生日とクリスマスを混同してるのかしら。少女は何となく不審に思いながらも袋に手を入れ、とりあえず一番上の木箱を手にとって開けてみることにした。箱は詰め合わせの中では一番大きく、安っぽさがなくしっかりとした造りで、底に「鈴」と一字彫ってあった。満は箱を閉じている金属のフックを外して精巧な木箱の蓋《ふた》を開いた。中を覗き込む。

「……あれ⁉　マリーじゃない！」

箱の中には、化粧道具のようなものやカツラなどに囲まれて、兎《うさぎ》のぬいぐるみが鎮座していた。マリーは久しぶりに見る光に目を細めながら、聞き慣れた声に耳を澄ませた。

「満？」

「え！　なんで、どうして箱に入ってるの？」

「それは私が訊きたいわ」

マリーは夜の学校にて友と外国人の密談を監視中、何者かの手によって捕まり、箱の中に閉じ込められた。何者かが箱から手を離し去っていった後、遠くから聞こえる複数の女の声を聴きながら、白兎は怒りに任せ内壁を殴り、蹴り上げ、転がって箱を床に叩き落すなどして激しい抵抗を試みたが、予想以上にしっかりとした造りの箱はヒビの一つも入ることがなく、諦めて誘拐した犯人が箱の蓋を開ける日を我慢強く待つことにした。マリーは蓋を開けた人間の顎に渾身《こんしん》のアッパーをヒットさせる予定だった。そのため、大切な主人の声を正しく聞き分けてくれた自分の耳に本当に感謝した。

「ありがとう、満」

「え？　おめでとうじゃなくて？」

「？」

「マリィーッ!!」

廊下の向こうから何やら黒い小動物が、体液を撒《ま》き散らしながらこちらに駆け寄ってくる。それが足下までやって来ても、満とマリーは彼がロレーヌだと気付くのに幾許《いくばく》かの時間を要した。

「おお、マリー！　青い瞳のマリー！　無事だったのだな！」

床に降り立ったマリーにロレーヌが飛びつこうとし、マリーが鮮やかに回避した。

「ロレーヌ。汚いので近寄らないでください」

「そ、そんな……！」

ガックリと膝を折り這《は》いつくばった黒兎と、少し距離をとってそれを無言で見下ろしている白兎を見て、満は可笑《おか》しくなって口元を隠した。

「よく分かんないけど……まぁいっか。そういえばマリーと出会ってから十周年なのよね。中々粋《いき》な誕生日プレゼントだったわよ、タクミ」

満は大きく背伸びをして息を吐くと、腰に手をあてて体を反らし、天井を見る。

「……さ、後はあんただけよ。蛍子」

結城満はニヤリと歯を見せた。

■

「ハァ……ハァ……ッ」

「ぜぇ……はぁ……！」

坂東蛍子は崩れ落ちそうになる膝を両手で押さえ、必死に姿勢を保っていた。あと数回拳を握ることが出来れば勝利が手に入る確信があったが、頭は動いても体は全く動かず、七歩先にいる仇敵《きゅうてき》を睨むことしか出来ずにいる。それは茉莉花も同じようだった。

「はぁ、はは、どうしたの……足が震えてるわよ……」

「馬鹿《ばか》言え、そりゃお前だろ……」

茉莉花が掌を腿《もも》の上から引き剥がし、全身を震わせながら無理矢理上体を起こした。それを見て蛍子も負けじと手を離すが、背筋は伸ばせず、ブラブラと前方に腕を垂らす。代わりに足を一歩前に踏み出し、勝ち誇る茉莉花の顔を曇らせた。

「こんなの、余裕よ……あんたこそ、歩けもしないんだから……いい加減諦めなさいってば……」

「歩けねぇわけねぇだろ……健康な女子高生ナメんなよ」

「もう、もう……しつこい！　倒れろっぱかっ」

坂東蛍子はたまらず声を荒げた。蛍子は今すぐにでも倒れこみたかった。そのまま屋上からウォータースライダーで校庭に下りて、担架で担《かつ》がれてタクシーで家まで移送されて、お風呂《ふろ》に入って湯船でぐっすり眠るという妄想を既に十、二十と繰り返していた。それぐらいに満身創痍《まんしんそうい》だったのだ。普段使わないような筋肉を酷使したせいで体は動かないし、飛んで跳ねて転げまわって全身擦り傷や切り傷だらけだった。顔だけ殆ど無傷なのがユニークなジョークのようでどこか諧謔味《かいぎゃくみ》がある。加えて、夏の日差しを長いこと浴び続けて、体力も限界値をとっくに割っていた。

「そんなんだから友達出来ないのよ、ジャス子は」

「お前が言うか、それを」

「はぁ……？　私は友達どころか、信者すら抱えてますから」

「マジで、なんでお前が嫌われないのか、私はよく分からん」

「それこそ、お前が言うか、でしょ……」

「……フン……」

蛍子は耳の奥の方を何かが擽《くすぐ》るのを感じ、そのことが気にかかって少しずつ意識を傾けていった。耳を撫《な》でる何かは徐々に明確な音となり、蛍子はそれを時間をかけてサイレンの音だと判別するに至った。足下の遥《はる》か彼方《かなた》でパトカーのサイレンの音が鳴っている。しかも一つではなく、幾つも鳴っているように感じた。よくよく耳を澄ますと、鳴っているのはサイレンの音だけではなかった。頭の上の方でも何かがバタバタと鳴っている気がして、蛍子は顔の向きはそのままに目だけで上を確認した。空高くにはヘリコプターが二機、屋上を取り巻く鳥のように旋回している。

「え……何これ……？」

「あァん？」

茉莉花が懐疑の目を向ける。

「あれよ、あのヘリ、何なの……」

「今更かよ……ずっと飛んでたろ」

「ひぇ……？」

蛍子は再び上を見た。よく見ると、ヘリコプターから人が身を乗り出し、カメラを構えてこちらに向けていることに少女は気付き、慌《あわ》てて下を向いた。

「え、何、撮ってない？」

「だから、ずっとああだったって」

茉莉花は眉を持ち上げ、疲労の息を一つ細く吐いた。

「な、なんで言わないのよそうひふことをあんたは……！」

坂東蛍子が長い髪で顔を隠しながら小声で捲《ま》くし立てた。コイツマジで気付かず殴り合ってたのか、と茉莉花は驚いて目を丸くした。どんだけトランスしてたんだよ。

「……下のパトカーも？」

「そうだな」と金髪は頷く。「結構前から居た」

「えぇぇ……っ」

坂東蛍子は喧嘩どころではなくなっていた。彼女は上空のヘリコプターや、地上のパトカーが、自分達の喧嘩を見咎《みとが》めて来たものだと思い込んでいた。平日の昼間に学校の屋上で、授業をサボって殴り合いをしている女子高生を、誰かが目撃して通報して、暇してるテレビの人までヘリコプターで来ちゃったんだ。蛍子はそう解釈した。

（どうしよう、怒られる……警察に連れていかれたら前科ついちゃうのかな……いやいや、それよりこんな映像放送されちゃったら私のイメージが……）

蛍子は長い黒髪に顔を隠して様々な可能性を検討し、今取ることが出来る最善の策を勘案した。そうして完璧《かんぺき》な結論を導くと、頭上を見上げて顔を晒《さら》し、にっこり笑ってカメラにピースした。

「あんたもやんなさい、あんたも！」

呆然《ぼうぜん》と突っ立っている茉莉花に蛍子が要請する。

「はぁ？」

「喧嘩じゃないアピールよ、誤魔化すのよ全力で……！」

坂東蛍子はカメラに手を振り、精一杯の愛想を振り撒いた。可愛《かわ》い子ぶって今までしてきた自分の乙女らしからぬ振る舞いを綺麗《きれい》さっぱり払拭《ふっしょく》しようとした。

「ったく、お前には敵《かな》わん」

急に動きがよくなり、持ち上がるはずのない腕を天に伸ばしている蛍子を見て茉莉花が肩を竦《すく》めて笑った。

「当たり前でしょ、私が負けるわけないじゃない」

「はいはい」

この笑顔はこれから一ヶ月近くの間全国のお茶の間を賑《にぎ》わし、鮮やかに彩《いろど》ることになり、謎の美少女はブロマイドやTシャツになって日本を席巻《せっけん》した。

「えへへ、どうも〜……あはは……」

勿論《もちろん》、アクションシーンとワンセットでだ。

■■■

線路沿いの舗装道路に二人の少女が向かい合っていた。黒髪の方が坂東蛍子、金髪の方が桐ヶ谷茉莉花であり、両者共に誕生日会に出席し、散々な目に遭って家路についたその途上であった。一番高い建物に夕陽が鼻をつけようとしている。

「ちょうどいいわ。体育祭なんて待ってられないし、ここでいつぞやの決着をつけちゃいましょうよ」

蛍子が茉莉花を指さし、自信に満ちた顔で言い放った。茉莉花が呆れて嘆息する。

「お前ってやつは、本当に根に持つよな。つうか華の女子高生が三年にもなって人前で嬉々《きき》と殴り合うって、どうなのよ」

「な……それは……！」

蛍子は目を泳がせ、両腕を体の前で振って交通規制を促した。近くで鈴の音がする。

「別に他の方法でも……ていうかあんたが喧嘩《けんか》強いからいけないんでしょ！」

「なんじゃそりゃ。まぁどっちにしろ今日はパスだ。こっちは色々あって疲れてんだ」

何よ。私だって、変なマント男のお守《も》りしたり、玩具《おもちゃ》で撃たれたりして大変だったのよ。蛍子はサンダルをパタパタさせながら、不満そうに口を尖《とが》らせた後、頭上で寝転がるアイデアの神を引き摺り下ろして閃《ひらめ》きを奪い、鞄《かばん》の中から木箱を取り出した。蓋を開けて中の仕掛け卵を取り出す。

「勝ったらこれをあげるわよ。私、物の価値が分かっちゃうタイプの人間なんだけど、これはかなりの値打ちものね。絶対高いわ」

蛍子は今日、想《おも》い人への誕生日プレゼントにし損ねたことで持て余している品を自慢げに掲げ持った。桐ケ谷茉莉花はその品を見て目を見開く。幽霊が友人を救うために差し出し、ロボットが邪魔な荷物を処理するために手放し、人形師の孫娘が親友にプレゼントしたその品は、彼女が一年近く前、担任の財部花梨《たからべかりん》から預けられ、挙句夜の学校で紛失した校長の私物に相違なかった。信頼され預けられた人様の物を失《な》くす。それは茉莉花にとっては大きな過去の汚点の一つであったため、突如巡ってきた汚名返上の機会に茉莉花は俄然《がぜん》乗り気になった。今更取り戻して返却しても失くした事実は覆《くつがえ》らないが、返さないより数段マシだ。茉莉花は僅《わず》かに歯を覗《のぞ》かせて笑み、蛍子の提案を承諾した。

「乗った！」

「よぉし！」

茜《あかね》を背に蛍子が不敵に笑い、腕を掲げて、天に何かを宣言するように指を一本立てた。

「私は、負けないわ！」

これは、嫌いなものは嫌いなままに好きなものは大好きな、無敵の少女の物語である。

本書は新潮文庫のために書き下ろされた。

デザイン　川谷康久（川谷デザイン）

# 坂《ばん》東《どう》蛍《ほたる》子《こ》、屋上《おくじょう》にて仇敵《きゅうてき》を待《ま》つ

新潮文庫　し－78－2


平成二十七年二月一日発行

著者　神《じん》西《ざい》亜《あ》樹《き》
発行者　佐藤隆信
発行所　株式会社 新潮社

郵便番号　一六二―八七一一
東京都新宿区矢来町七一
電話　編集部(〇三)三二六六―五四四〇
　　　読者係(〇三)三二六六―五一一一
http://www.shinchosha.co.jp

価格はカバーに表示してあります。

乱丁・落丁本は、ご面倒ですが小社読者係宛ご送付ください。送料小社負担にてお取替えいたします。

印刷・錦明印刷株式会社　製本・錦明印刷株式会社



ISBN978-4-10-180026-4 C0193